花草之眼

HUACAO

ZHI

YAN

聂鑫森 /

著

百花洲文艺出版社
BAIHUAZHOU LITERATURE AND ART PRESS

图书在版编目（CIP）数据

花草之眼 / 聂鑫森著. — 南昌：百花洲文艺出版社，2023.10
ISBN 978-7-5500-5189-8

Ⅰ.①花…　Ⅱ.①聂…　Ⅲ.①笔记小说－小说集－中国－当代　Ⅳ.①I247.82

中国国家版本馆CIP数据核字（2023）第106149号

花草之眼

聂鑫森　著

出 版 人	陈　波	
总 策 划	张　越	
责 任 编 辑	李梦琦　李晗钰	
书 籍 设 计	方　方	
制　　作	周璐敏	
出 版 发 行	百花洲文艺出版社	
社　　址	南昌市红谷滩区世贸路898号博能中心一期A座20楼	
邮　　编	330038	
经　　销	全国新华书店	
印　　刷	湖北金港彩印有限公司	
开　　本	787mm×1092mm 1/32　　印张 10.625	
版　　次	2023年10月第1版	
印　　次	2023年10月第1次印刷	
字　　数	210千字	
书　　号	ISBN 978-7-5500-5189-8	
定　　价	40.00元	

赣版权登字 05-2023-291

邮购联系　0791-86895108
网　　址　http://www.bhzwy.com
图书若有印装错误，影响阅读，可向承印厂联系调换。

目
录

花鸟奇闻

凡尘异事

逝水回波

花鸟奇闻

花草之眼

秋风送凉，大雁南飞。

蓄着短发的杨帆，再次走向这个自行车修理铺，已是十年后。

上午十点钟，株洲工业大学的校园里很安静，学生们都上课去了。

她推着一辆刚买的"永久牌"自行车，经过校门口的传达室，再折向右边的一溜砖瓦平房，在一个窄小的门脸边支好车。

店堂里，放着好几辆待修的自行车，一个头发花白的汉子，正蹲着修补戳破了的车胎，洗白的蓝工装上油污斑斑。在店堂上端的小桌上，放着一个插了一枝洁白芦花的绿瓷小花瓶，一个侧身而坐的女人，久久地与芦花对视。

杨帆眼里兀地有了盈盈的泪水。

车师傅和他妻子还守着这个修车铺。

杨帆十四年前从贵州一个小县，考上这所大学的包装设计系，师姐们就说起了这个夫妻店，还说他们已经在此修车好几年了。

车师傅叫车百里。妻子叫蓝姑，是个盲人。

来自穷乡僻壤的杨帆，怎么也没想到大学的校园有这么大，从宿舍区到教学区，要走三十几分钟；到食堂去吃饭，到图书馆去借书，都有不短的距离。校园里最受人欢迎的交通工具是自行车。"永久""凤凰""飞鸽"……什么型号什么牌子的车都有。

杨帆不敢奢望。一个贫困农家的女儿，下面还有两个弟弟，学费全靠父母从土里刨出来。好不容易考上了大学，学费和生活费是由县教育局担保向银行去借贷的。同学问她怎么不去买辆自行车，她说："在家走路爬山练出了脚力，方便哩。再说车子出毛病了，我不会修。"懂事的同学连忙附和地点点头。

杨帆真的需要一辆车，可以节约出多少时间，去读书去听讲座，还能去校外看美展看风景。她决心从牙缝里省出钱来，去买一辆只要可以骑的破旧车。她从修理铺前经过时，总会情不自禁地停下来，看码在墙边的自行车零散配件，笼头、车架、钢圈、踏脚，很多都生锈了。

有一天中饭后，她走进了修车铺。车师傅在矫正钢圈，蓝姑在看花瓶里的一枝野菊花。

车师傅问："小同学，你要修车？"

"不……不。是……那枝淡蓝色的野菊花把我引来的，真好看。大嫂看花的样子，也很美。我叫杨帆，刚进校不久的新生。"

车师傅笑了，蓝姑也笑了。

"我发现你每天都在花瓶里插上花或者草，你对大嫂真好。"

"我从乡下来这里打工，带着她，为的是让家里老人减轻负担，也赚些钱寄回家去。这些花草，老家的屋前屋后都有，蓝姑看不见，但闻得出它们的气味，心里就不发愁了。"

"你们的爱，就在这个花瓶里，让人佩服。"

车师傅忽然问道："杨帆，你没有自行车？"

"嗯。家里穷，买不起……"

"你若不嫌弃，我用这些旧配件，给你组装一辆车，不好看，但肯定能骑。"

"我怎么会嫌弃！我该付多少钱？"

"不要钱。"

"那怎么行？"

"怎么不行！只是一堆不值钱的废铁。没事时，你就来和蓝姑聊聊天。"

"好！"

几天后，杨帆有了一辆自行车。她高高兴兴骑着它，去教学大楼，去食堂，去图书馆，去校外看美展，看博物馆、看湘江风光带。隔三岔五，她会在中午时分去修车铺，帮蓝姑洗衣服、扫地，或者为车师傅递送工具。

蓝姑告诉杨帆："花瓶里的花和草，一天一换，都是老车亲自去采摘的。老车说，我看多了，心上会长出明亮的眼睛，什么都看得见。我真的什么都看得见了！"

杨帆觉得一个个不同的节令，是在花瓶里更替的，她看得很清楚。

她以优异的成绩读完了四年本科，然后回到贵州，供职于贵阳的一家包装制造厂，从事包装设计。一眨眼，她32岁了。

这次来株洲参加一个关于包装设计的学术研讨会，她原本是不想来的。谈了三年的男朋友，供职于一家矿产研究所，因开车去一个矿区调查矿源存量，被一辆逆行的大卡车，连人带车撞到山崖下，脸部严重受伤，还变形了，经治疗刚刚出院。按他们的计划，再过两个月，就要喜结良缘了。杨帆的闺密劝她慎重考虑，天天面对这样一张丑脸，哪里还快活得起来。

男朋友力劝她去湖南的株洲，散散心也是好的。"你常说忘不了当年的车师傅，为你拼装了一辆自行车，有机会要去看看人家，还要买一辆新车送去，或许有买不起车的贫困生入学，车师傅可以免费让其使用。"

于是，杨帆就来到了株洲，来到了母校的修车铺。

她喊了一声"车师傅"，再喊了一声"蓝姑大嫂"。

车师傅转过脸，茫然地望着杨帆，不知道来的是谁。

蓝姑转过脸，靠近鼻子的芦花轻轻一抖，飘出丝丝花絮。她说："这个声音我记得，是杨帆妹子来了！"

车师傅一拍脑袋，说："果然是杨帆！"

"车师傅和大嫂，一点都没变，还是这么精神。"

车师傅笑了，说："杨帆，你都变得让我认不出了。我们怎会不变，那不成妖怪了？"

蓝姑说："杨帆妹子声音没变，还是又清又亮。"

杨帆跑过去，抱住蓝姑的双肩，说："你们是老了不少，可花瓶里每日一换的花和草，还是这么不离不弃，情深意长。你们……让我感动，我……们也应该这样！"

桃 香

刘婕万万没有想到，母亲王善思和保姆夏桃香会这么投缘，相处只短短两个月，就亲密无间。

母亲第一次见到夏桃香，脸上就堆满了笑，双眼发亮，鼻翼轻轻地翕动，说："我闻到你身上有桃子的香气，清爽，我喜欢！"

夏桃香大方地说："王阿姨，我家后山栽的都是黄桃，我来时，花开得正闹，我衣上沾了香气哩。"

"不，你是从车间走出来的。我在水果罐头厂守传达室，做黄桃罐头的季节，工友们身上都沾着这种香气。"

刘婕笑了，说："妈，那个厂十多年前就关停了。"

"乱说，我不是刚下班回到家吗？"

"哦，我说错了，厂子还在！桃香来和你做伴，好不好？"

"她是我的工友，你问她愿不愿意住到我家来？"

夏桃香马上回答："我巴不得哩，行李都带来了。"

王善思高兴得呵呵地笑。

刘婕的心总算落到了实处。先前，她为母亲请过好几个保姆，都干不了多少日子，老太太就客客气气地把人家打发走了。刘婕问是什么缘故，老太太头一昂，两眼翻白，不作回答。

刘婕的爸爸在十年前就因病辞世了，这套处在城南区的两室一厅的老房子，就只母亲一个人住。刘婕一家住在城北区，她是区里的机关干部，丈夫也在该区一所中学教书，儿子读初中了。他们的住房很宽敞，可母亲不愿意去住，老说老房子附近还住着许多老同事，她身体好，可以照顾自己。两年前，母亲下楼（老房子没有电梯）不慎跌伤了腿碰伤了头，住了三个月院后，虽行走无碍，记性却是越来越差。刘婕要把母亲接到自家去住，母亲又哭又闹，说罐头厂就在附近，她上班才不会迟到。不去住就不去住吧，独居的母亲，不能不请保姆。

幸亏和刘婕关系极好的女同事，推荐了她乡下的远房亲戚夏桃香。刘婕还特意去了夏家，地处株洲市管辖的攸县鸾山镇星斗乡，开车也就两个小时。夏桃香不到五十岁，身体好，为人忠厚，年少时读过卫校，毕业后在乡卫生所干过几年合同工，结婚后就专心务农和打理家务。家境也很好，有自家的院子和七八间房子。作田、种菜、侍弄果树，丈夫、儿子、儿媳都不需夏桃香操心。一个读小学的孙子，长得很可爱。夏桃香觉得太闲了，想赚点钱存下来，将来留给孙子读大学。刘婕对夏桃香很满意，吃住之外，每月付两千元工资。

这两个月，刘婕在休息日，或领着丈夫和孩子，或一个人，来看望母亲。

到处干干净净，一尘不染。老太太吃得香，睡得实，身上穿得整整洁洁。只是称呼有变化，母亲称不到五十岁的夏桃香为"桃香妹子"，夏桃香称六十八岁的老太太为"善思姐"。

刘婕笑着说："这不乱套了吗？"

夏桃香说："王阿姨说在工厂时大家都是这样称呼她的。我叫她'善思姐'，她就特别开心。"

"只要她开心就好。"

"刘婕姐，王阿姨是患了阿尔茨海默病，她的记忆常会回到旧时光里。我学过医，老师谈到过。"

刘婕一惊，问："你是内行，那怎么办？"

"就是小心地维护王阿姨的心理环境，当王阿姨认为自己是什么身份，在什么时间段，我们就顺着去配合，让她快乐地拥有她的世界。"

"桃香妹妹，我真的要谢谢你，你比我有见识！"

五月，天朗气清。

星期二的上午，夏桃香打电话给刘婕，说想带王阿姨去老家住几天。

"你家里有急事？"

"没有。我们村一个邻居开车进城送黄桃，顺便来看我，身上带着黄桃香。王阿姨说车间又做黄桃罐头了，香气一阵一阵的，弄得她坐立不安，又笑又喊的。我们那地方，黄桃开摘了，让王阿姨去散散心，一定有好处。"

"好吧。我要上班，不能开车送你们啊。"

"我们坐邻居的货车回去，让王阿姨坐驾驶室副座，保证安全。"

"桃香妹妹，你想得很周到。"

刘婕原以为三五天她们就可以回到城里来，谁知一住就是半个月。母亲不会用手机，夏桃香每晚会用自己的手机和刘婕通过话后，再让老太太说话。刘婕发现母亲说话不但条理清楚，还显露出发自内心的快乐。母亲告诉刘婕：这里到处是黄桃的香气，黄桃又大又好看，夏桃香还领着她去摘桃子哩；她让夏桃香老两口叫她"妈妈"，让小夫妻叫她"奶奶"，让那个小朋友叫她"太奶奶"，他们都听从了；村里的老姐妹，常来和她聊天，亲热得不得了；附近有家黄桃营运合作社，一圈围墙里，有仓库，有加工车间，有发货车间，还有传达室……

刘婕说："妈，你这是乐不思蜀啊！过些日子，我来看你，顺带接你们回城里的家。"

"女儿，你糊涂了，这里就是家呀，水果罐头厂就在附近呀。"

到了双休日，刘婕一个人开车去了夏家。七点多钟出发，十点多钟就到了。院子里静悄悄的，只有夏桃香在等着她。

"我妈呢？"

"王阿姨到合作社守传达室去了，我儿媳这段日子也在那里上班，中午她们会一起回来吃饭。"

"桃香妹妹，我妈怎么能去上班呢？"

"早几天，我领着王阿姨去合作社参观，她一见传达室，就说我该上班了。见里面还有个人，就说领导不错呀，守个传达室还安排两个人。我马上说，每个班只要上半天，每月还发工资两千元。王阿姨说：'半天也行，我就喜欢这黄桃的香气，闻不够！'"

刘婕马上明白是怎么一回事了，笑着说："妈又回到旧时光里了！桃香妹妹，我们来编造一个美丽的谎言，你说服领导每月给我妈发两千元工资，钱由我来出。我们共同保守这个秘密，谁也不说。好吗？"

"要得。这里的黄桃是一茬一茬熟的，国庆节上市的是秋黄桃。我们不回城了？"

"妈认为家在这里，这里就是家。时髦的说法是城里老人到乡下托管养老，我们也成了一家人，多好。或许，我……将来退休了，也会这样。"

刘婕的眼里忽然涌出了晶莹的泪水。

枯荷雨声

这个暮秋的午后，又下起了稀稀落落的冷雨。

游千闻坐在听荷楼一楼的落地窗前，隔着透明的玻璃，一边喝着茶，一边听着雨点落在枯荷上的声音，脸上透出落寞的况味。

城中这一大块地方叫雨湖公园，有上、中、下三个大湖，搭配着长堤、石桥、亭阁、船坞、芳洲，但四面敞开，不设围墙。处在上湖的听荷楼是个茶社，两层，悬立在湖面上，古典式的廊桥从岸边延伸过来与之相连。游千闻家住不远处的一条巷子里，步行二十分钟便可到达。

他喜欢坐在一楼喝茶，觉得离湖水近，离已到暮年的枯荷近，离雨打枯荷的声音近。

听荷楼的四周种的都是荷莲，春看浮叶、立叶，夏日和仲秋看荷盖碧翠及红红白白的荷花，茶客就多。一入暮秋，花凋叶萎，继而天寒地冻，来喝茶的就少了，尽管室内有空调。

游千闻眼下退休了，闲得骨头发酸，还有一种职业习惯使然，他喜欢听嘀嗒的水声，于是在下雨的午后，就会来听荷楼喝茶。他的父亲是个中学老师，常讲解些古典诗词给他听，游千闻最有印象的是唐代李商隐写荷的两句诗："秋阴不散霜飞晚，留得枯荷听雨声。"稀疏的雨点击打在枯残的荷盖上，声音萧瑟、低沉，很清寂。

游千闻干的工作就很清寂。

他是自来水公司的自来水管网探漏工。这个工种很多人不知道，他们游走在夜深人静的大街小巷，见他们一面都难。每夜十二点上班，到早晨八点下班。游千闻和同一个小组的两个伙伴，身穿反光衣，头戴耳机，肩挎听漏仪，手提一个连着主机的探听器，在划定的区域，一步一步地追着自来水管网里流淌的水脉，聆听着哪一条管道有漏水的声音，然后确定漏点，通知抢修人员到达现场，以防管道爆裂造成大面积停水。

游千闻一听见"嘀嘀嗒嗒"的漏水声，全身的神经就会蓦地绷紧，耳机扣在耳朵上，仿佛听见堤坝决口的雷霆之声。

游千闻下班后回到家里，吃点简单的早餐，赶快睡觉。中午起床后，吃过午饭，再睡到下午四点起床。然后，看看书，读读报。晚上呢，摊开探漏区域的自来水管网图，比看各条老管线的岁月历程，熟悉新管线的延伸方位，详细地记在笔记本上，乐此不疲。听荷楼离他家虽不远，但他很少来喝茶，真没有那个闲工夫。

几十年来，游千闻夜出晨归，职业特征正如他的名字：夜游不止，耳闻不辍。公司员工千余之众，除探漏班的几十人之外，别人不认识他，他也不认识别人。只有在年终本年度先进标兵的红榜上，大家才知道有"游千闻"这么个了不起的人物。

游千闻年满六十，退休了。

第一个夜晚，他睡得很早，而且睡得很香。半夜时，他突然掀开被子坐了起来，大声说："又有管道漏水了！"

妻子惊醒了，说："是下雨的声音，安心睡吧。"

"哦，我还以为在上班哩。"

"老游，你以后不要上班了，和我一样可以消消停停过日子了。儿子在外地已成家立业，尽可放心。家务事你无须操心，还是多去听荷楼喝喝茶吧，听听雨，聊聊天，而且听雨就像你还在上班探漏。"

"夫人的话，正合我意。"

有雨的午后，游千闻就去听荷楼。先前上班和下班，都要经过雨湖，特别是夏日和初秋，荷叶重重叠叠，荷花有红有白，像一个人的最佳年龄段。而现在，繁华已被风吹雨打去，荷叶枯残，褪去了碧绿，变成了赭石色。花早落了，赭黑色的荷梗，在一池白水里投下灰色的影子，正如人生的老境。游千闻心里总觉得有点空。

店堂里响起脚步声。

游千闻转过脸一看，是一个满头白发的老人，额上的皱纹又深又密，还蓄着一把银亮的胡子。肩上挎着一个大帆布袋，手里提着一个轻巧的折叠木画架。

年轻的女服务员，从柜台后走出来笑脸相迎。

"伏老，好久不见，到哪里云游去了？"

"小尤呀，我去云南乡村学校义务短期支教，培训美术教师，是我要求去的，一眨眼就是一个多月。"

"七十岁了，你真正是伏老不服老！怎么还带着画画工具来喝茶？"

"一边喝茶，一边画画，我们美术学院要搞一次退休教师的美展，还命题让我画枯荷。听荷楼边的枯荷很好看，我来写生打草稿。"

小姑娘很快就端上一杯茶来。

"伏老，怎么让你画枯荷？这有什么看头！"

"小姑娘，人到老年就像进入枯萎期的荷，有的自悲自叹，有的却活得有自尊，虽清冷、落寞，但更单纯，神清气朗，做些力所能及的事。我就是后者。"

伏老忽然用手指了指游千闻，说："还有这位老哥，也是后者。他一个人坐在窗前，应是枯荷的知音。"

伏老边说边走过来，朝游千闻拱了拱手，说："恕我冒昧，我姓伏名嘶远，退休美术教师。我来之前，你一定是在看枯荷。"

游千闻赶忙站起来，拱手回礼，说："还听……枯荷雨声。"

"好！过会儿我画枯荷，只用黑、赭、灰三种颜色，草草几笔就有形有神，请老哥指教。"

"我太有幸了，观老哥画画，等于当面聆教。"

……

自那个下午后，游千闻再也没有在听荷楼见过伏嘶远。这个老爷子又去忙什么事了？

游千闻却依旧在每天午后来到听荷楼，天晴也来，下雨也来。他挎着一个装满笔记本、图纸、资料和稿纸的帆布袋，在靠窗的桌子边坐下后，喝茶、赏枯荷，然后写应邀为新来的探漏青工讲课用的讲稿——《如何正确使用仪器探测自来水管网的漏点》。

　　游千闻写着写着，闻到了枯荷散发出来的清香。

画　眉

年届古稀的梅爷梅晓臣，这两天心情很郁闷。他觉得一向丰盈的院子，忽然变得空落落的，心里也是空落落的。

院子里少了什么吗？没有。浮着绿萍的小水池，游着几尾锦鲤；池边的圆石桌边，静立着两只石鼓凳，光可鉴人；墙角一丛芭蕉，舒展着宽长的叶片；芭蕉前是两棵粗壮的杉树，一根搁在两树之间的长竹竿上，挂着四个竹鸟笼。但四只鸟笼是空的，里面的画眉鸟没有了，好听的鸣啭声也没有了！

画眉鸟是梅爷自个儿放飞的，心里不情愿，但不得不依势而为。

曲曲巷的老爷子们，养鸟的不少，遛鸟、听叫，为的是老有所乐，忽然都开笼放了鸟。梅爷能不照此办理吗？何况他是个有点身份的人，退休前是市报的美术编辑，业余是个工笔人物画家，当然不能让人说三道四。

起因是权威部门发布了《国家重点保护野生动物名录》，鸟纲中新增百多种鸟类，画眉、红胁绣眼鸟、相思鸟、蒙古百灵、云雀等国内主要民间笼养鸟列入此中。居民委员会又派人到各家做思想工作，说明这些笼养鸟并非来源于人工繁殖，主要是野外非法捕捉再流向市场，当大家不养属于名录中的鸟类，市场无需求，不法之徒也只能偃旗息鼓。

"梅爷，你要解闷子，可以养不在名录中的鸟。"

"除画眉之外，别的鸟我不养。"

"当然，你养的这几笼画眉，可以养到它们老死，但以后再无处可换新的了。你让他们回归自然，去繁衍后代，是大功德。"

"让我想想……"

梅爷养画眉，不是为了解闷子。退休前，上班忙，下班了读书、画画也忙；退休后，读书、画画、讲课、办个展、参加公益活动，还是忙，哪有空闲去伺候鸟！他养鸟，而且只养画眉，是从五年前妻子因肺癌晚期辞世才开始的。

梅爷的妻子叫华眉，是花鼓戏剧团唱旦角的名演员，原本是美人坯子，上台的扮相更是光彩照人。因文化副刊版面常要配发美术作品，每有新戏，梅爷便买第一排的票，一边看戏一边画人物速写。华眉饰女主角的戏多，因此梅爷画她的速写也多，见报的频率很高。

有一天，华眉主动打电话给梅爷："谢谢你捧场！画中的我，眉毛被你画得最好看，我化妆时自己画眉不是这个样子。"

那时的梅爷，又英俊又调皮，马上接话："你若不嫌弃，我到后台来为你画眉？你姓'华'，与'画'同音哩。"

"好……好。你先给我画眉，我上场了，你坐在侧幕边看戏、画画，就不要去买什么票了。"

华眉只要是有晚场戏，梅爷必提早去后台的化妆室，为华眉画眉。到底是人物画家，又最擅长画古代仕女，各种眉毛形态都烂熟于心，梅爷可以依照华眉所饰角色的身份、年龄及剧情，画出不同的眉形，让人称绝。

上了年纪的女团长，见了这个场景，说："化妆室成你们的闺房了。《汉书·张敞传》称张敞在闺房为妻画眉，连皇帝都知道了，于是'画眉'成了称赞夫妻和睦的一个典故。你们赶快结婚吧！"

梅爷和华眉的脸顿时红了。

不久，他们喜结连理。

他们一直没有孩子。因为华眉说她怕生孩子，想在戏台上多待些岁月。梅爷说他也想为妻子多画几年眉，赏心乐事自家事，值！

华眉在戏台上演到55岁，才心满意足地退场。又过了十年，华眉撒手西去。

梅爷觉得日子太难熬了。

曲曲巷一位同辈人，很懂他的心思，给他送来一个竹鸟笼，里面跳着唱着一只画眉鸟。

"梅爷，给你送来个好伙伴。"

梅爷看也不看，粗声粗气地说："谢谢。我不要。"

"你仔细看看！它叫画眉，与你爱妻华眉同音。你看看它的眉毛，真像是画上去的。"

梅爷的眼睛睁大了。

鸟笼放在石桌上，送鸟的人悄悄地走了。

这只鸟。形体修长，周身棕黄，背部和前胸有黑色花纹，眼睛上方有一道白毛，好像是用白色油彩在棕黄底色上画的一道细长眉，很俏丽。它的叫声也好听，嘹亮悦耳，像花鼓戏旦角的某个音调。

梅爷轻轻地喊了一声："华眉，我又见到你了！"然后，竟是号啕大哭。

他寻出关于饲养画眉鸟的有关书籍，一边读，一边做笔记。

他又去花鸟市场买回三笼画眉（一笼一只），加上老邻居送的一笼，正好配成雌雄两对。一雌一雄的两个鸟笼紧挨在一起，另两个鸟笼稍稍隔开，都挂在长竹竿上。只是遗憾，雌雄不能同笼，雄的好斗，会闹得不可开交。

他亲自去买鸟食，豆腐、蛋米、瘦肉，还有虫贩捕捉的昆虫。

别人养画眉，养雄不养雌。雄的个大，善斗，可以去参加斗鸟；雄的声音高亢，有阳刚之气。梅爷养雄又养雌，为的是让它们隔笼相望，互诉衷曲。

这一养就是五年。

现在，都放飞了，不知飞到什么地方去了。

这个暮春的早晨，晴光闪烁。

梅爷习惯地备好豆腐、瘦肉、蛋米，依次打开鸟笼的门，把鸟食放入小巧的瓷碟里。以往是放好鸟食，就要关上笼门，现在不必关笼门了，变成了一个念想的仪式，不由得长叹一声。然后，静静地坐到石桌边去。微微闭上眼，右手悬空划动，臆想为妻子画眉的情境，脸上浮起笑意。

"哥——来噢，哥——来噢……"

分明是画眉的鸣叫声。

梅爷蓦地睁开双眼，他看见每只笼子里钻进去一只画眉，一边吃食，一边快乐地叫喊。

还认得这个院子，还认得各自的笼子，只可能是他放飞的那四只画眉。

他激动地叫了一声："谢谢你们还记得这个家！"

四只画眉闻声冲出鸟笼，在院子上空飞了几个圈，长鸣几声，一会儿便无影无踪。

出曲曲巷尾，是风光秀丽的雨湖公园。

梅爷想：它们定是把新家安在那里，或春水亭边的小树林里，或湖畔长堤的烟柳中。它们不肯远去，依旧要与他为邻，真是"天上掉下个林妹妹"，幸甚矣哉！

梅爷有几天没出院子了，一直紧闭院门。此刻，他兴冲冲走出来，再把院门锁上，朝巷尾走去。

"梅爷，早！到雨湖去？"

"对，到雨湖去听画眉唱曲，我刚才接到通知了。哈哈，哈哈。"

遛 鸡

株洲城南的这个住宅区叫吉祥山庄。地方大，一圈青砖围墙里，散落着十几座高楼；也有山，在社区的中心地带，保留着几个小山包，山上有花有树，还有小巧的亭子，山庄也算是名副其实了。

社区的老人不少，本地退休的，从外地来帮儿女带小孩的。如今生活宽裕了，老人也会自找乐子，比如养宠物就是此中一项，于是遛狗、遛猫（猫不耐烦慢慢走，得抱着）便成了好看的风景。

居然有遛鸡的，遛的是一只小母鸡！一个六十来岁的老娭毑，口里不时地"咯咯咯"念几声，慢慢地走在前面；一只褐黄的湘东小母鸡大摇大摆地跟在后面。走累了，老娭毑在路边的石凳上坐下来，从上衣口袋里掏出一把米，再伸开手掌送到鸡嘴边，让它啄米。

遛狗、遛猫不是奇巧事，遛鸡成了焦点新闻。

老人们先是远远地看着，然后忍不住走过来说话。老娭毑很大方，你问什么她答什么。小母鸡的眼珠子滴溜溜转，一点也不认生，乖乖地伏在老娭毑的脚边。

"哦，你来自茶陵县的云阳山乡村。我们就叫你茶陵娭毑好不好？"

"我那当家的姓豆，还是叫我豆娭毑吧。"

大家笑了，说：“你在家从夫，出门了还从夫。”

“我是来女儿家，这叫出门从女。哈哈。”

“豆娭毑，你开朗，还有趣。你是第一次来呀，要多住些日子，大家一起欢度晚年。”

豆娭毑叹了口气，说：“女儿当老师，女婿是个小干部，外孙女读小学了。原先是城里的亲家来帮忙，还请了保姆，不需要我们劳神费力。如今，他们连保姆都不用请了。他们有车，节假日开车来乡下住几天，来去也就三百里路，简便得很。”

“那他们硬是把你抢来的，让你到城里享清福？”

“不是抢，是哄来的！老头子坚决不肯来，家里有水田和山田，塘里有鱼，栏里有猪，笼里有鸡鸭，怎么离得开？我也不肯来，他们就说单位的同事说闲话了，成家这么多年，居然不接乡下老人来城里住住，是没有孝心。于是，我只好来了。小辈子的办法想得几多好！”

“这样漂亮的社区，你一定住得开心。”

“不开心！”

“难道小辈子怠慢了你？”

“那倒没有。早餐是买来的，然后他们上班的上班，上学的上学，中午也不回来。晚餐只要我洗洗菜，女儿小豆煮饭，女婿小米炒菜，小米的菜真是炒得好。我都闲得骨头发霉了。”

“你是身在福中不知福啊，你可以出门去爬爬山，到湖边坐一坐，赏赏花，看看树，消磨时光啊。”

豆娭毑嘴一噘，说：“这也叫山？像个土馒头。云阳山那才叫山，下接地上撑天，云来雾去，树成林，花成片。这个湖，不过是个水池子，还起个名字叫烟波湖，丑死人了。"

有个老太太不高兴了，说："你不是也天天来看？"

"我不是出门看山水，是遛鸡！"

有个老头子说："你怎么想到遛鸡了？难道它是金鸡、银鸡？"

豆娱驰说："它是解愁鸡！女婿开车来接我时，老头子在车的后备厢里塞满了瓜果蔬菜，还放进去一只小母鸡，交代我到了女儿家，先杀鸡给外孙女吃。"

"你没舍得杀？"

"我先在他们家的车库里，用大纸盒给鸡做了个窝，想先养几天再杀。第二天一大早，我去车库里看鸡，它一见我，就'咯咯咯'地叫着跳出纸箱，里面滚动着一个白里透青的蛋，拿在手里热热的。那一刻，我想到在老家，每早我都是先去捡蛋，然后给它们喂食，再去菜园里摘菜。它们总是跟着我，像一群懂事的小把戏，让人怜爱哩。"

大家听得直点头。

"捡回这个蛋，他们也买回了早点。我争着下厨房，用这只蛋做了一大碗紫菜鸡蛋汤，高高兴兴地端到桌子上。女婿说家里有的是蛋，不要这样节省。我说这是刚下的热鸡蛋，奇巧哩，你们尝尝！外孙女喝了一小口，就说：'味道酷美！这只鸡不能随便杀了，让它生蛋。'我说：'外孙女的话最对外婆的胃口，生蛋的鸡，不但要好好喂，还要让它多运动，得便让它吃点虫头蚂蚁。'"

"豆娭毑，怪不得你说它是解愁鸡，你见它就解了乡愁！"

豆娭毑站起来，说："对、对、对！它也走累了，该去窝里歇口气了。谢谢各位来和我说话，心里像灌了一泡蜜。再见，我们回家啰——"

……

十天过去了。

这天早饭后，老人们发现豆娭毑没出来遛鸡。

整整一天都没见豆娭毑和那只湘东小母鸡。

难道她病了？

第二天早上，一位老太太告诉大家："豆娭毑回老家去了，她不要女婿开车送，一个人到长途汽车站去搭乘大巴车。"

"你怎么知道的？"

"我孙子和她外孙女是同班同学，她外孙女亲口告诉我孙子的。"

"老家有急事？"

老太太说："没有，是前天黄昏时，她女婿小米的顶头上司忽然来访，说是要尝尝小米的好厨艺。冰箱里的肉食不鲜活，小米就把那只小母鸡宰了做菜。"

"宰了就宰了呗。"

"昨天清早，豆娭毑对小辈子说，她做了个梦，家里的鸡都死了，她得赶快回去。外孙女钻进豆娭毑的怀里，哭得泪水长流。"

老太太说完，长叹了一口气。听的人也叹了一口气，什么话也不想说了，各自散开去。

桂枝香

　　顾径亭喜欢拍摄夕阳下的风景，因为他年届黄昏，来日无多。

　　顾径亭喜欢拍摄四时花树，特别是秋风里清香四溢的桂花树，因为他曾是一个园艺师，因为他的夫人叫尚桂枝。

　　顾径亭七十岁了，夫人尚桂枝辞世三年了。

　　顾家住在古城湘潭的古桑巷，巷口连着平政街，出巷尾便是雨湖公园。退休前他是这个公园的园艺师，侍花弄草，设计安排花圃、树林、草地、小桥、流水、曲径、观赏石的最佳位置，把一生中最好的日子交付给春光秋色，搓一搓手，掌上的硬茧咔啦啦地响。他上班喜欢穿工作服，下班后换上的还是洗得干干净净的工作服。尚桂枝常劝他："就不能穿点别的衣服？太没情调了。"

　　顾径亭哈哈一笑，说："你不也是？上班穿得一身白，下班也是，除了白的，就是淡青的！"

　　尚桂枝的脸蓦地一红。

　　她是中医院的药剂师，上班穿的是白大褂，为医生开出的处方拣药，手持一把小巧的秤，从立式大柜一排排的小抽屉里，抓出当归、甘草、川芎、黄精……过秤后，倒在柜台上铺好的四方大纸上，再包扎好。下班回到家，第一件事是洗澡，然后是里里外外穿上爽心的衣服。她长得端庄、文静，穿在外面的休闲服、旗袍，乃至冬天的羽绒大衣，以白色为主，或是淡青，讲究的是素洁。

古桑巷建于清代光绪年间，几毁几立，但还在原地方，是一个古迹。顾家的庭院，是先祖传下来的，虽不大，却精致。到了顾径亭手上，如在一幅国画上补笔，栽树、培花、种草、添石，益发娱目。特别是墙角补栽了两棵桂花树（从乡下人家买来的成年树），一棵开金桂花，一棵开丹桂花，秋风起时酿出一院的香气，好看又好闻。

顾径亭对妻子说："这是专为你栽的！"

"谢谢。桂花是一味好中药，可泡桂花茶，也可制桂花酒。我是中药行的，做起来不费力。"

顾径亭嗜酒，咂了咂嘴，问："你有桂花酒的配方？"

"清代的潘荣陛，写了本《帝京岁时记胜》的书，此中就有桂花酒配方：桂花、米酒（或高粱酒）、红枣、龙眼、白人参、白糖。新鲜桂花收集后，置于通风阴凉处，风干一夜；然后以每斤桂花配四两白糖的比例拌匀，放入缸内发酵两三天；再倒入四至五斤米酒或高粱酒，密封窖藏，一年后即可启封；但启封前一月，要加入白人参、红枣、龙眼少许。"

"好！有劳夫人操持。不用米酒，就用高粱酒！家里鲜桂花少，再去买些，起码一次要酿五十斤桂花酒！"

"馋死你了。幸亏你有个懂中药的好老婆。"

"我艳福不浅。"

顾径亭晚年的得意之作，是在公园下湖一个拐角处的岸边，立一座小红木桥，在桥边的闲地上，错杂栽出一片桂花树，林中留一条曲折的小径，一边是金桂花，一边是丹桂花，又在小径起点处，点缀一把绿色长靠椅。命名为"桂枝香"，取自宋词中的一个同名词牌。粗壮的桂花树原先散落在公园各处，现在集中移栽至这里，金、红两色桂花，加上红桥、绿椅、芳草小径，简约而精致，宁静而清雅，颇受人称赞。

妻子悄悄问丈夫："设置'桂枝香'，你可有私心？"

"有，但私不损公。你欣赏，大家也喝彩。这些年，因工作需要，我常为这些景观拍照，尤其是夕阳下的'桂枝香'，特别动人。"

"我们的结婚日是中秋节，今年我五十五岁，退休了，正逢你的作品完成。还有半个月就是中秋节了，我们去'桂枝香'，你给我多拍几张照片，然后你端着机子，拍我们的合影。"

"理应如此。合影要年年拍，但愿我们相守到金婚、钻石婚……"

"拍完了，就回家吃'团圆饭'，儿子顾程一家三口都来了，几多高兴。"

"是啊，是啊！"

他们是同龄人，尚桂枝五十五岁退休，五年后顾径亭也退休了。想不到的是尚桂枝因心脏病突发，于六十七岁时撒手西去。儿子、儿媳在本市郊外一所中学教书，孙子刚上高中，他们怕顾径亭太寂寞，要搬回来住。

顾径亭连连摇头，说："我完全可以照顾好自己，你们放心。孙子跟着你们早出晚归，太受累。院子里有两棵桂花树，你妈还在陪着我，我不孤单。得闲了，你们回来吃个饭吧。"

"好的。"

一个庭院，一个人，冷冷清清。

顾径亭老待在家里翻看相册，看他用相机或手机拍摄然后冲洗出的照片，很多是夕阳下妻子的单人照，入秋后站在"桂枝香"小径中央的照片最为动人，或穿白色旗袍或穿淡青色旗袍，夕阳柔和地洒在她的头发上、脸上，别有系人心处。他们的结婚纪念日合影，正好照了十二张，相依坐在绿色长椅上，他举着相机或手机记下这美丽的瞬间。还有三张合影，是妻子辞世后，儿子陪着他来"桂枝香"，他的身边竖立着一个镜框，是妻子一张放大的彩照，然后由儿子拍下的。

天气好的日子，顾径亭在黄昏时，会一个人去雨湖公园，随手拍下一些夕照图，纯粹的风景照，不夹带任何人影。入秋了，桂花开了，他喜欢去"桂枝香"，拍桂花、小径、绿长椅、小红桥。居然有好几次，碰到儿子学校已退休的女同事，还热情地和他打招呼，然后款款离去。那个穿白色旗袍的背影，很像他的妻子尚桂枝。怪事。

年年中秋，今又中秋。

儿子顾程一家早早地回家来陪顾径亭，做了一顿可口的中饭，然后共饮桂花酒。

"爹能干哩，会制桂花茶，会做桂花酒。"顾程说。

"你妈教的方法，我不会忘。"

"爹，晚餐我在饭馆订好了。岳父岳母都会去，大家热闹热闹。"

"你们很用心思，好。"

"中饭后，他们母子先去岳家陪老人。到了黄昏，我陪你去'桂枝香'拍合影照。如果……遇到熟人，你也给人家拍个照，显显你的好手艺。"

顾径亭淡然一笑，说："爹多喝了两杯桂花酒，有点醉，就不去拍什么照了。不如坐在这两棵桂花树下，你陪我聊聊天吧。"

顾程说："我听爹的。"

……

顾径亭在饭店吃过晚饭，回到家里，已经九点钟了。一院子的月光，一院子的桂花香。他洗漱完，换了一件洗得泛白的工作服，坐在院子里喝了好一阵桂花茶，检查了一下手机有没有电，然后带上那个彩照镜框，走出院门，走向巷尾的雨湖公园。

月上中天，表里俱澄澈。

他要去"桂枝香"补拍一张与妻子的合影照。夕阳没有了，月亮还在哩！

苦瓜哥

在湖南省茶陵县云阳山跃马冲红光生产队，男女老少都叫他苦瓜哥。

1970年秋，我们这几个没读过什么正经书的所谓高中毕业生，从三百里外的株洲市，下放到这里来"改天换地炼红心"。我们也跟着村民叫他苦瓜哥，他笑得脸上开了花，说："你们没把自己当外人，这就好！"

知青屋，也就是我们的家，安在村外一个小山上，是一个稍加修整的破旧仓库。刚刚安顿下来，第一个来做客的就是苦瓜哥，手提一竹篮苦瓜作为见面礼。

"我叫胡华，人称苦瓜哥。为什么有这个外号呢？第一，'胡华'听起来像'苦瓜'。第二，我长得矮小，瘦精精的，家里穷，穿的衣服皱巴巴，人就像一条苦瓜。第三，我的菜园子里，苦瓜种得多，也种得好。"

胡华笑呵呵的，说得又轻松又有趣。

"苦瓜哥，快人快语，欢迎你常来！"

"我会常来的，你们是城里人，离家这么远，有什么难事只管叫我！"

我们初来乍到的彷徨、不安，顷刻间消逝得一干二净。

苦瓜哥种的苦瓜叫"火把瓜"，初夏下种，然后生苗引蔓，一个多月后就开出黄色的花，到夏末初秋，第一茬苦瓜就成熟了，瓜色成金赤色，真像一支支燃烧的火把。剖开来，肉色鲜红发亮。苦瓜一茬接一茬地摘，一直延续到深秋。"火把瓜"的种子，是从与云阳山接壤的江西老表那里引来的。本村的人不种"火把瓜"，觉得苦味太重，虽然苦味后有回甘，到底有碍口感，种的是土生土长的"碧玉瓜"。

苦瓜哥种"火把瓜"是为了他的娘。苦瓜哥两岁时，他爹就因病去世了，是娘把他拉扯大的。娘有眼病，干涩、流泪，视力也模糊。有中医说：这种眼病主要是肝火障目，而苦瓜是苦寒之物，可除邪热、解劳乏，清心明目。常吃苦瓜，常将苦瓜削成薄片，敷在眼睛上，对眼病有疗效。而"火把瓜"是所有苦瓜中的优者！

苦瓜哥的菜园子里，其他菜种得不多，够吃就行，苦瓜却要种几十畦，竹棍扎成的瓜架，一个又一个，很壮观。苦瓜除了食用，还储存在屋后很深的地窖里。他家一年四季都有苦瓜吃，他娘的眼睛在不干活时总敷着苦瓜片。

25岁的苦瓜哥，还没有成家。红光生产队穷，女孩子出阁，都是嫁往外地。胡家更穷，家徒四壁不说，还有个半瞎的老娘，谁肯来和苦瓜哥喜结连理？但苦瓜哥依旧快快活活，不怨人也不怨天。谁家有要出力气的事叫他，他就来了，比如做土砖建房子，有病人要抬着去镇上的医务所，秋收时要赶节令收割苞谷……在乡下，这叫"换工"，不给工钱，你有事也可以叫人家来。但苦瓜哥从不叫别人来偿还工时，他家的大小活计，他一个人干也绰绰有余。

那年月，跃马冲没有通电，晚上照明用的是煤油灯。知青屋点灯用的煤油，是我们五个人凑钱买的。我们的家境都不好，也不好意思问父母要钱。买不起煤油时，就摸黑说会儿话，早早上床睡觉。

苦瓜哥每次天落黑了来知青屋聊天，都会带一捆松明子来。一进门，他就喊："别用煤油，点起松明子说亮话！"

两尺来长、拇指粗的松明子，取自大山深处流着松脂油的野生松树。点燃了，插在一个三足粗木架上，满屋通明，满屋飘香。

他教我们什么季节种什么菜；粮食不够吃，怎么用红薯、土豆搭配着用；怎么使用针线，缝补破了的衣服。生产队分配给我们十几只小鸡崽，他教我们喂食时要吹哨子，让它们熟悉哨音，然后，白天放出去让它们自己寻食，黄昏时，一听见哨子响就回来了……

苦瓜哥真像我们的老大哥。

我们觉得日子不那么难熬，也不那么苦涩了。

春节快到了，按理说，我们该回株洲了。先从红光生产队步行走出跃马冲，就到了镇上；从镇上坐长途汽车到茶陵县城，车票五毛钱；再坐从县城开往株洲的长途汽车，车票三元钱。我们居然拿不出这个钱来！

这个冬天特别冷，一场雪接一场雪，到处白皑皑的。溪水、塘水、小河水，都结了厚厚的冰，人走在上面不会破裂。

我们的心也是冷飕飕的。离开亲人几个月了，想回家却难于上青天。

夜里九点钟的时候，我们吃过晚饭，坐在烧着柴蔸的火塘边发呆。苦瓜哥忽然推开门走进了知青屋，头上戴着一顶破棉帽，身穿一件到处露出棉花的老棉袄，棉袄两边的口袋里，各放着一瓶白酒、一个手电筒。

"哈哈，我来报告一个好消息，你们可以回家去过年了。"

我说："我们不想回去，就在这里过年。"

"你们的车费，我都准备了。不过，还差一点点钱。得去打个夜工，劳驾各位出点力。"

生产队年终分给各家各户米谷之外，几乎没发什么现钱，苦瓜哥的钱从哪里来？

"我赶了几次集，把地窖里的苦瓜差不多都卖了。冬天卖苦瓜，紧俏货呵。"

"你娘要苦瓜做药用的，这怎么行？"

"过几个月再种就是。快！熄火，锁好门。先去小龙河，破冰捉鱼！"

屋门外，放着一辆独轮土车子，车上放着一捆稻草，两捆干柴，还有粗麻绳、细塑料管，还有凿大石头用的大锤、长钢錾，以及一个网兜。苦瓜哥推起土车子，快步往前走，我们紧紧地跟在后面。

两个小时后，我们来到小龙河边。

苦瓜哥先在岸边铺上干稻草，再在干稻草旁架好干柴，接着用火柴点燃几根松明子，塞进架空的干柴堆里，柴堆很快就燃旺了。然后让我握着长钢錾杵在冰河上，他抡起大锤砸钢錾，直到在冰河上砸出一个大窟窿。

"你们五个人，两人照看好火，千万熄不得；一人用手电照着冰窟窿；一人放绳；一人放塑料管。看我怎么捉鱼出水。"

他先打开酒瓶盖，一口气喝下去小半瓶，再脱光衣服，腰系粗麻绳，嘴叼塑料管，手拿网兜，就跳进了冰窟窿里。

我们的眼里涌出了泪水。

十分钟后，苦瓜哥浮出了水面，我们赶快把他拉出了冰窟窿，接过网兜，里面有六条大鱼，有草鱼也有青鱼。

给他披上老棉袄，扶他坐到干稻草上，让他烤火暖身。他身上冻得一块青一块紫，被冰划破的地方还流着血。

"拿酒来，我再喝两口。幸好，你们都是男的，我可以光身露体，与你们赤诚相见。"

大家想笑，可笑不出来。

苦瓜哥歇一阵，烤热了身子，又下水去；出水后，再歇一阵烤热身子。他下水四趟，网了三十多条鱼，这才穿好衣服、鞋袜，戴好棉帽子。

"你们回去看父母，得带点礼物，队里穷，没分你们什么东西，但……你们要说这是队里分的，也为我们遮遮丑。每条鱼四斤上下，你们每人四条，我会用麻布袋装在一起。再赶到镇上正好天亮，集市也开张了，我去卖掉十条鱼，两三毛钱一斤，加上我卖苦瓜的钱，你们的路费和饭钱都有了。我再带回去十条鱼，自家留两条，其余的送给几户特苦的人家。"

"苦瓜哥，你今晚吃大苦了。"

"三九严寒下水洗澡，这不是冬泳吗？好玩。"

我们离开小龙河时，天上又飘起了小雪花。

......

路上折腾了一天，夜幕落下时，我们回到了株洲。

在中医学院教书的父亲，从反省的学习班，正好放出来回家过年。他属于没改造好的臭知识分子，每月只发20元生活费。

父亲对我说："一家五口，总算可以过个团圆年了。你妈带着你的弟弟、妹妹，又担心我，又记挂你。你妈说要省出几元钱寄给你作路费，想不到你已经回来了。"

我突然呜呜地哭起来。然后，说起了苦瓜哥。

父亲听完后，沉吟良久，用手指轻扣书案，说："他叫苦瓜哥，名副其实！清代学者屈大均在《广东新语》中这样赞誉苦瓜：'杂他物煮之，他物弗苦，自苦不以苦人，有君子之德焉。'"

我与同伴相约：过了元宵节，就回跃马冲的红光生产队去，我们想苦瓜哥了！而且，一入夏，要请苦瓜哥教我们种"火把瓜"。

听　蝉

年近古稀的高小蝉，还是那么喜欢听蝉的鸣叫声。

酷夏的中午，太阳火辣辣的，社区安静极了，蝉就叫得格外急格外响亮。

她家住在五楼，楼前楼后栽的是垂柳，蝉声听得很真切。何况，她还要坐在客厅的窗前，窗户还要拉开一条五六寸宽的缝。她可以近听，也可以远看。不远处是一个健身坪，放置着单杠、双杠、秋千架、拉力器之类的健身器具，住在一楼的人家，往往把洗了的被单、衣服、裙子晾晒在上面。

她是一个国画家，专攻工笔花鸟草虫，出版过画册多种，在国内外举办过很有影响的个人美展，声名赫赫。她画的蝉最为人称道，不但工细，还带着一种女性的柔情和清高自许。唐代骆宾王《在狱咏蝉》，她是百读不厌，"无人信高洁，谁为表予心"，俨然是她的心语。

父亲赐她的姓名是高小禅，她在画蝉有体悟后，改为高小蝉。一是她爱画蝉、听蝉，二是有出处，元代元好问在《临江仙》的词中有一句"高树乱鸣秋"。她恋爱过，但最终没有喜结连理，至今仍是无牵无挂一个人。"性本洁来还洁去"，天下肯定有好男子，只是她没有碰到过！一晃她就退休了，退休和在职对她来说，都一样，每日要做的事依然是画画和读书。夏秋时节，多一件事——不午睡，听蝉。听蝉时，她的眼睛看着健身坪晾晒的衣物，特别是女性的裙子，美丽的款式和色彩，给她很多联想，脸上便泛起淡淡的红晕。

这天中饭后，高小蝉又坐在窗前听蝉。社区的路上没有车轮声，健身坪上除了晾晒衣物的各种色块，静寂无人。

"知——知、知——知……"

忽然，高小蝉看见一个男子走进了健身坪，蓄着平头，粗胳膊粗腿；上穿黑汗衫，下穿蓝布工作裤。他在衣物之间慢慢巡走，顺便翻动一个一个的色块，这情景很动人。当那汉子拿起一条粉红色的连衣裙，与自身黑、蓝二色形成强烈的视觉冲击，高小蝉飞快地用手机拍了下来。她想：他是冒着烈日来为妻子收晒干了的裙子。汉子把裙子折好，夹在腋下，飞快地走了。

下午，高小蝉在一张画好的《柳蝉图》下方的草地上，添了很小的一个粉红色块，依稀可看出是一条裙子，这构图很柔美。

暮色四合，高小蝉出门散步，走到健身坪时，听到三五成群的人在议论：有人偷走了女人的一条粉红色连衣裙，女人偷裙子是贪小便宜，男子偷裙子恐怕是变态。

高小蝉突然觉得热血冲向头顶，她最恨这种男人！急匆匆回到家里，她将手机拍的照片，发给了社区物业管理办公室的负责人！

两天后，派出所依照高小蝉的实拍照片，把案子破了。作案人叫刘禾，是住在社区外出租屋的一个农民工，靠在码头当装卸工的菲薄工资养活一家三口。妻子带着个才一岁的孩子，没法去干活赚钱。民警去查抄赃物时，出租屋内家徒四壁，妻子病歪歪的，孩子也是蔫蔫的。汉子主动拿出裙子，哭着说："妻子跟着我受苦，过几天是她的生日，我想送条裙子作礼物。可我买不起，连孩子要喝的奶粉都没有钱买，我就动了偷裙子的念头。我认错，我认罚，只是莫让我去坐牢，我一天不赚钱，他们母子就惨了。"

汉子没有被抓去拘留。

高小蝉闻听此事后，心痛彻骨。她不知道她错在哪里，拍照前的钦佩和发寄照片时的愤怒，是出于什么莫名其妙的心境？但有一点可以确定，她让这个家庭小小的美好愿望破灭了。现在她再听蝉声，是另一种心情，正如古诗词所言，是"风急蝉声哀"，是"不堪玄鬓影，来对白头吟"。她不想再画蝉了，也不想再听蝉了。

隔三岔五，高小蝉去刘禾家送奶粉送肉食送水果，和刘禾的妻子聊家常，逗一逗那个可爱的孩子。

有一次去刘家，高小蝉当着刘禾小两口的面，说："我想请你们帮个忙，不知行不行？"

刘禾说："高老师，我们非亲非故，你对我们太好了，你只管吩咐。"

高小蝉说："我是一个孤老婆子，我想请刘夫人，每隔三天，到我家来搞一次卫生，算一个工作日，九点钟来，下午四点归，在我这里吃中饭，日工资两百元。"

刘禾说："她带着孩子，怎么能做事？再说搞卫生没多少事可做，你定的工钱太高了。"

“她做事时，孩子由我来带。工钱就这个数，不能再少。明天就开始吧。”

高小蝉觉得日子过得有意思了，刘禾夫妇叫她“高妈妈”，孩子结结巴巴叫她“奶奶”，她突然有了“家”的感觉。

转眼就立秋了，“秋老虎”厉害，到处火流奔涌。高家的客厅里开着空调，窗户紧闭，很凉爽。刘禾的妻子在揩抹地板，高小蝉抱着孩子退让着站到窗户边。孩子突然用手指着窗外，哇哇地叫。

高小蝉惊奇地问：“他说什么？”

“高妈妈，他听见蝉叫了，高兴哩！我们住的出租屋旁边，也有柳树也有蝉叫。”

“这孩子，听力不错——”

芦花吹雪

冬至后的第十天，一场大雪急匆匆赶来了，洁白的絮绒被朔风吹得狂飞乱舞。

年过半百的盘龙县律师事务所所长别有思，一大早就坐在喷吐暖气的办公室里了。他望着窗外的雪花，蓦地想起古人的一句诗，"芦花吹雪漫天白"，也想起了一个叫白芦雪的女孩子，便觉有一股寒气削骨锥心。

与雪花同时到来的，还有快递来的一封请柬。是本县犁头镇牛角村的农民白起明寄来的，他三十岁的儿子白芦岸，明天中午举办婚宴，盛情邀请他去喝喜酒。接着，白芦岸打电话来了："别叔叔，您是我家的大恩人，请您赏脸光临，谢谢！"

犁头镇曾是本县最穷的镇，牛角村是犁头镇最穷的村，而白家则是牛角村的特困户。现在情况已有好转，基本脱贫了，但人均年收入不过三千多元。白起明是个跛子，多病的妻子逝世好几年了。白芦岸倒是身强力壮，种田栽树是把好手，是家里的顶梁柱，早两年费尽周折定了门亲事，因女方家要一份像样的彩礼，他们家迟迟凑不齐，也就没法子喜结连理，现在他终于可以当新郎了。

别有思当然要上门去贺喜。他与白家非亲非故，只因免费为白家打赢了一场官司，与这对父子也就有了不同寻常的关系。他只是觉得白家办喜事来得太快了，应该缓一段日子。白家两个多月前办过一场丧事，死者是白起明的女儿、白芦岸的妹妹白芦雪。

律师事务所在别有思的倡导下，一直开展着一项业务：为贫困农民免费提供法律服务。别有思接到白起明的求助电话，是今年的十月五日。事情经过是：在湘楚大学新闻系读四年级上学期的白芦雪，在国庆放长假时，到外省金柱县的金柱峰旅游。十月二日，在悬崖边一个围着铁链护栏的观景台，靠着横向铁链自拍时，身体后倾，重心偏移，不慎掉下百尺悬崖。景区救护队闻讯马上去搜寻，但白芦雪已停止了呼吸。死者身上有学生证，有家里座机和哥哥白芦岸的手机号码。学校派了人，与白芦岸会合，一起去了金柱峰景区。白芦岸代表父亲要求人身损害赔偿，因为白芦雪是买了票进去参观的，人死了，景区难辞其咎。但景区说，观景台围了铁链护栏，安全措施是到位的，死者是自拍时忽略了对安全的评估，又身体过度后倾，坠落崖下只能由死者负责。双方僵持着，尸体停在殡仪馆也不能火化。白芦岸打电话给父亲，让父亲求助本地律师事务所，请律师为贫困农民提供法律援助。当时，别有思一口就答应了。

别有思去金柱峰景区之前，先开车去了牛角村的白家。白家真的是家徒四壁，白起明不到花甲年，又衰老又憔悴。

"老白，你家女儿有什么疾病吗？"

"没……有。才21岁，她会有什么病？"

"平时喜不喜欢说话，心情开不开朗？"

"活泼得很，像只喜鹊子爱说爱笑。"

"她常说些什么？"

"她说：'娘说一不小心有了我，家里苦，不能再要孩子了；爹说既然来了，是一条命，要苦一起苦吧。'她说：'我比哥哥小九岁，我出生时，哥哥正好初中毕业，成绩又好，但他不肯读书了，说以后就让妹妹一个人读书，她是全家的希望。'"

白起明忽然大声哭起来，别有思也听得满眼是泪。

白起明用袖口揩干泪，说："我女乖呀，她说：'还有一个多学期我就毕业了，我要找个好工作，月月寄钱给爹，帮家里修好房子，置办需要的东西。'她对她哥哥说：'哥，我一旦参加工作，先去贷笔款，让你把嫂子娶回家来。'她还说：'爹，哥哥，我记着你们的恩，我会报答你们！'别律师，现在……她想报答也是一场空啊，我的命好苦……我的儿也命苦，只怕要打一辈子光棍。景区一个钱也不想出……呜呜……"

别有思说："老白，请你相信我，我会尽力的。"

白起明突然跪了下来，给别有思磕了几个头。

别有思先坐飞机去了金柱县，再坐汽车赶到了景区，和校方代表、白芦岸会合后，与景区负责人一起，先到现场考查。他敏锐地发现，观景台没有竖立警示牌；再用随身带的钢卷尺，量了量铁链护栏的高度，只有 60 厘米，明显是矮了，存在安全隐患。就算成人的平均高度为 160 厘米，100 厘米高的铁链护栏才是基本护卫高度。

就凭这两条，这个官司打赢了。法院判定景区和死者各负一半的责任，景区赔偿死者家属20万元。

　　官司是打赢了，别有思心里却有不少疑点：一个贫苦家庭的孩子，怎么会到这个著名风景区来旅游，路费、门票费、住宿费、伙食费，不是个小数字；一个女孩子，应该邀几个伴一起来，怎么是独行；大学生的智商应该不低，怎么会靠近危险的铁链护栏自拍，还身子往后倾……不过，他什么也不说，不管怎么样，白家父子得到了一笔赔偿款，会让冷寂的生活现出一点点暖色。

　　湘楚大学基于这个事故的深刻教训，也感谢别有思的法律援助，特意请别有思去新闻系开个座谈会，为同学们讲讲如何增强安全意识，如何用法律手段维权。别有思高高兴兴地去了。

　　在开座谈会之前，别有思分别找几个女同学，问了问白芦雪平日的生活、学习情况。总体印象是：白芦雪能与同学和谐相处，很谦和，但说话少，脸上难得有笑意，心思很重；学习刻苦，成绩好，双休日就去校外培训基地，为小学生和中学生上课，赚一点生活费。

　　一个和白芦雪同宿舍的女同学说："她常在深夜用煤气灶熬中药，还请我不要说出去，她只是胃有毛病，不是什么传染病，免得同学生戒心。我当然不会说出去，但我知道她的胃病很厉害。我还听在肿瘤医院当大夫的姨爹说，有个湘楚大学新闻系姓白的女学生，去他们科室看过病，诊断结果是要动大手术的，但她再没有回去治疗。"

别有思不禁长叹，说："白芦雪有太强的自尊了，她可以告诉老师、同学，可以请求社会慈善机构的援助啊！"

……

窗外，雪似芦花，漫天皆白。

别有思呆坐着想了又想，忽然一拍桌子，几句话卡在喉咙里，想说又说不出来：白芦雪不是自拍不慎坠崖身亡，是病入膏肓，还想着报答父亲和哥哥的恩情！

此刻，别有思猜测：白家的房子已修补好，还添置了简单的家具、厨具和电器；彩礼早送过去了，女方家个个笑逐颜开；杀猪宰羊办喜酒，搭起了租来的塑料布长棚，摆好了借来的桌凳，村里的老少爷们午前会熙熙而去；白起明父子穿着新衣戴着新帽，准备迎接前来贺喜的宾客……

白家的后山，葬着白芦雪的骨灰盒。

别有思突然胸口滞闷，浑身发冷。他不想去牛角村吃喜酒了，便用手机微信，向白芦岸的手机发了一个一千元的红包，并写了两句祝贺的吉言："瑞雪红梅，百年和合。别有思贺。"

花草束

　　古城湘潭有许多条古香古色的巷子，巷子里讲究的人家，院门两旁放置着花草，门楣上攀爬着藤本植物，还会摆上石凳或椅子，让前来叩访者稍坐，等待主人开门迎客；或者，经过此处的陌生人，走累了，也可以坐下来，歇歇脚。有的主人很风趣，还会在门上贴一条窄长红纸，上写："花草陪人请小坐。"这张红纸条，人们称之为"花草束"。

　　曲曲巷中的高家宅院，就是这种格局。

　　男主人叫高振宇，快七十岁了。除了他，还有一个比他小一岁的妻子柳鹂。儿子一家在外地，只有春节时才回来与他们团聚。他们喜欢安静，退休前和退休后一个样，院门常关。但只要他们一出门，见着街坊邻居，总会主动打招呼，客客气气的。他们不去串门，也不邀请别人来家里。但院门两旁的花事常新，花缸按照时令换进换出，春天的山茶花、夏天的荷花、秋天的木芙蓉、冬天的绿梅或白梅。他们在院子里养了许多缸花草，轮流让花草出来陪人。他们不孤芳自赏，而是让大家赏心悦目，这份心意就很难得。

　　更有意思的是，他们在院内靠门两侧的墙根下，栽了许多藤本植物，比如迎春花、紫藤花、牵牛花、爬壁虎之类，再用细麻绳拴在院门顶端和扶持植物的竹竿之间，让柔藤顺着绳子爬到门楣上，变成一座花草牌楼，好看。春有金黄的迎春花和粉紫相融的紫藤花；夏秋的牵牛花，有红有白有紫，像一支支仰天而吹的小喇叭，仿佛铿然有声。

退休前，高振宇是本市京剧团的名角，谭派老生。柳鹂先是唱梅派旦角的，后来身体不好，改行成了后台的检箱（收检戏服）人。在职时，早晨要吊嗓、练身段，然后是琢磨戏文；下午得好好休息，晚上要演出。柳鹂55岁就退休了，高振宇一直唱到65岁，红了好几十年，然后在声誉最高的时候，急流勇退，息影林泉。

人们很奇怪，高振宇一身的好本事，怎么不带徒弟？他饰《碰碑》中的杨老令公、《打渔杀家》中的萧恩、《空城计》中的诸葛亮……一亮相一叫板必是"碰头彩"。可他的儿子却坚决不学戏，儿子想的是好好读书，将来去造飞机造火箭。儿子被他骂过打过，但倔强如故，有几句话最让他伤心："爹，成一个角比成一个科学家还难，嗓子好身材好是爹妈给的'饭碗'，还得有悟性，能吃大苦。您是成功了，妈就没成。我不是学戏的料，普天下也没几个是！您不要轻易带徒弟，别害了人家。"

现在儿子在大西北的一个特殊单位工作，已经是总工程师了。

高振宇真的没有带过徒弟，也不接待上门来求教的同行和戏迷。自己走上了这条路，就好好走下去吧。可心里老觉得对不起人，就让院门两旁的花草表示歉意吧，让人看看花，听听他在院里吊嗓子，或者酣畅淋漓地唱上一段，聊作补偿。到真正退了休，高振宇凌晨起床后的大事，是和老妻一起去侍弄花草，一边干活一边轻声哼几句。

处暑后，天气变凉了。

高家院门两旁，分放着一缸雁来红、一缸白菊花。门楣上爬满了清脆的藤叶，一朵朵直立的牵牛花，红红紫紫，还有白色的，开得很热闹。

巷子里的人，发现天刚亮，就有一个穿西装的中年汉子，安静地坐在高家花缸边的绿色木靠椅上，上身直直的，两手平放在膝盖上，尖起耳朵听院里的声响。

这个人没有谁认识。

院里传来录音机播出的京胡声，高振宇唱道："恼恨那吕子秋行事可恶，恨不得插双翅飞过江河。船行到半江中儿要掌稳了舵。我的儿为什么撒了篷索？"接着，高振宇变了哭腔，"啊……桂英儿啊！"

有老戏迷明白，这是《打渔杀家》中萧恩的唱段，"快板"后是"哭头"，而这"哭头"是高振宇的绝活，"儿"字下行腔，将喉音愈落愈低，透出苍老凄怆之音！有人正要喊"好"，中年汉子忙站起来，摆摆手，又深鞠一躬，然后再坐下听。

高振宇反复唱了三遍，才停住。

中年汉子站起来，朝挤在巷道里的几个人拱了拱手，然后飘然而去。

第二天早晨，中年汉子又来了。

高振宇唱的是《碰碑》中，杨老令公与六郎离别后，先唱"二黄导板"再唱"哭头"："我的儿呀。"声腔极为凄惨悲凉，也是唱了三遍。

第三天早晨，巷子里的人，早早地聚集在高家门口，就为听高振宇的"哭头"。

那个中年汉子没有来。高振宇也没有打开录音机，没有唱"哭头"。

又过了些日子，外地的一个京剧团来湘潭演出，主角是谭派老生传人、年方四十的景金石，戏码是《打渔杀家》《碰碑》《四郎探母》。海报上还贴了照片，景金石就是那两个早晨来听戏的中年汉子！

巷子里立马欢腾起来。

"景老板肯定是来请教'哭头'唱法的。"

"那么，高老板怎么不开门迎客？"

"你想啊，高老板多少年都不点拨人了，再为一个外地人支着，别人会怎么说！"

"对呀。我猜想有高老板的师兄弟用电话引荐，定好了时间，他在里面唱，景老板也是谭派传人，一听就明白诀窍在哪里。"

"高老板并不失礼，门上有花草束，门边有花草陪客。"

"买票去！听景老板的'哭头'，等于是听高老板的'哭头'！"

莲叶何田田

何田田和卜实实都老了。

只有他们家的荷叶荷花不老，年年叶碧花红。然后结出莲子。周而复始，永无穷尽的样子。

他们从大学毕业，分配到株洲这家造火车头的大工厂，一眨眼，四十多年过去了。

造蒸汽机车，造电力机车，造每小时跑三百公里的高速动车，他们都经历了。他们人生的轨迹，与同代人并无二致：恋爱、结婚、生子。独生子好像是突然长大的，大学毕业后，和女朋友到"风头如刀面如割"的大西北去了，然后在那里成了家，也有孩子了。

时间的波流无声无息，也无休无止。在他们眼里，只有荷叶荷花是个不老的主题。

卜实实向何田田求爱时，送去的是用一个铝饭盒移栽的碗莲。他们从不同的大学毕业，来到这个厂的技术设计部，好几个月了。

株洲是座新兴的工业城市，机车厂是株洲王冠上的明珠，高大的厂房一栋接一栋，到处是纵横交错的轨道线，钢鸣铁响充满阳刚之气。

这个夏日的黄昏，何田田突然想起了"人家尽枕河"的故乡苏州，想起了家门口那个荷塘，下了班，连晚饭都不想吃，恹恹地回到了单人宿舍，门也没关，就靠在床头发呆。她父亲是教书的，当她降生于盛夏，就从古诗"莲叶何田田"中取出三个字作为她的姓名。

卜实实轻轻地走到门边，轻轻地"咳"了一声，轻轻地说："何田田，我来送样东西给你。"

何田田长得漂亮，又是一口带吴侬软语的普通话，好听，常有动了春心的小伙子给她送电影票、小礼物，她笑着脸一别，快步而去。

"我——不——要，谢谢。"

"你睁开眼，肯定会喜欢的。"

一个铝饭盒，缓缓移过来。进厂时，每个人都发了一个铝饭盒，每人都在盒底刻上自己的姓名，用来去食堂买饭菜。饭盒里盛的不是饭菜，是直立的两片荷叶和一枝羞红的荷花。何田田兀地站了起来。

"碗莲！你是哪里弄来的？"

"我骑自行车去了郊外的一个花木园，讲好话购来的。"

"你也懂碗莲？"

"我的老家在洞庭湖区，那里到处都是荷湖荷塘，也有栽碗莲的高手。"

栽种在碗里的莲花，叫碗莲。何田田原以为只有苏州、杭州、扬州一带才有，不是有绝妙手段的花匠培育不出来。碗莲价贵，作案头清供，一般人花不起这个钱。

何田田嘴角泛起笑意，说："《中国荷花品种图志》称：'碗莲的第一个标准，是碗的口径必须在 26 厘米以内……'"

卜实实见她不说了，忙接过话："还有三个指标必须达到：花的直径不超过12厘米，立叶的平均高度不超过33厘米，叶片的直径不超过24厘米。我量了，都达标。只是饭盒……是个长方形的。我知道种碗莲都用古香古色的碗，我买不起，就带了这只饭盒去。"

"你把吃饭的器具都让给了花，真是一个真正爱花的人。我喜欢。我又闻到家乡的气味了，家乡近在眼前。啊，饭盒没有了，你怎么吃饭？"

"我买了一个搪瓷盆。"

何田田说："我有点饿了。一起去饭馆，我做东。然后……请你看场电影。好吗？"

"好……好。"

碗莲的叶黄了，花瓣飘落了，凸露出一个小巧的莲蓬。

他们结婚了。

厂里没有多余的宿舍，他们在郊外一个菜农家租了两间土砖房子，一间做卧室，一间做厨房。

这个冬天很冷，北风吼，雪花飘。

卧室里生一炉煤炭火，火上搁着一只烧水的小铜壶。他们喝着刚沏好的绿茶，火光在脸上一闪一闪。

"田田，卧室窗外有一块小小的空地，我想挖出一个种荷的小池。"

"太费力了。满眼是菜畦，也好看。"

"待你怀上小宝宝时，你坐在床上往窗外一看，荷叶荷花赏心悦目，荷气袭人，就像回到老家了。"

"谢谢……谢谢。"

两米见方的荷池挖好了，夯实了防漏的池底，先铺上细沙，再盖上挑来的塘泥。入春后，购来保留了三个节的荷根，埋入泥中，然后在池中灌满了水。

他们早出晚归，三顿饭都在厂里的食堂吃。白天绘制图纸，下车间实验，忙得像轴承转，夜色四合时才回到家里。洗漱毕，摁亮手电，到荷池边站一阵，说一阵话，然后回到卧室，共一个书桌或看书或整理资料。

小如钱币的荷叶，绿在水中，这叫"钱叶"。叶子长大了，浮在水面，这叫"浮叶"。然后，叶子挣扎出水面，称之为"立叶"。叶梗渐高，叶片渐圆渐阔。接着有了荷蕾，荷蕾慢慢饱满，再打开一层层花瓣，吐出清雅的香气。

卜实实常在夜深时，用小纱囊装上一小撮龙井茶，放入荷花花蕊中。第二天清早，再取出来沏茶。其味妙不可言。

何田田很感动。这种"荷花香茶"的制法，出自《浮生六记》中一个叫芸娘的女子。

秋风初起的时候，何田田怀上孩子了。

公休日，她靠在窗前的床上看书，眼倦了，喝口荷花香茶，再看看荷叶荷花，妊娠期的反应如烟消云散，快乐像喷泉一样在心头喷溅。这时候的卜实实，或外出采购物品，或在厨房奏响刀砧锅碗，闻声而不见人。

他们在这里一住就是八年。

儿子上小学二年级时，他们也从技术员变成了工程师。厂里一口气新盖了十几栋有电梯的高楼，他们分到了一个购房指标，三室一厅，十六楼，有一个阳台。

儿子很高兴，说："上学的路短了！"

何田田望着窗前的荷池，眼里有了泪水。

房子装修了，家具、厨具都采买齐备，一家人欢欢喜喜住进了新房。

何田田发现阳台上，多了一个绿釉大瓷缸，里面长出三片阔大的荷叶，还有两枝盛开的荷花和一枝待发的花蕾。

"老公，你把荷池都搬来了！"

"昨夜花店就送来了这缸荷花，只是没告诉你。"

"三片叶子，三枝花，我们一家三口，你想得很周到！"

……

这一缸荷叶荷花，叶凋了又生，花落了又开。

眼下，只是叶子成了五片，花成了五朵。

除了老两口，还有儿子、儿媳和孙子。

卜实实掠了掠半白的头发，说："儿子一家，说今年要提早回来探亲，孙子一放暑假，就赶回来看荷叶荷花，大西北没这个风景。"

"是啊，春节回这里，荷叶枯了，荷花落了。"

"你怕孙子不认得荷叶荷花，儿子、儿媳明白你的意思。你的苏州荷菜荷饭做得好，该露一手了。"

"那是。我们去采买荷叶、荷花、莲子、藕，我会换着花样给他们做荷菜荷饭：荷叶蒸肉、荷叶蒸鱼、荷花丝炒蛋、酸熘藕片、莲子甜羹、荷花糕、荷花粥……"

"我都尝过，此中有深意，要慢慢体味。"

"我们都体味多少年了！"

树 医

卫根生快六十岁了。

满脸皱纹，一头白发，背也有些微弯，左看右看，都像一棵进入衰年的老树。

曲曲巷的男女老少，当面叫他"卫爷"，背地里却称他为"树医"。

潭州是一座有着千年历史的古城。可名正言顺称为古城的，其一是有史籍可作查考，其二是地面上有许多历朝历代遗留的古迹可为印证，其三是古树多。何谓古树，是指树龄在百年以上的树木，三百年树龄以上的为一级古树，其余的为二级古树。潭州城中，一级古树有五百余棵，二级古树则两千有余，多是松、柏、槐、银杏、樟树。

古迹和古树，都由潭州博物馆管辖、护卫和修缮。故博物馆专设了一个科室——古树科。卫根生是该科的头，和几个同人一起，要干的活无非是巡查古树的生存状况，严禁任何损伤古树的行为，对衰老多病的古树进行医治和护理。"古树科"其实就是"树医科"，卫根生喜欢这个名字。他常说："长年累月和古树打交道，不知不觉自己也衰老了。"

年代久远的树，主干往往会中空，像被开膛破肚，主枝容易死亡，使得树体倾斜；又因树体衰老，枝条也会无力下垂。于是整棵树需要外力支撑，或以钢管编扎出撑持的棚架，或以扁钢箍紧干裂的树干。有些树干的伤口，因衰老、虫害、冰冻、雷击造成，需要人工治疗，在伤口旁钻眼注入激素，用生物胶重植树皮，还要改良土壤，施用不同的肥料，配备恢复健康的"营养餐"。卫根生是真正的行家里手，当树医当得有滋有味，但在博物馆，没人肯正眼看一看他，评先进科室和先进个人，总是榜上无名。卫根生无所谓，他说："古树是古城的老者，面对它们如同面对自己的长辈，难道侍奉长辈还要评功授奖吗？"

屹立在公共环境的古树，他悉心照料。私家庭院里的古树，只要主人邀请，他也常去探看，而且一见钟情，与主人相谈甚欢。

曲曲巷的魏家，卫根生就去过好几回。

魏家院子正中央，有一棵两人方可合抱的虬龙柏，三百多年了。树身有些歪斜，叶子稀稀拉拉的，根如龙爪，树身的下半截中空，在一个弯曲处破了一个大洞，坦然见天光，树皮也破裂了，如披一件烂衣褂。

当家的叫魏遵规，比卫根生小两三岁，是个老中医。他告诉卫根生，院子和柏树都是祖上传下来的，院子不知翻修了多少次，但柏树依旧岿然不动。

五年前他们第一次会面，是因虬龙柏在雷雨夜被劈去上半部分左边的一个粗壮的侧枝，断面上还留着乌黑的烙痕。

"卫爷，这棵树会死吗？"

"死不了。我用药剂把伤口处理一下，你放心。"

"古人说：树犹如此，人何以堪。"

"魏先生触景生情，好像有心事？"

"我那儿子说这棵树长得难看，要死不活的样子，不如连根刨了。"

"你不同意？"

"当然。看见树，就想起小时候的事情，我爹在树下教我背汤头歌诀，教我识别药草，心里满满的是怀念。"

"儿子是做什么的？"

"电脑程序员。新潮职业！"

"你要让他喜欢这棵古柏，它是这个庭院的魂。杜甫《古柏行》称：'霜皮溜雨四十围，黛色参天二千尺。'古典的美丽，哪里去寻？"

"是啊，是啊。"

后来，卫根生又去过魏家院子几次，喝喝茶，聊聊天，很快活。

一眨眼，又是一年春风来。

魏遵规忽然打电话来，请卫根生去一趟。魏家要大规模翻修庭院，准备为儿子小魏办喜事。小魏坚决要求把虬龙柏刨掉，再放置一些健身器材，魏遵规坚决不退让，以死相拼，父子闹得如同仇人。

卫根生知道，那棵虬龙柏寿限也快到了，上半截虽还有些半黄半绿的树叶，不过是苟延残喘。但若砍去了，魏遵规就会悲情难遣，会弄出大病来。唉！

卫根生很快来到魏家。

久雨初晴，满院是金箔似的阳光。

魏遵规父子和卫根生，坐在柏树旁的石凳边。

小魏说："卫伯伯，这柏树活不长了，留它做什么？难看。"

"小崽子，你咒它死，不如说是在咒我死！"魏遵规气鼓鼓地说。

卫根生微微一笑，说："是啊，树是老朽了，还能活多久？谁也不知道。但这院子最贵重的不是你们要新建的房屋，却是这棵有着三百多年树龄的虬龙柏。"

小魏睁大了一双眼睛，想再说什么，忍着没开口。

"现在老城改造闹得风风火火，有些老巷子已经拆了。"

魏遵规说："曲曲巷不可能拆！"

"我也不希望它拆，假如要拆呢？我是说'假如'！"

魏遵规叹了口气，低下头来。

小魏眼睛一亮，问："卫伯伯，这棵虬龙柏，假如拆院子的话，该给树一个什么价码？"

卫根生说："以我过去评估的经验而论，虬龙柏应该在三十万上下。小魏，你舍得吗？"

"……树，可以不挖。不过，得让它活得久一些啊，别没等到拆迁它就死了。"

"我是树医，这点手段我还是有的。搭个棚架支撑树身，人工植树皮，还要在柏树根的空隙处再栽一棵小柏树苗，让绳子牵引它的枝叶在中空的树里顺着往上长，就像儿子长在父亲的怀抱里，直到它从那个洞开的地方出头露面，张开一片浓荫。"

魏遵规一拍大腿，说："儿子，这叫孝——顺！"

小魏顿时满脸发热，说："爹，你高兴……就好。"

……

小魏结婚了，生孩子了。

小柏树扎牢了根，枝叶顺着树的空心往上长，生机勃勃，从从容容。

魏遵规隔三岔五打电话给卫根生，说："卫爷给树看病，把我的心病也治好了。"

只有小魏常在网上探看古城改造的信息，自言自语："这曲曲巷什么时候拆迁？"

谁知道呢？

风吹柳花满城香

暮春时节。

年过半百的柳染新，听了丈夫杨直随意说的几句话，又伤感又愤懑。她猛地打开客厅的窗户，随风飘飞的白色柳絮飞进，便有几缕落到她的衣上。

杨直说："快关窗，快关窗，弄脏了你的衣哩！"

"你的下一句话是：还弄脏了我家的客厅哩。"

杨直知道妻子的火气上来了，赶快溜到书房里去。虽然孩子在外地上大学，他也不想闹得家里不安宁。

柳染新呆呆地站在窗前，看柳絮轻盈地飘呀飘，很美。她想起了李白的一句诗"风吹柳花满店香"，眼下的潭州城，主要的景观树是柳树，应该是"风吹柳花满城香"。古人把"满城飞絮"和"梅子黄时雨"看作是两道可堪比肩的风景，它们会让人生出许多美丽的联想。

她轻声自语："这个杨直，现在成一个俗人了！"

先前，他们都是园林管理处的技术员。他们大学读的专业是园林设计，主攻的是花木栽培，被招聘到这个单位后，不但谦和，还有真本领，于是双双转正。他们不但专意于本职工作，业余还喜欢读书，对有关花木的诗词尤为珍爱。这些熟读的诗词，曾让他们在一次业务的论争中大出风头，并拔得头筹。

二十年前，城市绿化办公室召开一次有各方人士参加的讨论会，以确定本市的主要街道和风景地，除花草之外，应该栽种什么树为主。杨直和柳染新，也应邀参加。会上，发言很踊跃，说要栽什么树的都有，法国梧桐、杉树、芭蕉、玉兰树、橘树、樟树……各有各的说道。

杨直站起来说："我主张栽柳树！耐旱耐涝抗污染，易种易活成长快，绿的时间长，树冠浓密，成本便宜。下面让我的内人柳染新细说。"

大家笑起来。有人说："这又是个爱柳的角色，名字都来自写柳的古诗句'年年长似染来新'。"

柳染新大声说："对，我爹就喜欢柳树，所以就给我起了这个名字。"

接着柳染新话语滔滔，说潭州是座古城，应配上一种内涵深厚，可以发扬古典文化的树，那就是柳树。接着，她讲《诗经》中的"昔我往矣，杨柳依依"，讲灞桥折柳送别，讲"月上柳梢头，人约黄昏后"，讲左宗棠驻节大西北倡导"手栽杨柳三千里，引得春风度玉关"……然后，她深情地说："柳树可以满足人们多种审美情感的需求，让生活变得有声有色有品位，不知在座的各位雅意如何？"

掌声经久不息。

那次开会后，绿化办要调他们夫妇去工作，柳染新说她愿意待在现在这个下属单位，杨直则乐意升迁。如今杨直已是绿化办的主任了，正处级。

古城年年春风柳绿，只是到了农历的三四月间，柳絮飞落到地上，显得有点脏。

刚才，杨直告诉妻子："新来的市长，收到一名环卫工人的信，说柳絮太多，人手又不够，打扫起来费力，建议砍掉另选树种。市长责成我们绿化办拿出具体的方案。"

"你的意见呢？"

"我琢磨市长的想法是重选树种，如今我们市正申请生态卫生城市的金牌牌哩。"

"那是你在揣测领导的意图！广大市民，包括环卫工人，都是这么想的吗？"

"有这个可能。"

"砍掉了柳树，古城就少了一份古典情怀。重换树种，又要花一笔大钱。我要写文章发到微信公众号上去，让大家来讨论柳树是砍还是留，柳絮的问题如何解决。"

杨直说："别……别……领导知道你是我的内人，还以为是我指使你写的。"

"这与你无关。我如今是高级技师，是专家，不能不发声。"

其实这些年来，柳染新一直在想怎么破解柳絮太多的问题。给柳树雌株"打针"（用钻头在树干上钻眼），灌入可抑制多生柳花（柳絮）的激素，但成本高，每棵树要花30元。也试用过"换头"法：把雌株上半截锯掉，嫁接雄柳枝条，让雌株改变性别不生柳花，但那只适用于矮树，没法大规模推行……她曾把她的苦恼，说给在大学教古典哲学的父亲听，父亲听后哈哈一笑："落红不是无情物，化作春泥更护花。

柳絮从古飘飞到今，碍君何事？"她立马懂了，也笑了。

……

几天后，柳染新写了篇文章，题目是《柳絮何罪，莫议砍树；清洁城市，请献妙策》，发到公众号上，立刻引起轩然大波。绝大多数人都不同意砍掉柳树，潭州城被誉为柳城，砍掉柳树，潭州城岂不是徒有虚名？有文化的人，则旁征博引称柳絮飘飞是一个好景致，欧阳修说"飞絮蒙蒙，垂柳阑干尽日风"；苏东坡说"枝上柳绵吹又少，天涯何处无芳草"。对于清扫柳絮，也有主动请缨的：团市委各基层单位都有志愿者协会，柳絮飘飞时，他们保证按时去协助清扫；环卫局也许诺在这段日子，聘任临时工上岗，解决劳力紧张的困境。

脸阴了好些天的杨直，忽然拨云见日，笑得合不拢嘴。这天下班后，他主动为柳染新打了一盆洗脸水，然后说："市长亲自打电话给我，说这场市民自发性的讨论，很有意义，柳树还是不要砍掉为好。"

柳染新放声大笑，笑得弯腰摁住了肚子。

杨直说："你的愿望实现了，想不笑都难。"

"不。我是笑你，不需要悬心挂胆地过日子了！"

杨直脸蓦地红了，喃喃地说："过几天，你要去广州出差，我会折柳以赠，好不好？"

"好。我真的很高兴。"

绣球花

时令一入夏，曲曲巷管家院子里的绣球花，热热闹闹地开放了。真的很好看，白、绿、粉、红、紫、蓝，花朵又饱满又圆硕，仿佛无数的手举着绣球，随时准备抛掷出去。

管家的院门是虚掩的，谁想来看，推开门就可进去。

院子很宽敞，栽种的都是绣球花。高株和矮生的错杂为邻，品种有本地的"土著"：大雪球、大八仙花；也有来自日本的"远客"：恩齐安多姆、奥塔克萨。绣球花是易种易活的灌木，属忍冬科，繁衍后代主要靠"压条"，裁枝条而扦插，几个月后就花开如簇了。但它对土壤的酸性和碱性很敏感，比如大八仙花，花初开时是葱绿色，如果是酸性土壤，完全绽放时，花色就变成深蓝或浅蓝；若是碱性的土壤，花色则幻化出俏丽的粉红色。还有日本的那两个品种，花或先开如红霞继而变为湛蓝，或初放呈粉红再转化为粉蓝。只有大雪球，持守洁白与浅紫两种颜色，爱的是中性的土壤。

来看花的街坊邻居，总要竖起大拇哥，说："花开得这样好，管爷有好手段，也有好心境！"

管爷就是管锄畦，退休前是本地湘山公园的花木技师，瘦高个，窄长脸，脸上永远挂着憨憨的笑。他什么花都会侍弄，但最有体会和灵性的，是侍弄绣球花。湘山公园每个地段，他都熟悉其酸碱度，碱性过重的，他用切碎的橘子皮泡水发酵后浇泼到土里；酸性太浓的土壤，用烧出的草木灰掺拌进去……在公园的游道旁、亭台畔、廊桥边，从夏至秋的几个月，成片成畦地开着各色的绣球花，引得游客纷纷买票前来观赏，如同洛阳城争看国色天香的牡丹。报纸上有个新闻标题最为读者传诵："谁掷绣球光色影，满城争说管锄畦。"

管爷说："过奖了，是我和同事们一起干的，怎么都算到我身上？将来退休了，我最想侍弄的还是绣球花，让想看的人看个够。"

果然如此。

这个夏天，绣球花开得特别喜气。

天天都来看花的是杨金，而且是华灯初上时，管爷和妻子袁瑛正在给花浇水那个时间段。袁瑛原是湘山公园花木店的营业员，也退休了。

"管爷，袁婶，吃过晚饭了？我爹让我问你们好哩。"

"谢谢。你看中了哪一朵花，我们来给你剪下。"

管爷夫妇很喜欢杨金，模样文静，学问也不错，三十二岁就当上了环保研究所的副所长。杨家也住在曲曲巷。

"今天我想求一朵粉红色的绣球花。"

袁瑛说："你应该是有女朋友了，好事呵。不能老当快乐的剩男，你爹妈都急得上火了哩。"

杨金的脸蓦地发烧，结结巴巴地说："我……只是……一厢情愿……人家……还没点头。"

管爷说："袁瑛，你话多了。快去剪一朵花来，别误了孩子的大事。"

"对、对、对！"

杨金拿着一枝粉红色的绣球花，兴冲冲地走了。

管爷说："你说杨金是剩男，我们家那位在深圳工作的女儿，比杨金还大一岁，不也是剩女？"

袁瑛长长地叹了一口气。

"我退休后栽了一院子绣球花，当然是我多年的爱好，其实也有我的祈愿：哪个小伙子能给女儿抛个绣球，或者女儿给看中的人抛个绣球。"

"我……明白。"

一个星期天的早晨，才七点多钟，一个个子高挑的姑娘，推开管家的院门走了进来，然后又顺手把门带关了。

管爷刚给花浇完水，正坐在一个石鼓凳上歇息。

姑娘一直走到他面前，说："你是管伯伯吧？我叫徐严，是个中学老师。我来看看你种的绣球花。"

"啊。欢迎。姑娘，你好像是第一次来这里。"

"可我听杨金多次说起你。"

管爷马上明白是怎么一回事了，说："杨金是我看着长大的，好孩子啊，对人有礼貌，工作又发狠，你的眼光不俗。"

姑娘浅浅一笑，问："他一连送了我三十次绣球花，都是从你这里求的？"

"我的花原本就不卖钱，供大家看，也免费相赠。"

"那是管伯伯的雅怀。杨金求花一次两次说得过去，持久不断地求花，做人就有毛病了。花店里不是没有绣球花卖，他舍不得花钱。花是给大家看的，都像杨金这样求花，花只能屡遭杀伐，悲何以堪！"

"姑娘，杨金求几朵花，小事呀，不足挂齿。其实，你也不必这样苛求他。"

"小处见心性见格调。管伯伯，花是杨金求的，但我必须来表示谢意。再见！"

管爷还没回过神来，徐严的背影已闪出院门外，院门再次轻轻带关。

在这一刻，管爷想起了女儿，只怕也是这样的人物。

太阳升高了，满院子金屑乱飞。各种颜色的绣球花，抹上了一层金黄的光影，在等待着脱手而出的机缘。

管爷的眼里忽然有了泪水。

老人和狗

在窄巷子里，老黄的名气很大。

老黄不是人，是一条黄毛土狗，而且年纪不小了。

处在城中的窄巷子，巷道宽不足三尺，住着二十来户人家，大家都恪守不成文的规矩：不养狗。狗爱无端地吠叫，喜欢乱拉屎尿，还怕它咬了不懂事的细伢嫩崽。但住在巷子中段的舒宽生家的这条狗，是邻居特意送给他养的，一养就养了十年。

舒宽生八十岁了，白须白眉，个子不高也不胖，腰板挺直，走路从从容容，一脸的祥和之气。人们都说，这是"仁者寿"的样式。

退休前，他是一家国有大厂的修配钳工，手上有好功夫。曾在全市的技术大赛中，有一个用锉刀将一块方钢锉成十二个等边形配件的项目，不能借助任何量具，更不能在上面刻线下锉。人家是瞪着大眼锉，他却是蒙上双眼锉，不但丝毫不差，而且速度快，成为金榜题名的"状元"。电视台邀请他去现场献技并直播，他哈哈一笑，婉言辞谢，说："这是小技，不足挂齿。真正干活哪有蒙上眼的？不过是逗大家一乐罢了。"

当他六十岁退休，远离工厂的钢鸣铁响，忽觉心里空、手上痒，便在家里设置钳工桌和各种工具，为邻居们修自行车、配钥匙、修电器。但他有言在先，不管是配零件还是不配零件，一律不收费，硬要付钱的，另请高明！

"舒老，你花时间出技术不收费，配件都白送，这让我们过意不去啊。"

"是我要感谢你们，送活来让我解闷。我和老妻无儿无女，退休金都用不完，留着做什么，只是个数字而已。为各位亮一亮小技，你们高兴，我也高兴。"

巷子里的人家，因一些鸡毛蒜皮的小事发生争吵，或夫妇之间得理不饶人非要分出个高低，马上有人压低声音说："舒老听见了看见了会怎么想？他总为大家上心，那个样式值得我们效仿。"

当事人马上偃旗息鼓，一脸的难为情。

十年前，舒宽生的同龄老妻，也曾是同厂的一个车工，因病辞世。邻居们为形单影只的舒宽生操起心来，想为他介绍个老伴，他摇头，说："我不想这个事！"

一个邻居想出一个好法子，从乡下亲戚家抱来一条半大的黄毛狗，送到舒家来。黄狗一见舒宽生，欢叫了一声，跑过去蹭他的裤脚，亲热得很。

舒宽生对黄狗说："你前世就认识我？巷子里是不能养狗的，你知道吗？"

黄狗低下了头，很难过的样子，用牙齿咬住了舒宽生的裤脚。

"舒老，我问了大家，都同意你家养条狗，给你打个伴哩。"

舒宽生感激地点点头，然后对黄狗说："既然我们有缘，我是老舒，就叫你老黄吧，不过你可要听从我的调教。"

黄狗轻轻地叫了三声。

舒宽生在很长一段日子里，不许老黄跟他出门，让它规规矩矩待在自家。上午他在家干钳工活，老黄就静静地蹲在旁边，不吵也不闹。老黄要拉屎尿了，会老老实实去卫生间。下午呢，舒宽生在家摆好麻将桌，沏好茶，等几个老辈子来打牌。老黄和舒宽生一起站在院门边迎接客人。老黄不叫也不喊，见了来人只是摇尾巴，很逗人喜欢。

"舒老，老黄被你驯得这样好，了不起。"

"狗通人性，真是一点不假。"

更奇绝的是，舒宽生在院门的下端安了一个木闩，木闩的一头安了个皮套子，他的卧室门也依此例。院外有人敲门了，老黄抢先蹿到门后，咬住皮套，横着扯动木闩，再把门拉开。这时候，舒宽生正好走过来，打个拱手，说："老黄开门，我来接驾，请！"

他们打麻将，也有点小赌注，这是允许的，放一"炮"五毛钱，即便是"小七对""一条龙""杠上花""清一色"，也是如此，无非图个快乐。谁的手气再差，一下午也输不了十块钱。

舒宽生往往是先赢几局，尔后就是屡战屡败，脸上总是堆满了笑。黄昏时，牌局结束，其他三个人说："舒老，你不能老是输啊，得提高一下牌技。"

舒宽生拍拍脑袋，说："下次我争取赢吧。不过，你们来陪我打牌，我原本就是赢家，赢了许多快乐，这很值。"

日月轮转，舒宽生年届八旬了。

一个初秋的深夜，西风飒飒。巷道里传来老黄的叫声，又粗又急，还用身子去一家一家地撞院门。

有几个老辈子立马惊醒了，老黄从不单独出门，更不会这样乱喊乱叫，莫不是舒家出什么事了？于是，他们赶快穿衣出门，跟着老黄去了舒家。

原来舒家的院门是老黄拉开的。老黄平素睡在舒宽生卧室床前的踏脚板上，房门也是它拉开的。

大家赶快走进卧室，床上的舒宽生双眼紧闭，嘴边浮着唾沫泡子，呼吸很微弱。

"赶快喊人抬着舒老去巷口！赶快打电话让医院来救护车！"

救护车很快就来了，有几个中年人陪着上了车。老黄也蹿了上去，赶也赶不下来。

……

十天后，舒宽生出院了。是心肌梗塞，幸亏抢救及时，他安然渡过一劫。

老黄知道主人出了险情，居然知道出门去求助，真是神了。

舒宽生在一个星期天的上午，第一次领着老黄，从巷头到巷尾一家一家地去拜访，表示由衷的谢意。老黄兴奋地摇着尾巴，紧紧地跟着舒宽生。当舒宽生进门去了，它就乖乖地蹲在门外，安安静静地等候。

巷尾的一家，是一对中年夫妇，因单位经营不善，都下岗了。独生子考上了北京的一所大学，通知书早来了，即将动身上京。舒宽生进屋后，打一拱手，说："我住院后，谢谢你们来看望，还送了一个慰问红包。我祝贺孩子品学兼优，考上了名牌大学。"说完，从口袋里掏出两个红包，先递上一个，解释说，"这是住院时邻居们送的红包钱，归在一起，共两千四百元，我再代表他们转送给孩子，请收下。"接着他又递上另一个鼓鼓的红包，说，"这是我的一点心意，五千元。往后有什么困难，言语一声，大家会来帮忙。不打扰了，告辞。"

舒宽生走出院门，老黄马上站起来，一个劲儿地蹭着他的裤脚。

"老黄，我们回家去。还有邻居送来的一把牛鼻子锁，要配一片钥匙哩。"

"汪、汪、汪。"

舒宽生把一个手指放在嘴巴前，"嘘"了一声，说："安静——"

鸬鹚邬

农历春风节一过，八百里洞庭的休渔期开始了。在节后的九十天里，严禁下湖捕鱼。渔民们白天修补船、帆，织网、补网，调教鸬鹚，与风浪生涯暂时小别，日子就变得平静而安闲。剪草镇邬家村的老少爷们，天一落黑，最喜欢去的地方是邬海蛟邬爷的家。

邬家村位于洞庭湖的南水湾，各家住得相对集中，只有邬爷家在一个较远的土丘下，丘上树木葱郁。一圈围墙高过人头，内有一排五间的青砖青瓦平房，还有一口池塘。邬爷和老妻朝夕相守，独生子大学毕业后到省城安家立业，另起炉灶了。湖区湿气重，气温低，邬家接待客人的堂屋里，必有老柴蔸燃在火塘，暖烘烘的。大家之所以愿意来邬家，一是邬爷虽刚到花甲，但辈分高；二是邬爷是驯养鸬鹚的高手，人称"鸬鹚邬"，本村和外村用来捉鱼的鸬鹚，不少都出自这里；三是邬爷热情、大方，客人来了，有酒有茶有烟招待，还特别会"摆古"，上知天文下知地理，一肚子奇闻趣事。

邬爷有异相，头大，鼻高，眼小，下巴前倾，眼虽小却目光锐利如刀，下巴上长一撮黑红的山羊胡子。

邬爷说他家的鸬鹚之所以有勇有谋会捉鱼，是品种好、基因优，延续了一两百年的"香火"，它的先祖就属个中豪杰！

众人笑了，这不是胡说八道吗？

邬爷呷口酒，说："我家鸬鹚的先祖，最有名的，叫作乌帅。"

"和邬爷同姓？"有人问。

"我的姓比它多一个反包耳。鸬鹚古称墨鸦、鱼鹰，又称乌鬼，因它羽毛乌黑，还带点绿色的金属光泽。乌帅干过一件惊天动地的事，你们想听吗？"

所有的人竖起耳朵，再不说话。

"乌帅体型大，嘴长而曲如钩，如两把锋利的弯刀；那双鬼眼，寒光闪闪；又力大无比。那一年冬天，我的老祖宗和同行下湖捕鱼，性急的人先赶鸬鹚下水，出水入水竟无所得。有血气方刚的人，脱衣泅水去看是怎么回事。原来是深水下，大鱼互咬其尾，层层叠起来，从顶上到四周，围筑成城，固若金汤，小鱼被保护在城中。没法子破城，自然捉不到鱼。"

邬爷抽出一根纸烟，马上有人给他点燃了。邬爷狠狠地吸了一口烟，再慢慢吐出一个一个的烟圈。

"我的老祖宗听了，哈哈一笑，把乌帅放下水去。还告诉那个泅水的人：'你喝几口烈酒，再去看看城是怎么破的！'"

"城是怎么破的？"

"乌帅先沿城巡看，发现鱼嘴咬鱼尾的地方有缝隙，先用嘴插进去，再将头也挤进去，横绞直捣，乱啄乱咬，挤在一起的小鱼受惊了，胡乱奔逃，大鱼也受不住这股内力，于是城破。船上人见湖波陡起，知乌帅得胜，把鸬鹚通通赶下水去叨鱼。小鱼，一只鸬鹚就可叨起；大鱼呢，它们同心协力，有的咬尾，有的咬腮，有的咬鳍，把鱼抬出水面，各船皆满载而归。你们说，乌帅厉不厉害？我家的鸬鹚是乌帅代代相传的血脉，当然不同一般！"

有人还想问邬爷，除鸬鹚的遗传基因之外，驯养上还有什么妙法。

邬爷打了个哈欠，说："我困了，该上床睡觉了。"

大家赶忙起身，告辞。

……

剪草镇镇长惠大为忽然接到匿名电话举报，说邬海蛟每夜三更后，都驾船去湖上用鸬鹚叼鱼！

惠大为年轻有为，虽然上任不到两年，但早闻邬爷的大名和不错的口碑，邬爷怎么会在休渔期犯规呢？那是要受到重罚的！他决定一个人悄悄地去邬家私访，调查了解情况。

"邬爷，不速之客冒昧登门，打扰了。"

邬爷正在修补一张网，忙迎上前，说："惠镇长，我知道你为什么来，有人告我的状了，是不是？"

邬爷先去关了院门，说："我先让你看个稀奇。"他从池塘边的一个棚舍里，抓出一只体型很大的鸬鹚，真的是威风凛凛，翅羽如铁，嘴曲如弯刀。

"这是个可以领兵挂帅的角色！"惠镇长双眼一亮，说。

"但我从不让它去叼鱼！"

"为什么？"

"你马上会明白的。"

邬爷放下鸬鹚，拿出一张小型新网，再在池塘沿岸的水中，插上长竹竿，把网布好。又从厨房的水池里抓出两条鲤鱼，丢到入水的网中。鱼虽在网中，汆水后不见踪迹。

惠大为满脸疑惑，不知邬爷要干什么。

邬爷做好了这些准备工作，接着，拿来一把异型刀，中间是扁平的短柄，两端嵌的是薄而长的刀片。他把短柄塞进鸬鹚的嘴里，再用粗粗的橡皮圈缠紧套牢，然后顺手把鸬鹚丢到塘里。鸬鹚很机警地游了几步，猛地扎入水中，好一阵才浮出水面，再跳上岸，来到邬爷脚边。邬爷蹲下来，松开橡皮圈，取出刀子，再拿块鱼肉塞进鸬鹚的嘴里。

惠大为忽然发现，有残网漂出水面。鲤鱼在网外的水面欢快地一跃而起，划出很好看的弧线。

邬爷说："有人发现我驾船夜出，是真的。但我不是去偷偷捕鱼，是去切割外乡人到这个地方来非法捕鱼布的网！布网的当然不在现场，待网里装满了鱼，他们会神不知鬼不觉地去收网。但我这样做，也是个秘密，歹人知道了，岂肯饶我？"

惠大为说："你放心，我也会三缄其口。但你也要受点委屈，我不能公开嘉奖你。"

"那是小事。哈哈，哈哈。"

"用鸬鹚衔刀割网，你是怎么训练出来的？"

邬爷仰天又是一串哈哈，说："请到堂屋去喝茶、说话。婆婆子，煮茶呵——"

屋里马上回应："好——嘞！"

天鹅恋

　　每年的初春，柏云天都要到河南的"天鹅之城"——三门峡去盘桓几日，带上照相机去拍天鹅。这里的生态环境保护得真好，人与自然和谐相处，充满灵性的天鹅，也知道这里是它们的天堂。

　　从湖南的湘楚市到三门峡市，路途遥远，可柏云天不畏难，尽管他已六十有八，须眉皆白。一眨眼，就是第八个年头了。

　　儿子、儿媳常劝他："老是这么'单飞'，太辛苦了。"柏云天说："我不是'单飞'，是和你妈一起去一起回！"

　　柏云天贴胸的口袋里，总揣着妻子姜娜娜一张名叫《白雪天使》的舞台照。

　　他们都曾供职于湘楚歌舞团，姜娜娜先是舞蹈演员后为舞蹈教练，柏云天是舞台美工兼摄影，论颜值、人品、业务，他们称得上是天造地设的一对。特别是两人的感情，稠酽得让人羡慕，在什么场合都像是处在热恋之中。每晚演出，柏云天是可以不去的，但他从不缺席，妻子和同事们在台上跳舞唱歌，他就在台下忙不迭地拍照。团长说："这叫公不离婆，秤不离砣。"柏云天说："姜娜娜说我一到场，她就跳得特别用心，我不能不来。"

　　姜娜娜的代表作是独舞《白雪天使》，演绎一个乡村女医生,在一个大雪之夜去农家治病救人的故事。姜娜娜一身素白,头上扎着一条红白相间的头巾,渲染出雪花满身寒彻骨的气氛;急急地赶路,冰地上滑倒又爬起,都用优美而高难度的舞蹈语言表现出来。柏云天从各个角度去拍摄,仿佛身临其境。他最满意的一张,是姜娜娜看见远处的一点灯光,双臂平展,头微仰,两足腾空而起的那一瞬。这张剧照感动了许多人,都说这是一只至洁至纯的白天鹅!

四十岁后,姜娜娜不上台了,当起了舞蹈教练。但团里一有演出,姜娜娜就去后台监场,柏云天照旧拍照。年复一年地忙忙碌碌,他们过得很快乐。姜娜娜是舞蹈演员,又受过伤,五十五岁可以退休。她对丈夫说:"老柏,人家背后都叫我白天鹅,我还没真正地看过这种动物。听说从西伯利亚飞到三门峡栖息过冬的天鹅特多,你陪我去看看?"柏云天说:"好!"

他们预先购好火车票,准备好了行李。就在动身的前一天,姜娜娜突然中风,颅内出血,送进了医院。姜娜娜抢救过来后,问:"车票你退了吗?"柏云天说:"没退。留下个念想,等你行动方便了,我们再买车票去!"姜娜娜流着泪连连点头。

五年过去了,瘫痪了的姜娜娜再没有站起来。在三九严寒时,她满怀遗憾地去了另一个世界。柏云天在第二年初春,揣着妻子那张《白雪天使》的剧照,去了三门峡市。他坐在水草岸边,让妻子的照片面向成千上万只天鹅,轻声说:"你就好好看吧,它们都是你的兄弟姐妹,你就是它们中的一员!"

柏云天还拍了好多张天鹅的照片，带回家再一一冲洗出来。清明节扫墓时，他把照片摊放在墓前的石台上，让姜娜娜在沉睡中尽意欣赏。

柏云天退休后，找来很多关于天鹅的书，把妻子的照片放在旁边，轻轻地念给她听。他知道妻子能听见他的声音，会听得面带微笑。

天鹅在先秦时就出现在我国的典籍上，那时称之为"鹄"或"鸿鹄"。天鹅属雁形目，鸭科，我国有三种：疣鼻天鹅、大天鹅和小天鹅。三门峡市栖息的是大天鹅，故中国野生动物保护协会授予此地"大天鹅之乡"之称。大天鹅又叫黄嘴天鹅、咳声天鹅，古书上称为"大鹄"。

天鹅俊逸、雅美，举止从容、安详。天鹅善飞，晋代阮籍赞叹其"双翮临长风，须臾万里逝"。天鹅善泳，游动时长颈直立，速度极快，身子在风浪中不晃不摇，保持一种凝重的平衡，有君子之仪。天鹅一旦相爱相伴，形影不离，故古人说"雌雄一旦分。哀声流海曲"……

念着念着，柏云天丢开书，拿起妻子的照片，号啕大哭起来……

己亥年初春，柏云天在三门峡市停留了十天，晨出夜归，拍了几百张天鹅的照片。

回到湘楚市，儿子、儿媳和孙子，欢欢喜喜来慰问老爷子。

柏云天说："清明节我们一家去扫墓，我要告诉你妈一个好消息，我要举办一个名叫'天鹅恋'的个人摄影展。"

儿子说："太好了，我们支持！"

"你们猜，第一张照片是什么？"

大家摇头。

"第一张照片，是我当年为你妈拍的剧照《白雪天使》。那一瞬的舞姿，如同一只冲天而上的白天鹅，永远活在我心中！"

鸟 医

在八百里洞庭湖的西南角，有一大片湿地，叫绿苇滩。在绿苇滩的岸上，有一个禽鸟救护站。站长兼鸟医就一个人，复姓百里，名只一字——波。

百里波年届不惑，年轻时是个帅哥，一米七八的个子，国字脸，卧蚕眉，丹凤眼。来到这湖区，不知不觉就是十年，烈日晒，湖风吹，他的脸黑了，声音粗了，额头还有了细细的皱纹。

人们问他为什么从城里来到这水天茫茫的地方，他仰天一笑，说："父亲赐我姓名百里波，早判定了我的归宿。"

其实，他是赌气来到这里的。

他是农学院牧医系毕业的，却阴差阳错被株洲一家宠物医院召邀供职。因为院长是早他几届的校友，还说这里工资高、奖金多。于是他远离了牛、马、驴、羊、鸡、鸭、猪，专为名贵的宠物狗、猫看病。几年后，经人介绍，他有了女朋友，又漂亮又文静，复姓为微生，名露，在档案局工作。第一次见面，百里波就说："你的姓名来自古诗'凉阶微生露'，给人一种素洁而寂静的感觉。"微生露浅浅一笑，说："你的姓名也是，来自'百里波上鸥'。"他们的婚姻属于"一见钟情"的类型，双方的颜值、学历、家庭状况旗鼓相当，于是很快就喜结连理。

恋爱时，是隔一段日子的花前月下，又各自守身如玉，浪漫让他们如醉如痴。真正成了一家人，同桌吃饭，同床共眠，问题就突显出来了。当然，绝不是情感发生了什么危机，也没有大吵大闹，砸碗摔碟。微生露有严重的洁癖，不管百里波如何勤洗澡勤换衣，她总会闻到丈夫身上的猫、狗气味，吃饭常会呕吐，睡觉必戴上口罩，否则通宵难眠，人也变得日渐消瘦。她曾试探着问："波，你可以换个工作吗？"百里波说："我学的就是这个，不治猫、狗，就去治马、牛、羊，别的我不会，怎么办？"

结婚两年后，百里波看着形销骨立的妻子，心痛得出血。他问："看着你遭罪，我于心不忍，我们还是分手吧？"他知道这句话一直藏在妻子心里，只是不肯说，他现在说出来，又希望她能说"不"！

微生露低头拭泪，说："我这臭毛病是与生俱来的……请你原谅。我会……记着你的好……永远望着……你。"

他们很快就办好了离婚手续。

就在这时候，百里波看到了洞庭湖绿苇滩禽鸟救护站的招聘广告，他就毅然离开了株洲，孤身一人去赴任，成了古诗中所说的"天地一沙鸥"。

这栋红砖青瓦的平房，既是一所鸟医院，也是百里波的安身之处，自己做饭自己吃，夜夜独品孤眠滋味。单位领导和附近村民，热情给他介绍过对象，他含笑婉辞。然后说："有这么多鸟儿做伴，我不孤寂。也不会拖累人家，洒脱得很。"

湿地上的鸟，有一百多种，白鹤、棕头鸥、大雁、天鹅、野鸭、鹳、雀、莺……有候鸟，也有常居鸟。百里波的业务范畴，是对受伤、中毒的鸟儿进行救治。空闲时，胸前挂着望远镜，肩挎医药箱，带上手机，沿岸巡视，观察鸟儿的觅食、孵卵、迁徙等情况。当然，也要制止不法分子偷猎、布网。他的右脸有一道发亮的伤疤，是几年前被偷猎天鹅的歹人用尖刀刺伤的，不过那个慌忙逃走的坏家伙最终被绳之以法。

百里波常为鸟儿的多情多义，感动得眼含泪水。

雄性棕头鸥，在求偶期间，不停地下水捉鱼，然后叼着鱼去献给心仪的雌鸥。百里波会油然想起微生露，她怕厨房的油烟，他就主动学会炒菜做饭，可惜她吃不了几口就要呕吐。

百里波救治过一只亚成体白鹤，那只鹤误食了毒草几近奄奄一息。那是只雄鹤，他称它为小龙，为它清洗肠胃，灌调养的中草药汤剂，让它在这里住院三十天。从小龙住院那天起，就有一只雌鹤在救护站周围徘徊，不时地会向天长唳。百里波猜出它是小龙的爱侣，就称它为小凤。当小龙恢复健康，走出救护站，小凤迎上前，它们彼此吻着对方的颈，颈又与颈反复摩挲。然后，它们翩翩起舞，向百里波表示谢意，再振翅长唳几声，才恋恋不舍地飞走。

在一个秋日，小凤忽然不见了。百里波在望远镜里看见小龙狂躁地东寻西找，悲唳声声，惨不忍闻。百里波也着急了，徒步在岸上各处探查，驾船到湿地去寻找，终于在一个流水湾岸边的芦苇丛中，找到了小凤血肉模糊的残骸，它是被山狸子扑倒后咬死的。他不想让小龙看见小凤的尸体，便悄悄地埋了。没想到的是，苦苦寻找小凤数日的小龙，在绝望之后，飞离了这片湿地，从此再也不见踪影。百里波想：小龙会飞向远方一块一块的湿地，去寻找它的小凤，直到团圆……

绿苇滩，成了百里波心中的净土。除了远在株洲的父母，他不想和别的什么人打交道。一年一次的探亲假，他从不选在春节这段日子回家。回去了也是待在家里看书，陪父母聊天，假期没休完，就风风火火地回到救护站。父母曾吞吞吐吐地告诉他：微生露还没成家，她每隔一段日子就会来看望他们，还要他们不要告诉百里波。"儿子，你也不成家，她也不成家，你们能不能鸳梦重温？"百里波淡淡地说："二老好好保重身体，操那闲心做什么？"

现代通信真是发展神速，洞庭湖的每个角落，忽然有了互联网。领导让百里波建个名叫"绿苇滩"的网站，宣传爱鸟、护鸟、人与鸟和谐共处的理念。还给他配备了大屏幕电脑、照相机、录音笔。百里波对这些玩意并不陌生，网站上图文并茂，赢得众多粉丝的点击。特别是他写的关于鸟的情感故事，让人啧啧称赞。跟帖的接踵而来。有的跟帖人，还会把自己跟鸟及其他动物之间发生的故事，连同拍的照片，热情地发到网站上来。

有一个夜晚，百里波读到一个网名叫"凉阶"的人发的短文《我为什么养起了猫和狗》，不过寥寥数语："我从小就不喜欢猫、狗的气味，因为我视它们为不洁之物，便产生异常的生理反应。这几年我执意养起了猫、狗，为的是根治我这可怕的洁癖，以此循序渐进，无拘无束地去爱鸟及其他动物。"文后还有两张清晰的照片：一只手拉着一个红色的塑料圈，逗引一只小狗跳了过去；膝盖上坐着一只波斯猫，悠然自在。人脸都在照片外，很艺术也很含蓄。

百里波头上忽然冒出一层汗珠子。

这个"凉阶"，让他想起"凉阶微生露"的诗句，他等这几句话，等这样的照片，等了十年!

煮雪烹茶

天一亮，曙光和雪光如瀑布般从窗外奔泻而入，洁白如羊脂。

昨夜的雪下得真大，飘飘洒洒，如鹅毛如柳絮。北风微微，雪花落地的声音，如柔弦轻抚，入耳入心。

石上泉和夫人何洁早醒了，披着棉袄靠在床头。空调喷吐着热气，暖融融的。

何洁说："你昨夜总是翻身，睡不实。"

石上泉笑了，说："这样的大雪，隔了十年才下一次，稀罕哩。天气预报，分毫不差。我们的北斗卫星，真是个好玩意。"

"怪不得你昨日黄昏，去园子里把那块青石板用清水洗了又洗，为的是干干净净地承接雪花。"

"对。往年下雪，稀稀落落，敷衍了事。我总想煮雪烹茶，过过瘾，这回可以如愿了。"

"也学《红楼梦》里的妙玉？"

"那学不了。园子里有梅树，也开了花，但要搭梯子去采撷梅蕊里的雪，一点点地收集。可儿子一家都在外地，我敢登梯取雪吗？古稀之人，不敢为风雅而冒险，伤了腿脚，不是苦了夫人吗？"

何洁忍不住哈哈大笑。

"我该去舀雪了，你再休息会儿。"

"我得去为你备早餐了，这叫同起同落。"

"好。"

石上泉曾供职于市里的环境保护监测所，当了好多年的所长，职称是正研究员，得到同行赞誉的学术著作有《工业城市的环境治理》《大气污染的排放控制与净化》。退休十年，不再管所里的事，侍花种草，读些闲书。他虽是学工科的，兴趣却很宽泛，也练字也写诗。除了牙齿不好（换上了优质假牙），身体的其他部位都不错，说话神完气足，响若铜锣。还喜欢开开玩笑，闹出些喜剧效果，令人忍俊不禁。

曾有《老年报》的年轻记者，打电话来预约采访，一听石上泉问是"哪位"，以为是他的儿子，忙礼貌地说："请你爸爸接电话。"石上泉一听，将错就错，说："爸爸来不了啦。"记者又问："他怎么啦？"石上泉说："他早归山了，我是他的儿子石上泉！"记者一听，差点笑掉了大牙。

有人问石上泉："你今年高寿？"他马上说："三十五公岁。我七十岁了，是公的不是母的。"

老人们在一起聊天，说到市场上的冒牌假货无不怒气冲天。石上泉装着严肃的样子，说："各种假货都让人痛恨，唯独一样不可恨——假牙。没有它，我什么也嚼不动，等死吧。"大家一愣，随即哄堂大笑。

这老爷子太有意思了，快乐自己，也快乐别人。

石上泉提了一只细篾编织的小竹篮，拿了一把用南竹片削制的长竹刀，走到园子里去。黑色的羽绒长大衣，黄色的羊毛围巾，枣红色的绒线老人帽，从上到下，饱满而明丽。

何洁说："老来俏啊。"

"谢夫人谬赞。我往园子里的梅树边一站，也是一棵老梅树，铁干虬枝，开着黄的红的花。这叫'俏也不争春，只把春来报'！"

石家嵌在曲曲巷中，是祖上留下来的。园子里有石有井有花有树，还有一栋砖墙木架小楼，两层，第三层则是一个露台，轮换着摆放时令花草。露台又称为晒楼，因为其功能主要是晾晒衣服。闲暇时，石上泉喜欢站在露台上远眺，这是一种职业习惯使然，看看天，嗅嗅风中的气味，估测环保的效果。往北望是本市原来的工业区，林立着许多高大的烟囱，他曾活剥陶渊明"采菊东篱下，悠然见南山"的诗句，变为"赏菊东墙下，怅然见烟囱"。这些年来，大部分排污企业迁走了，留下的少数企业也在治污上花了血本，变得天清气朗了。昨天现任的所长，派专人送来一份已上报的《潭州地区环境治理检测达标报告》的副本，请他这个老所长看后提提意见。他认真看了，觉得基本上是符合事实的。

石上泉走进园里了，真正是天地一洁，耀人眼目。他记得清人张岱在《湖心亭看雪》一文中的妙语："雾凇沆砀，天与云与山与水，上下一白。"踏着四五厘米厚的雪，雪发出吱吱的细碎声，他走到井边的大青石板前。青石板有两米长、半米宽，高约三十厘米，形如床。春秋晴和的日子，他喜欢坐在石上看书；夏日午后，他干脆躺在石上闭目养神。他在石边蹲下来，先用竹刀刮去上面的一层雪，再用双手捧雪放入竹篮。寒气从指尖刺入，再狠狠地刺入他的心尖，他知道气温应在零下三度左右。这雪真是白净，没有任何杂质，他忍不住抓了一点放入口中，凉且爽。雪满竹篮，他又去北墙角，折了几枝斜曳而下的蜡梅，上面缀着全开、半开的金色花朵和未开的花苞，以便插入客厅案头的釉下彩瓷瓶，作清供之用。过会儿回到室内，他会把篮中的雪倒入一个白瓷大盆，让雪在空调的暖气中融化为水，再用白纱布过滤（以防有异物），然后就可以用雪水煮茶了。

何洁站在屋门口的台阶上，喊道："快来吃早餐啊！"

"有什么好吃的？"

"馄饨！"

"天地一混沌。气派！"

老两口津津有味地用完早餐。石上泉说："夫人辛苦了，我马上煮茶为谢。"

"什么好茶呢？"

"安化上等散叶黑茶贡尖！"

红泥小炉里燃着木炭，火苗子如舌，吐得长长的。放了雪水的大陶壶，搁在炉上。待水冒出热气时，石上泉再将苦茶放入壶内，盖上壶盖，静候沸声。两个精美的白瓷小盖碗，放在炉边的小几上。

何洁说："吃茶，你也是里手，得闲了可写写科普文章。"

"这使不得，我是只吃不写。古人云：'鉴者不写，写者不鉴。'王国维谈论词的艺术，有《人间词话》一书传世，可他自写的词，就让人不敢恭维。"

陶壶盖有了响动，茶水沸腾了。

石上泉提起陶壶，往揭开盖的小盖碗里倒茶，一屋子香气氤氲。

"夫人，请喝茶。"

"客气了，愧领。"

石上泉缓缓地啜了一小口，再闭住嘴让茶水在舌尖周围缭绕，然后才细细咽下。突然，他眉头紧锁，对夫人说："这茶不能喝。"

何洁问："这茶蛮好的，怎么不能喝？"

"此茶中有硫化物的气味，昨夜北风虽弱，却带来城北烟囱里未除净的烟，掺在雪里了。"

"那些烟囱不是装有水净化装置吗？并未见有灰黑的烟尘啊。"

"冒的是白烟，但净化不到位，不是煮雪烹茶，也发现不了。"

石上泉提起炉上的大陶壶，去厨房把水倒了，洗净后再去灌上井水，重重地搁到炉火上。

"我要为好壶好杯好茶一哭。新所长的那个环境治理达标报告是怎么写的？若不是拿了好处费为人消灾，就是浮在上面不着实地。我要写篇文章，题目是《从煮雪烹茶看环境治理的并未达标》。"

"你不是说鉴者不写吗？"

"这件事必写，活活地大煞了我一怀雅兴！"

别墅院的菜园子

花甲出头的秋满仓夫妇，终于高高兴兴地在儿子家住了下来，再不嚷嚷着要回乡下的老家去了。

这个住宅区，有个很好听的名字——现代公园。它占地面积大，有山有水有田畴有树林，大道小径井然有序，四时风光各有不同，确实像公园。公园里，全是散落在各处的别墅院，各家有各家的一圈围墙，里面除精致的小楼之外，还有游泳池、芳草地、花圃。

秋家的院子，门牌号"A8"。一次性付款，优惠价是八百万元。

儿子刚买下别墅时，秋满仓惊得一块脸都白了，问："秋金富，你哪里发的横财？"

儿媳宦静静是大学中文系的副教授，说："爹，他早改名了，是我的建议，叫秋声赋。你别叫他小名了，俗。"

"秋金富是我给他起的大名，秋来稻菽金黄一片，才是真正的财富。我叫秋满仓，不是更俗了？"

宦静静噎得不敢再说话。

秋声赋说："这钱来路正，我创办冶炼厂十多年，是用汗水和智慧赚来的。"

"那就好。我只叫你秋金富。"

"爹，你一叫我就应。"

隔一段日子，秋满仓夫妇会从乡下坐长途汽车来，一是看看他们的宝贝孙女秋丽丽，二是送来自家种的瓜果蔬菜。当天来当天回去，连住一宿也不肯。

秋声赋问："这是为什么？"

爹说："看着一院子的好土地，都栽着中看不中用的花花草草，心里憋得慌。"

娘说："住在这里无所事事，闲得骨头发酸。"

秋声赋渐渐地有心思了，愁得眉毛打结。他是有头有脸的企业家，又是独子，妻子是为人师表的大学老师，他们住别墅院，却把爹娘抛在乡下朝耕夕耘，不是让人看笑话吗？

秋声赋对妻子说："别人会说我不孝，会说你不贤惠，传到女儿的学校里，同学会怎么看她？可爹娘不肯来，怎么办？"

妻子说："他们是劳动惯了的人，一闲就病了。我们先请人来，把北墙边的花草拔去，平整出几块菜地。再开车去接他们，说我们的女儿丽丽最喜欢吃他们种的蔬菜。把乡下的房屋、田土，找个亲戚代管，我们悄悄付工钱就是。"

"这个办法行吗？"

"他们就疼爱孙女，一说就灵。"

果然，在一个春天的日子，儿子开车把秋满仓夫妇接来了。还带来了工具，锄、耙、粪桶、尿勺……以及各种各样的菜秧子。

秋声赋两口子下厨，做了一顿好饭菜，特意打开一瓶茅台酒，为爹娘接风洗尘。

"爹，娘，我和静静先敬你们一杯酒。"

"好，好，我们高兴。"

吃喝间，秋满仓问孙女："你真的喜欢吃爷爷奶奶种的蔬菜？"

"真的喜欢。"

"我们种的蔬菜，不用化肥、农药，孙女吃了，一定身体好。"

"谢谢爷爷奶奶。"

秋满仓又问儿子、儿媳："栽什么菜？栽多少？你们有什么想法？"

秋声赋说："这个院子就是你们的，想怎么弄就怎么弄，只要二老高兴。静静，你说呢？"

宦静静连忙说："正如孔子说的：我不识园圃。二老是行家，只是不要累狠了。"

一眨眼，几个月过去了。

秋满仓夫妇真的有了回家的感觉。

北墙角上，挖了一个沤烂菜叶、杂草根的水凼，还埋了一个盖了盖子的粪缸。先是开出挨北墙的几大块菜土，种下小白菜、韭菜、菠菜、苋菜、蕹菜。接着，菜土向南扩展，花花草草都拔掉了，栽下丝瓜秧、冬瓜秧、南瓜秧、扁豆秧，还树起了支架、瓜棚。

斗笠、蓑衣、草帽、草鞋、粗布衣褂，他们劳作在风雨中、阳光下，淋菜、锄草、捉虫、摘菜。整整一个白天，都属于他们。儿子一家吃过早饭出门，要到傍晚才回来吃晚饭。

有一天夜里，秋声赋来他们卧室"请安"。

秋满仓问："你不是说，他们母女吃过晚饭后，要在园子里散步，怎么好久不见出来了？窗子也关得紧紧的。"

"他们这段日子有点累，就不散步了。爹，这个……这个淋菜，不用人粪人尿行不行！"

"那怎么行！"

"哦，我不过说说而已。你们种的菜，真的新鲜可口，辛苦二老了。"

第二天吃过早饭，二老发现儿媳和孙女走出餐厅时，赶快戴上了口罩，匆匆走向停在院门边的小车。儿子虽没戴口罩，却用手帕捂住口鼻。

学校放暑假了。宦静静特意告诉二老，她要带丽丽去旅游，先国内再国外，大概有一个月。她们旅游回家后，住了几天，秋季开学了。丽丽进入了小学六年级，还有一年就要读初中了。谁不想考入本地最好的中学呢？宦静静又抱歉地告诉二老，她让秋声赋在小学附近买了一套房子，为的是让丽丽免除上学放学奔波的辛苦，集中精力把成绩搞上去，她下班后也住到那里去陪读。

秋满仓问："金富，你也去陪读吗？"

"我不去，我住在这里陪爹娘。"

秋风紧，秋气深。

豆架瓜棚上的瓜豆都收完了，菜地里的蔬菜也摘光了，秋满仓让儿子单位的食堂开车来运走，给员工们去享用。然后把院门和小楼的钥匙交给司机，请他转交儿子。

他们该回乡下的老家去了。

认养一棵树

在湖南的城里乡下，上了年纪又做了祖母的人，便被尊称为娭毑。裴大喜八十出头了，解放街南竹巷的男女老幼，没人叫她"裴娭毑"，还是叫她"喜姑"，从她年轻时一直叫到现在。

怎么不叫她"裴娭毑"呢？"裴"与"悲"用方言说同音，大家都明白得避讳，挑选出一个"喜"字吉利。再说她中年丧夫，抚养两个儿子成人并让他们成家立业，靠的是篾匠手艺，悲苦不见于容颜，衰老不见于言行，乐乐呵呵打发春风秋雨，是名副其实的"喜姑"。

南竹巷是城中有名的篾匠窝，家家户户都是以南竹为主要材料，制作竹床、竹桌、竹椅、竹柜、竹架、竹筐、竹篮、竹筲箕、竹帘、竹席、竹筷子……只是各家有各家的主打产品。喜姑是从乡下嫁到况家的，况家专做体量大的竹家具。

喜姑是 1955 年二十岁时嫁过来的，她不但人长得标致，还聪明灵泛，又有一身好力气，料理家务之外，跟着丈夫学做篾匠，是作古正经的入室弟子，没过几年，手艺就让人刮目相看。1960 年，大儿子况大林四岁、二儿子况小林两岁时，丈夫患水肿病辞世。丈夫的灵柩上山安葬（那时候本地还没有火葬）前，况家亲戚劝她就不要扶柩送到坟地去了，年纪轻，孩子小，生活负担重，不能不另找个人家过日子。喜姑说："我没想改嫁这个事! 我这双手怎么就不能养家? 谢谢各位的美意! "

丈夫入土为安的第二天一早, 刚见些许亮光, 喜姑就起床了, 摘掉扎在头上的白布条巾, 走到院子里, 痛痛快快地哭了一顿, 然后霍霍磨快篾刀, 开始破一棵一棵的大南竹。

巷子里都听见喜姑破竹的咔啦啦的清亮声音了, 老人叫醒儿孙, 说: "喜姑是个硬角色, 了不得! "

喜姑手上的篾刀, 公公用过, 丈夫用过。这把刀, 上厚、下薄、中部微凸, 可以砍竹、削枝, 可以破竹、刮青, 可以破篾、撕条。喜姑捉住一棵长而粗的南竹(枝叶进货时已砍去), 细的一端抵住墙根, 粗的一端背向扛在肩上, 先用篾刀在顶端开一个正正的"十"字形口子, 再将一个老硬木做的"十"字形卡子嵌进去, 然后用刀背捶打卡子, 只听见"咔啦啦"一串爆响, 竹竿裂开好几节长。接着, 她顺势将卡子往下推, 竹竿节节裂开直达尾端, 真正是"势如破竹"。

喜姑破完了竹, 脸不红, 气不喘, 又开始剖篾。根据不同竹家具所需规格, 将长长的竹片剖成不同规格的篾片和篾条。她用左手的拇指和食指捏住一块竹片, 右手握刀轻轻砍进去寸许, 再用刀身一撬, "哧"的一声脆响, 竹片便裂开一条几尺长的缝, 重复几次, 一块竹片被剖出好几片篾来。

打造竹家具的工序, 喜姑无所不能: 锯、砍、破、剖、削、刮、烤、编……式样好, 结实耐用。一批批南竹运进来, 一件件竹家具卖出去。

刀声锯影中, 大林、小林长大了, 高中毕业了, 承袭家业也干上篾匠了，然后又相继成家有了孩子。

喜姑六十岁后，在儿子、儿媳的劝说下，不再亲操竹艺，不再亲操厨事，大事小事听汇报，进钱出钱都过她的手。

大家说："况家和况家的这个竹艺厂，喜姑是真正的'一把手'！"

喜姑很疼爱两个孙子，但不宠爱，买书买文具，她舍得给钱，但买回来后，必细细核对，决不允许钱、货不对数，用余钱去买零食吃。孙子犯了错，喜姑只是慢声细气讲道理，决不动用"家法"。她的"家法"是几根绑在一起的细竹梢，抽一下必现一道血印。

二儿子两口子吵架，只因小林陪一家私营业务单位的头头喝酒，妻子嫌他回来晚了没有好好亲热她，便寻衅闹事。喜姑一声断喝："小林，跪到院子里去！"接着，喜姑取来"家法"，用力抽打光着脊背的小林，抽得小林嗷嗷哀叫。

二儿媳这下子心痛了，赶快跪下来求情："妈，你别抽了，是我的错！"

"我只教训儿子！正好孙子睡了，否则，看他怎么做人。"

"妈……妈……你饶了他吧。"

喜姑这才丢下"家法"，说："夫妻间哪有这么多对和错，各让一步就过去了，都记住没有？"

两口子忙说："妈，记住了！"

六十岁后，喜姑就开始考虑她的后事了。竹艺厂正常运转和发展的资金，以及家庭生活（包括孩子的教育费用）所需之外，她用可动用的活钱为两儿、两媳、两孙各买了一份为期十年的储蓄保险。十年后，再取出来，连本带息再买十五年的储蓄保险，也是六份，每份为十万元。然后，将存折交给他们去保管。喜姑说："孙子的，将来你们再交给他们吧。"

"妈，你总是想着我们。"

"我也想着我自己。"

八十岁的寿宴办完，喜姑把属于竹艺厂的经营、经济大权全部交给了两个儿子。"俗话说：七十三，八十四，阎王不请自己去。我恐怕蹦跶不了几年了。我要走，就走得清爽，不给子孙添麻烦。"

"妈，你健旺哩，一百岁都不为多，让我们多尽尽孝心吧。"

"是啊，是啊。"

喜姑笑了笑，笑得很好看。

有一个星期天，巷子尾端的一户人家突然着火了，其他人家都赶快拿着贵重东西出门。

况家在巷子中段，儿子儿媳忙着往外搬东西。喜姑只是从容地打开立式竹柜的锁，从里面拿出一个老式的雕花小竹箱，提着站到院门外。所幸火很快扑灭，只是虚惊一场。

喜姑刚满八十三进入八十四岁时，正当三九隆冬，突然病得卧床不起。卧室里燃着一盆木炭火，红艳艳的。儿子、儿媳、孙子都守候在床边，肃穆无声。喜姑叫人打开立式竹柜，取出那个小竹箱，她挣扎着用钥匙开锁，揭开盖子后就放在枕头边。

"那一次起火，我只提着它出门。这里面虽没有什么贵重东西，但对我却很要紧。"

大家都望着喜姑，细听她要交代什么。

"十年前，城外的樟树冲，建成一个文明陵园，栽的都是樟树。我去认养了一棵，交了五百元树木费，每年再交一百元的看护费，看护费我交了三十年。树上挂着一块写了我名字和生辰的不锈钢小牌子，认养人过世后，骨灰可以埋在树下，不需要骨灰盒。这里规定不树碑，不垒坟，不放鞭炮，又简单又清爽，可以不过多地麻烦后人。除树的认养书、交费证明外，箱里还有一个存折，上面的钱不多。我走后再过一段日子，你们要送请帖，恭敬地请巷子里的邻居们吃顿饭，代我感谢他们对况家的关心和照顾。记住了吗？"

儿孙们齐声应答："记住了！"

喜姑嘴角浮现一丝笑意，抬起右手无力地挥了两下，然后，安详地合上了双眼。

老南瓜

在我们南门村，最喜欢种南瓜的是南门酉。

"南门"是个复姓，相传其先祖的先祖是京城看守南门的官，也就有了这个姓。南门酉常说的一句话是："先人守南城门，我守南瓜地，不算辱没老祖宗。"他之所以名"酉"，是因为他是酉时出生的。不过，他对酉字有另外的解释，"酉"与"酒"同义，所以他此生酷好杯中之物。

南门酉年近花甲了。大脸盘、大眼睛、大嘴巴，体形矮墩墩的，结实、粗壮，像一个老南瓜。他姓里有个"南"，又喜种、会种南瓜。便有了个外号"老南瓜"。他读过初中，又喜欢看书，待人亲和，整天快快活活的。

别家种南瓜，不过是一畦两畦，作为蔬菜中的一个品种而已。南门酉是成片成片地种，屋后的坡地上，屋前的菜园子里，种的都是这玩意儿。当然他也种点别的蔬菜，不过是个点缀，供餐桌上自用调换口味。

他种的南瓜品种，是家传的，叫落地鼎瓜。春三月点种，藤叶满地爬，不需要搭棚立架。夏秋之间，瓜陆续成熟，像立地的鼎，壮实，重的可达四五十斤。南瓜是个好东西，鲜嫩的叶、藤、花可以做菜，清香可口；瓜肉可炒可煮，既当菜又当饭，还可以和入米粉做成南瓜粑粑；把瓜肉切成片，晒干，再下油锅炸，就成了可口的点心——油炸南瓜片。

有人问他为什么喜欢种南瓜，他的理由很充分，第一是好看，第二是祖传的合花技术需要磨练，第三是有喝不完的南瓜酒。

南瓜好看吗？南门酉认为它比什么花草都经看耐看。南瓜属葫芦科，一年生草本，点种后，下过几场春雨，出秧了，长藤了，爆叶了，慢慢地从藤叶间冒出一朵朵金黄色的小花。渐渐宽大的叶子，成五裂状，密密匝匝，碧沉沉的；花冠也长出大的裂片，花身长而尖，像一支支裂口的铜喇叭。一只只巨大的手掌，捧着一支支铜喇叭，威武雄壮。南门酉走在藤叶间，裤管被刮划出清亮的声音，好像出自铜喇叭口，很阳刚，很撩拨人。

可惜如今到瓜地里来，只有他孤零零一个人了。老伴早两年在一场大病后，走了。儿子早已在城里安家立业，孙子也上初中了，他们要接他到城里去住，他说："我离不开这些南瓜地，城里哪里去找南瓜酒？再说，我身体好着哩，多余的南瓜有人上门来收购，你们别记挂我。"

南瓜要结得多，长得壮实，全靠"合花"。南门酉的"合花"诀窍，是爷爷和父亲手把手教的，可惜老人们都过世了。南门家的"合花"，不在白天，而是在有月亮的晚上。月亮叫作太阴，这时候给雌花授粉，真正是天时地利。

南瓜是雌雄同株异花植物，每株苗上有雌、雄两种花。当天色渐暗，月亮升起来了，南门酉提一盏马灯，拎一张草席，一个人悄悄地去了南瓜地。先在一块空地摊开席子，放下马灯，然后借着月光慢慢巡看瓜花。看准了，他掐下一朵雄花，把花冠朝下，与雌花的花蕊相对，先是轻轻抖动雄花，然后把两花的大裂片互相交结，就像男女的手足交缠在一起，再扯一茎细长的草，把交结处不松不紧地缠绕起来。南门酉看过这方面的书，叫作合花或卡花，还有个雅致的说法是"合欢"，乡下人干脆叫"戳花"。南门酉不忘在"合花"后，摘一片南瓜叶，盖在两朵花上面。月光洒在瓜叶上，稠稠的，慢慢地流动。瓜叶下，是花美美的梦。

南门酉在"合花"时，总感到有一双眼睛藏在什么地方，在偷偷地窥视他。他只是淡然一笑："你能看出什么门道吗？"他装着什么也不知道，你想看就看吧。干完了该干的活，他在草席上坐下来，抽烟，仰头望天上的月亮。

忽然不远处，传来一个好听的声音："合了花，为什么还要盖一片叶子？"

"那叶子是它们的碧罗帐。"

"老南瓜，你是个惜花人。我走了。"

"不送。"

南门酉一年四季都有南瓜酒喝。他酿酒的方法很独特，当第一个南瓜快熟时，便在瓜蒂旁钻两个深深的小洞，把做甜酒的酒曲捣碎成粉，从小洞中灌进去，再用湿湿的泥巴把洞口封死。过上十天左右，酒便酿熟了。他饮酒的方法也很有趣，干了一阵活，从口袋里掏出一根打通了节巴的小竹管，掰开南瓜洞口的泥巴，插入瓜内，俯身吸吮。啧啧，太好喝了。喝几大口后，再用湿泥巴封住小洞，留到下次再喝。他会按时间顺序，酿出一"坛"一"坛"的酒，于是酒如长流水不断。冬春两季呢，他的地窖里放着一个一个的老南瓜，都是灌了酒曲的，上面标好了日期，到时取出来喝就是。

南门酉的酒曲，是从村里夏秋香开的小店里购来的。这个店子南杂百货，什么都有卖。夏秋香不到五十岁，人长得好看，待人也客气。只是命不好，丈夫早几年在外跑生意，出车祸死了，她硬撑着让孩子读完了大学，然后去了美国留学。南门酉除买酒曲外，油、盐、酱、醋、茶，什么都到小店去买。

这一天，南门酉去买一件红背心。夏秋香问："老南，我想买你一样东西，不知肯不肯？"

"叫我老南瓜吧，亲切。买什么东西呢？"

"南瓜酒。"

"你也想喝酒？"

"正是。"

"不要买，我给你送来就是。"

"老南，那怎么好意思？"

"住在一个村，不是一家人吗？"

夏秋香的脸蓦地红了。然后说："有月亮的晚上，我想……近近地……看你怎么合花……"

南门酉愣了一下，说："只要你不嫌弃，只管来看……"

黄精酒

秋风萧瑟的子夜，二十二岁的归去来，疲惫不堪地走进了这家小街拐角处的"夜来香炒粉店"。肚子饿，身子冷，还有无边的茫然和孤寂扑面而来。

窄小的店堂里，只能摆放四张小桌子。先他一步进去并坐下来的，是一个穿黑色西装的中年人。他不由自主地跟上去，取下肩上沉甸甸的帆布挎包，放到桌上，礼貌地对中年人说："我可以坐在这里吗？"

中年人笑了，说："这店子就我们两个食客，正好相对而坐，多好。"

"谢谢。"

满头白发的老店主，从烟火气飘袅的内间走出来，先问中年人："东门旭先生，还是牛肉丁炒粉？"

"对。"

"你每夜都加班到这时候，辛苦辛苦。"

老店主又问归去来："你是第一次来，吃什么？"

"也来份牛肉丁炒粉。多少钱？"

"十元。"

"小弟弟，我们萍水相逢，是缘分，允许我请你的客，好吗？"

归去来一愣，想了想，然后说："谢谢东门旭先生的美意。我可以请你喝酒吗？我带着酒哩。我叫归去来。"

"小弟弟，你很聪明，我们成了互请，这样就扯平了。你的名字好，取自陶渊明的《归去来兮辞》，你的父母有学问。"

"父亲是中医，母亲是中学语文教师。"

"你从哪里来，又要到哪里去？"

"我从湘潭来到株洲，过了今夜，又得回湘潭去了。古人说，从来处来，到去处去。唉。"

内间的厨房里，传来锅、铲、刀、砧、碟、筷的声音，飘出了浓郁的香气。

归去来打开帆布包，拿出一瓶酒来，又去取来两个小酒碗。

东门旭一瞥贴在瓶上的标签纸，说："是本地一家药酒厂出品的黄精酒！这个厂创办不久，这种药酒我还没喝过。"

"我喝过，好。主料是药物，也就是黄精。"

东门旭问："黄精是什么呀？"

"黄精，属百合科，多年生草本，根茎肉质肥大且柔软，是一味性平、味甘的中药，具有补气、润肺的功效，主治脾胃虚弱、肺虚咳嗽、消渴等病症。以它为主配置的药酒，叫黄精酒。"

"你懂得很多，不简单。"

热腾腾的炒粉端上了桌。

归去来打开瓶盖，给两个小酒碗斟满了酒。

外面忽然下起了雨，又大又密，声如急管繁弦。

"东门旭先生，请品尝黄精酒。"

"好。谢谢小弟弟。"

东门旭喝了一小口，再细细咽下。

"怎么样？"

"入口纯和，回甘细腻，不错。这黄精根茎直接用来泡酒吗？"

"不。先洗净，用大锅烧水搁上蒸笼去蒸，蒸熟后再在太阳下晒干，晒干后再蒸，反复七次。然后，将黄精和另外十几味药碾成粉末，再去泡酒。听说，是老板的祖传古方。"

"小弟弟，吃炒粉填填肚子。我请厨房再炒两个热菜来，下雨天是留客天哩。恕我唐突，你应该是这个厂的吧？"

归去来点点头，猛地喝下一大口酒，说："是的。"

"搞销售的？"

"对。不过马上就不是了。"

"能告诉我是怎么回事吗？"

"我大学读的是中医学院的中草药检测专业，毕业后应聘到这家药酒厂当黄精酒的销售员。签的合同是试用期一个月，底薪一千元，销售一瓶再得十元提成。这种酒，因没有前期的宣传和推介，世人不识，这一个月我居然只卖出一件二十瓶酒，按合同规定，如不能卖出十件，必须辞退。"

归去来看看墙上的挂钟，喉头有些哽咽，继续说下去："一点钟了，新的一天开始了。昨天是试用的最后一天，傍晚下班时，老板对我说：'你明天不用上班了。'我说：'一个月的试用期，应该到今夜十二点为止，我还有几个小时可做最后的拼搏，老板勉强同意了。"

"小弟弟，不到最后一刻，你不言放弃，佩服！"

"我晚饭都不想吃，带着样品去拜访一家家大小酒店、酒吧，可惜仍是失败而归。不过，我也了无遗憾了，因为我努力过了。"

东门旭端起小酒碗，说："小弟弟，我敬你。"

两个小酒碗叮当一响，各干了一大口酒。

归去来觉得身上暖和了，酒和东门旭的言语，让他绷紧的神经松弛下来，嘴角浮现出开心的笑。

东门旭突然问："你还愿意在株洲工作吗？"

"当然愿意。"

"我是建宁中药厂的厂长，我想聘请你任新药开发部的副主任。"

归去来问："你说话可以作数吗？"

"百分之百作数。"

归去来突然泪流满面。

"你不是说一个月试用期内，得卖出十件黄精酒吗？在向老板辞职前，你带上我的支票，再购九件。然后，就到中药厂来报到。"

"买这么多酒干什么？"

"表示你因最后的坚持完成了任务，对老板是个提醒。"

雨还在下着。

离天亮越来越近了。

凡尘异事

锁 爷

解天键七十岁了。身板直，手臂粗，只是白了一头毛发。

芙蓉巷的老老少少，都亲切地称他为"锁爷"。

退休前，他是古城湘潭平安锁厂的高级技工。退休后，怕闲坏了身子，成了一个修锁配钥匙兼开锁的自由职业者，既可消磨时光，又不丢生技艺，还可赚些合理合法的小钱，足够他抽烟喝酒了，几多快活。不过开锁这个活计有规定，得去派出所登记备案，以防心术不正的人干违法的事。派出所所长丁一对他说："锁爷是老党员、老工人，为人开锁解难，我们放心。"

"谢谢！"

"这天下就没有锁爷打不开的锁！《说文解字》说：'铁锁。门键也。'你叫解天键，天门有锁，你也可以解开。"

"丁所长读书多，你是儒警啊。"

两人忍不住哈哈大笑。

锁爷一辈子跟锁打交道，什么锁没见过？以材质而论，有金、银、铜、铁、玉石、铝合金、不锈钢的；以用途而论，有门锁、窗锁、柜锁、屉锁、保险柜锁、保险箱锁、工艺锁、玩具锁诸项；而形制更是千模百样，牛鼻子锁、龙头锁、虎头锁、元宝锁、叶形锁、山形锁、楼阁形锁……锁的常例是一个锁眼，用一片钥匙打开；但也有两眼、三眼直至九眼的，需用多片钥匙才能打开。锁爷对各种锁的结构无不了然于心，在没有钥匙的情况下，他用细铁丝在锁眼里探测几次，再在钥匙坯件上锉出直槽横齿，又快又准，锁自然是顺顺当当就打开了。他自矜地说："只要有锁眼，我的心思就可以潜进去，不怕打它不开。"

锁爷还有门绝活，可以蒙上眼睛用零件，装配出完整的锁；还可以在没有钥匙时，凭手感、听觉用铁丝探测锁眼，再用钥匙原坯锉出打开锁的标准钥匙。蒙眼配钥匙这门技艺，他在五十岁时就已炉火纯青，还在全国工匠大比武中当众表演，电视台做了现场报道。

锁爷老两口，住在芙蓉巷十号，有一个不错的庭院，花树蓊郁。儿子一家住在长沙的大学宿舍区，只有节假日才回来，儿子常劝父母跟着他们去养老。锁爷仰天一笑，说："离开这里，我就不是'锁爷'了，只能被人叫作'老解'！"

锁爷在湘潭名气太大了，不少人找上门来修锁配钥匙，庭院里人来人往，很热闹，他无须挑着工匠担去三街六巷吆喝揽生意。非得要他出门去干活，一是人家的大门锁坏了，或是把钥匙弄丢了；二是户主室内的大件柜、箱的锁打不开，又不方便抬到解家来。

锁爷应邀去做上门功夫，如果是修配大门锁，就把工匠担摆在门边，弄好了，主人请他进屋去喝杯茶，他笑着婉辞。进室内去修锁、开锁、配钥匙，进大门前他就用黑布蒙在眼睛上，待探测锁眼后，再回到大门外，取下眼罩干活。这是锁爷的规矩。

立春过后，转眼到了雨水节令。

黄昏时，小雨初停，天上闪出晴光。

解家来了个平头汉子，像个乡下人，自称"大刘"，说家中的保险柜钥匙弄丢了，请锁爷去开锁配钥匙，价钱只管说。

"在哪儿？"锁爷问。

"不远。有车哩。"

"好的，我收拾工具随你去。"

小车跑了一个多小时，暮色四垂，在山谷口一栋孤零零的破旧农家大院前停下来。

大刘问："这块地方锁爷来过吗？"

"没来过。"但刚才在车经过一个古镇时，锁爷看到路牌上写着"清平镇"三个字，小车再往西跑了二十多分钟，就到了这里。

锁爷从后备厢里取出工匠担，放在院门外。

"锁爷，请随我来。"大刘说着话，双眼盯着锁爷，双脚却原地不动。

"慢，待我戴上黑布眼罩后，你牵着我进去。"

"锁爷，你心里只有锁，没有其他东西，高人！"

大刘牵着锁爷的手，走过庭院。庭院一角有紫藤花，锁爷闻到淡淡的紫藤花香气。然后，他们走进堂屋，两边是厢房，里面有人在吸烟（有打火机的声音），走进堂屋后端的灶屋（有烟火气味），再上楼梯到了二楼。锁爷被引到一个保险柜前，大刘说："请你开这个玩意儿的锁。我站在你身边，有什么吩咐，你就说。"

锁爷先用双手去摸保险柜，很随意，也很快，便明白这是个大家伙（农家怎么会购置大保险柜）。再摸到锁眼，从口袋里掏出几根铁丝，"I"型的、"L"型的、"F"型的。锁爷依次用铁丝插入锁眼细细地探测，同时把耳朵贴上去凝神谛听。

大刘问："打得开吗？"

锁爷不作声。

"你说个数，我绝不还价。"

"三百元，常规价。"

"我给五百。"

"大刘，太客气了，我只收三百。"

锁爷说着话，突然"咔嚓"一响，保险柜门弹开了。他的鼻翼翕动起来，扑面而来的是泥土味、古铜锈味，里面应该有出土才数日的古器。

大刘忍不住高喊一声："锁爷，好手段！"

"你牵着我到院外去锉出钥匙，我不需要灯光。"

"不必了。也许，我在无意中又寻出了钥匙呢。"

"你既不要配钥匙，我就只能收两百元了，这是我的规矩。"

"锁爷为我省钱呵，谢谢。辛苦你了，我开车走另一条路送你回家，可能要近一些。"

"客随主便。"锁爷心想：我经过的路都记在心里，你乱不了我的思路。

……

几天后的一个晚上，丁所长叩访解家，向锁爷表示谢意，一伙盗墓贼被抓捕了！

丁所长说，几个月前，这伙人租下这个破旧的农家小院，因为在山谷里他们探测出了几个年代久远的古墓，先挖掘了一个墓，就得了好几件青铜器。青铜器锁在保险柜里，钥匙由为首的头头掌管。那天大刘请锁爷去开锁，头头带着另一个人去长沙找买主，更是为以后的货物出手探路，要三天后才回来。大刘和留下的两个人想私吞青铜器，准备第二天就远走高飞。

锁爷说："幸而他们内斗，幸而他们贪心，才有我出场的机会。"

"谢锁爷当天回家后就给我打电话，我们马上就去布控了。你蒙眼开锁，鼻子还这么灵，神了。"

锁爷小声说："保密啊，我的丁所长。"

方　位

又冷又饿又渴的方位，真的不明白此刻身处云阳山的哪个方位哪个地段，他迷路了。

黑沉沉的冬夜，刮着小北风，飘着细雪花，山路上结着薄冰。他看看腕上的瑞士夜光表，已经九点了。他想起老一辈的传说，是不是碰上岔路神了？让他在走夜路时绕来绕去到不了目的地。路边有棵老松树，他疲惫地坐到树根边的一块石头上，放下背着的笨重旅行袋，歇口气。手机没电了，呼天不应，喊地不灵。

下午四点离开那个羊蹄村，热心的村民告诉他，十里外便是丰登镇。本应该六点左右到达，可不知在哪个地方走岔了道，丰登镇成了梦的远方。这一大片湘赣交界地区，井冈山脉连着云阳山脉，山也险，林也密。虽说如今交通方便了，公路将市、县、镇都联结起来。可在一些偏僻的村落，要搭乘长途汽车还得步行到镇上去。

寒冬腊月，四十岁的方位从省城长沙跑到这里来干什么？就为拍雪景。这里是高寒山区，下雪早，风景独好。更重要的是他想出了一个拍组照的好题材，叫"白雪红路标"，专拍红军时代遗存在大山里的建筑物、战壕、哨口、墓地，既是风景照，又有思想含量，参加明年全国的红色旅游影展，不可能不入选。他是一家旅游报的摄影记者，已有些名声了，是中国摄影家协会会员，还是省摄影家协会的理事，明年换届选举，他得拿出好作品，争取选上个副主席啊。

方位是从长沙坐火车先到井冈山市，然后搭乘旅游大巴去各个景点，在湘赣两地采访、拍照，一晃就过去了半个多月。属于湖南省茶陵县丰登镇的羊蹄村，其附近的大山中，有一个无名红军烈士墓地，村民们几代守护，现在已列入建设陵园的计划，方位听闻后，不能不去拍照。他是下午到达的，先在村民的小旅馆住下来，好好吃顿饭，安心睡个觉，明日再去现场。不料省摄影协会负责人打来电话，让他赶回长沙，明日下午三点有个理事座谈会，主题是：深入火热生活，创作优秀作品。方位顶风冒雪下基层，让他好好介绍经验。方位不能不去！在手机上查了查，他只能先步行到丰登镇，宿一晚；赶明日早班长途汽车去茶陵县，花两个半小时；再坐中午的火车去长沙，又要两个小时，到达后再打的去会场。必须环环紧扣，出不得半点差错。

方位忍不住长叹了一口气，然后站起来，拉了一泡尿。

就在站起的这一刻，方位的耳朵支棱起来，一阵风送来隐隐约约的锣鼓声。他的精神猛地一振，有锣鼓声处必有人，有人就可以讨口水喝讨口饭吃。他赶忙背起旅行袋，迎着锣鼓声而去。

跌跌撞撞走了两个多小时。前面出现一块平地，搭着一个灵棚，灵棚后面是村子的屋影。是村民办丧事，灵棚正面上方挂着一排纸做的白绣球花。他从旅行袋里找出一个没写字的白信封，往里面放进两百元的奠仪。然后，一步一步朝灵棚走去。

从灵棚走出一名中年人，急急迎上前，说："这么晚都来，辛苦了。我是村长，叫王子明。"

"不……辛……苦。应该的。"

方位随王村长走进灵棚，守灵的和锣鼓班子的人，有十来个，都礼貌地站起来和他打招呼。

方位放下旅行包，走向正前方的灵案。灵案上放着一个盖着红绸布的骨灰盒，盒子后面立着带镜框的遗像，死者样子很年轻，不过三十岁左右。灵案两边放着一个一个的花圈，庄严肃穆。灵案上方挂着白布黑字的横额，上面写着"怀念我们的好书记贡力同志"。两边分挂着挽联的上下联："从城中来，挂职不怕苦；做村里事，舍命为脱贫。"方位马上明白了，贡力是城里来挂职当村支书的，为这个村的脱贫致富献出了年轻的生命，令人敬佩。

方位肃立在灵案前，然后恭恭敬敬地鞠了三个躬。

王村长说："请你来签个到。"

方桌上摆着翻开的签到簿和圆珠笔。方位签上名字，再掏出奠仪递过去。

"对不起，不能收啊。贡力的父母一再交代，谁的奠仪也不能收。方先生，你从哪里来？与贡书记是什么关系呢？"

"我是省城的记者，从羊蹄村拍完照去丰登镇，因为走错了路，才到了这里。我不认识贡书记，但一看挽联，就知道他深受村民爱戴。"

"你走反了方向，进入了炎陵县，不过，还在湖南哩。

羊蹄村到这里，四十里远，你一定饿坏了，快去烤火，我安排人给你煮碗面条来！"

"打扰了，麻烦了。"

"你是读书人，懂礼数，一来就去给贡书记鞠躬，让我们感动。"

方位坐到一大盆木炭火边，金黄色的火舌跳动，不时地爆响火星子，顿感周身暖和。他问："各位在这里为贡书记守灵，唱夜歌子，可见你们和他情深意长。"

坐在火边的人，点着头，眼里涌出了泪水。

"是呵，是呵。贡书记才二十八岁，还没成家哩。他来这里三年了，起早贪黑，建立农村合作社，搞多种经营，硬是让村民脱了贫。他住在一个孤老头家，帮老人做饭、洗衣、种菜，不但掏钱交伙食费，还为主家修理房屋，陪老人去看病，比儿孙还孝顺。"

"贡书记做人低调，村里要选个代表去县里开会，他力推王村长去。"

"方记者，你帮个忙，好好写写贡书记，我们全村人都感谢你。"

一杯热茶端上来了，一大碗香喷喷的面条也端上来了。

王村长说："方记者，你慢慢吃。"

"谢谢。我边吃边听你们说话，好不好？我想问，贡书记是怎么去世的？"

王村长说："这地方的冬萝卜、冬笋、木炭、竹炭很有名，订货的很多，早几天来了几辆大货车，因山路才修出粗坏，弯道多，又刮风又下雪，空车进来还可以，载了货就走起来难。贡书记口吹哨子，手握小红旗在车前步行引路，让人看了心疼。离山下还有一段路时，贡书记太冷了太累了，脚一滑，人摔出路外，跌下几十米高的悬崖……呜呜——"

王村长再也说不下去了，放声大哭起来。

方位觉得心里堵得慌，放下筷子，再不想吃什么了。

"我想听你们多说说贡书记，对我也是个教育。明天，我先去采访村民，再去贡书记常去的合作社和那个悬崖边拍照，这样的好书记，应该让大家学习。"

"好呵。"

"对头！"

在这一刻，方位忘记要去长沙开会的事了。

铜盆里的木炭火，烧得旺旺的，像一盆怒放的红莲花。

思悠悠

遍地夕阳，秋风清爽。

八十岁的应健行，从潭城大剧院一瘸一拐走出来的时候，正是下午五点钟。他真想摘下口罩，好好地吐一口长气，但他忍住了。本地虽无疫情，但外地还有，公共场所戴口罩，成了人人必守的规则。

从北京来湘潭的话剧团，演出的剧目叫《爷爷和孙子》，讲的是一个偏远的小山村，青壮男女大多进城打工，留下老人和孩子相依为命的故事。两个小时的演出，看得应健行老泪纵横。

应健行不是农民，却当过城里的留守老人。他曾供职于本市的水运公司河道清理大队，清理各个码头停船泊位下的淤泥，爆破航道下的礁石。儿子儿媳是矿业勘探队的员工，走南闯北跋山涉水为的是找矿，一年中住家的日子很少，唯一的孙子是他和老伴带大的。孙子在他们的身边，一直待到高中毕业，考上北京的工业学院，毕业后去了大西北的航天研究所，早成了家，有了孩子。孙子太忙了，回来得很少，只能在手机视频上，和爷爷奶奶说几句话。两年前，应健行的妻子过世了，儿子儿媳从外地赶回来奔丧，孙子因一场大试验正在进行中，没法回来为奶奶送行。办完丧事，儿子儿媳赶快回单位去了，家里就只剩下应健行和他的影子。他太想孙子了，想得胸口发痛。看到《爷爷和孙子》的海报，他不能不来看这场话剧。

应健行一瘸一拐，走得很慢。长年清理河道，湿气入骨，左腿还受过伤，风湿病加上老伤，让他无法"健行"。下台阶，过草坪，走上马路的人行道。看戏的人早走得没了踪影，他应该是落在最后的人。不对，从走出剧院到此，他的身后分明不远不近地跟着一个人，虽然脸上蒙着口罩，但看得出是个年轻人。他稍稍停住脚步，然后猛一回头，对着跟踪他的人粗声说道："我一个老头子，既不戴名表，又钱包干瘪，你跟着我做什么？"

那个年轻人把口罩移到嘴巴下方，双眼冒出了泪水，然后朝应健行鞠了个躬，说："老爷爷，对不起！我叫终始，是个中学教师。你的背影太像我爷爷的背影了，我跟着你，就像跟在爷爷身后。"说完，他把口罩拉上去蒙住了脸。

应健行愣住了，也感动了。说："小终，萍水相逢，我们坐下来聊聊天？"

"好。谢谢爷爷。"

人行道拐角处，有一个被称为微型公园的"洗尘亭"。一个小巧的亭子，亭边还有一条依几道石坎往下淙淙流动的清泉。

他们走进亭子，在石桌边坐下来。

"爷爷，请问贵姓？"

"我姓应，你叫我应爷爷吧。你这么爱你爷爷，他还在吗？"

"爷爷叫终思贤，是个小学语文教师。爷爷过世十多年了，当时我在北京大学中文系读四年级，父母怕影响我学习，办完了丧事才打电话告诉我。我听了大哭一场，觉得我最对不起的是爷爷，这种负疚感在心里越积越厚，除了发狠地工作和读书，年年当先进外，对其他事都没有兴趣，不想找女朋友，不想成家。"

"你爹妈是干什么的？"

"他们是云阳山气象站的技术员，离这里有三百多里路程，报恩巷中的终家小院，只是他们的客栈。奶奶在我念小学时，就因病辞世。朝夕相守的，是爷爷和我。爷爷年轻时是跳高运动员，腰和腿都摔伤过，又没有及时去治疗，留下了后遗症。弓腰曲背，一瘸一拐地走路。他喜欢读书，腹笥丰盈，就去了小学教语文。从背影看应爷爷，和我爷爷一模一样。爷爷除上课外，还要为我做饭、洗衣、辅导功课，脸上却永远浮着慈祥的笑。"

"哦，你爷爷比我带孙子辛苦。我的孙子还有奶奶，是两个人操劳。你对爷爷印象最深的是什么？"

"一年四季，天刚亮爷爷就催我起床，洗漱罢，桌上已放好一碗瘦肉汤、一碟子从街上买回来的小笼汤包；夜里复习功课，准九点，爷爷会送来一大杯蜂蜜水。冬天早晨我起床前，爷爷会把我要穿的毛衣、棉袄、袜子、鞋子，在木炭火上烤热。还有在休息日，他为我诵读、讲解古诗词和精短古文，他的声音让我着迷。"

"所以你语文成绩优秀，考上了北大中文系。"

"对。可我没来得及报答爷爷，连他病逝我都没赶回来见他一面，爷爷一定很失望。这种想法一直折磨着我，让我寝食难安。"

应健行摇了摇头，温和地说："你爷爷绝不会怪罪你的！我妻子辞世时，我的孙子忙于公事也没回来，我不但不怪罪他，还在心里称赞他以国事为重，自古忠孝难两全啊。"说完，他指了指亭边顺势而下的泉流，说："老辈子对后人的爱，正如水往低处流，是自然而然的，不求报答。"

"我爷爷也会这样想？"

"我们这一辈人都会这样想。"

"应爷爷，假如那次我回来了，我最想对爷爷说的话是：爷爷，你别丢下我，等我工作了，我要好好孝顺你；我还要当老师，好好教书育人，继承爷爷的衣钵！"

"你现在已经是个好老师了，年年是先进。我可以把你的话捎给你爷爷。"

终始惊大了一双眼睛。

应健行轻轻松松地说："小终，我八十岁了，又是肺癌晚期，没有多少日子了。等我去了那个世界，我就去找你爷爷终思贤。我要告诉他，你孙子忘不了爷爷的大恩，是个很孝顺的孩子；他教学认真负责，培养着祖国未来的栋梁，你就放心吧。"

终始说："谢谢应爷爷。我想，你们在那边会成为很好的朋友。"

"那是肯定的。小终，听应爷爷的话，你不要再为爷爷伤心、内疚，我相信他希望你天天开心。我该回家了。再见！”

　　"再见！应爷爷。"

　　终始站在原地，目送应健行渐行渐远，双眼又噙满了泪水……

戴着口罩去相亲

戴着口罩去相亲，是个什么感觉？

柳亭亭忍不住在心里连声说："爽！爽！爽！"

深冬初晴的星期六上午，九点钟，柳亭亭来到市中心的雨湖公园，走向湖东一侧的碧柳亭。市团委和妇联举办的相亲会，每次都选在这个充满诗情画意的地方。亭子四周都是错杂而立的垂柳，芽虽未发，但柳条密垂如帘，很耐看；亭畔还有几株老梅，红色的花朵挤挤挨挨，开得有声有色。在相亲会的前几天，她已经来踩过点了。

相亲会举办几年了，每两个月一次。在新冠疫情发生之前，她没有参加过，尽管她已是"圣（剩）女"，父母催，同事也催，她虽心急但外表平静。如今的男性，俗不可耐的多，首选的是女性的颜值，然后才论及其他，可恨！而她的面相确实有些差，鼻子矮，嘴也大，颧骨高，尽管身材高挑，人家看得上吗？只可能是败兴而归，不如不去。真到了本地有疫情时，严禁群体性聚集，相亲会也就偃旗息鼓了。好不容易等到战"疫"胜利，本地虽然没有了，但外地还时或有紧急情况警示，于是在公众场所戴口罩、回家勤洗手，成了日常生活的必守规则。相亲会自然不能例外，男男女女都戴着口罩，看不出年纪，看不出相貌，但看得出身材，还看得出一双眼睛。柳亭亭读过大学的中文系，才思敏捷，即兴吟出"口罩遮颜过闹市，明眸依旧荡春波"的诗句，同事说：
"前一句活剥了鲁迅诗句'破帽遮颜过闹市'，后一句有言
外之意，好！"

柳亭亭毕业后考上公务员，供职于税务局的营业大厅，
专管个人所得税的收取。原先一上班，面对纳税者，她总是
微微低着头或稍稍侧着脸，自从戴上口罩，感觉浑身轻松，
可以正面正目地对着人家，说话的声音又柔又软。"

相亲会的程序安排得很周到，参会者先是进入"碧柳亭
相亲会"的微信群，各自报告简单情况：姓名可用真名也可
用化名，年纪可用概数，业余爱好、干什么工作可模糊表述
（工作单位可以隐去），对对方有什么要求。然后，互相选伴
聊天，进行初步试探，彼此有兴趣了，到相亲会上去近距离
接触。柳亭亭发现参加相亲的人，没有几个愿意出示照片，
都是云山雾罩不肯露真颜。

柳亭亭要去见的人叫"火凤凰"，当然是化名，年龄是
"三十开外"，学历是"大专"，职业是"迎危而上，心系
百姓"，信奉的是"忠于使命，诚于爱情"，对女朋友的要
求只两个字——"理解"。

柳亭亭用的化名是"特特寻芳"，刚一接上头，"火凤
凰"就打出几行文字："这名字好，你是特地来寻觅一个懂你
的知音，它出自岳飞的七绝《池州翠微亭》，其中有一句为
'特特寻芳上翠微'。我猜想你的真名中，应该有一个'亭'
字。"柳亭亭的心"砰"地一响，这个人是爱读书的，还有
联想力，可以一见！她猜想他是干什么的，"迎危而上，心

系百姓"，是排雷的特种兵？是刑侦队的警察？是高压线的修理工？反正他应该是个威武的男子汉。她要求对方的也无非是"理解"二字，"理解"什么呢？只是她不便明言。

他们谁也不认识谁，在相亲会见面，得有个标识。于是他们约定："火凤凰"手拿一本《宋诗选》，柳亭亭手拿一本《唐诗选》。地点是柳亭亭指定的，碧柳亭右侧第三棵老梅树下。

柳亭亭很喜欢碧柳亭这个地方，她的姓名中有两个字和它重合，何况她的身材也确实称得上是亭亭玉立。

蒙着口罩的脸都涌向这里。

柳亭亭先在不远处静立一阵，才从羊皮挎包里掏出精装本《唐诗选》，缓缓地走向亭子右侧的第三棵梅树。

梅树下已站着一个男子了，中等个子，很敦实，高度不会超过一米六，口罩上方的眼睛又大又亮，手里拿着平装本《宋诗选》，朴素的封面朝外。这应该是"火凤凰"，可惜……个子矮小了一点，柳亭亭脑袋里刚闪出这个念头，就赶快掐灭了，大大方方地走上前去。

"火凤凰"举起书，朝柳亭亭晃了晃，快步迎上来，说："'特特寻芳'，你来了！我是'火凤凰'。"

"你到得比我早，谢谢。"

"我早到十分钟，应该的。"

他们相隔一米，面对面地站着，都有些拘束，不知道说什么好。

"火凤凰"说："你手上的这本《唐诗选》，我也网购了，好版本，从《全唐诗》中选出三百首，凡入过《唐诗三百首》的作品，一首也不选。"

这是个好话题，柳亭亭眼里流出动人的光波，问道："此中有不少重言叠字的好诗，你喜欢哪几首？"

"哦，我得好好回答，争取能及格。我喜欢李季兰的《八至》、无名氏的《君生我未生》、孟郊的《结爱》、曹邺的《捕鱼谣》、张若虚的《春江花月夜》……《春江花月夜》中，'月'字重出十五次，'江'字重出十二次，'春'字四次，'花'字三次，婉转低回，妙趣横生。"

"太对了，你是个有浪漫情怀的人。我喜欢李季兰的《八至》：'至近至远东西，至深至浅清溪。至高至明日月，至亲至疏夫妻。'"念完诗，柳亭亭轻轻地叹了口气。

"'特特寻芳'，你对婚姻有怯怕心理？"

"难道你没有？"

"我……我……"

柳亭亭忍不住笑了，笑靥藏在口罩后面，可惜"火凤凰"看不见。

"火凤凰"说："站累了吧？石桌边有石鼓凳，我们隔桌而坐，面对面说话，好吗？"

"正合我意。"

"火凤凰"掏出手帕，垫在石鼓凳上，说："请坐。"

柳亭亭心头一热。

他们面对面地坐着，四目相对，轻轻地交谈一阵，又默默地凝望一阵。

柳亭亭说："我们能不能同时摘下口罩，来个坦诚相见？"

"火凤凰"摇摇头，说："说真的，面对你，我有点心慌气短，能不能再在微信里互相了解些日子，然后约个机会碰面？"

"可……以。"柳亭亭觉得他很沉稳，她是有些急躁了。

近午时，相亲会结束了。

他们彼此挥挥手，喊声"再见"，矜持而有礼貌地各自归去。

一晃十多天过去了。

本市报纸忽然爆出重大新闻：一家工厂的化工原料车间发生火灾，消防中队闻警而奋力扑火，一个叫向勇的消防员在抢运爆炸品时壮烈牺牲。向勇的照片和简介，以及记者写的人物特写《烈火中永生》，也同时刊发。文章说向勇年龄三十五岁，未成家，曾因舍命灭火烧伤脸部而留下疤痕。

柳亭亭久久地凝视着报纸上向勇的肖像照，右脸的下方，果然有一块黑色的疤痕。

她忍不住号啕大哭。"火凤凰"是向勇吗？她认为肯定是的，虽没见过他的真容。如果不阴阳两隔，他们结成连理应是顺理成章的事……

后来，当有人问柳亭亭："你有过男朋友吗？"

她斩钉截铁地回答："当然有过！"

凶宅试睡员

四十岁的阚强,可以在这个城郊的别墅小院,消闲二十四个小时。他真的觉得很幸福。

正是初夏,庭院里的花树很繁茂,特别是几株白玉兰,待开和已开的花晶白如雪,吐出淡淡的香气。一栋四层的青砖小楼,齐齐楚楚,素雅动人。一圈高高的院墙,围住了庭院和小楼,隔断墙外任何一缕窥视的目光。

整个别墅小院就只有他一个人,可以随便走随便看,可以低声唱高声喊,只是这二十四个小时不能睡,也不能关手机,夜里还不能开灯。

下午五点钟,阚强就在城里吃过了晚饭,准确地说是在城里的金叶二手房销售中介公司吃过了晚饭。然后公司的副总经理安小平——一个和他年纪相仿的陌生人,开车把他送到这里,交给他一串可以打开小楼里各个房间的钥匙,说:"今晚七点到明晚七点,是你的工作时间,明日的三顿盒饭会有外卖小哥送来,你打开院门接了就是。"说完头也不回地走了。

阚强关了院门,上了门闩,立马进入小楼,一层一层地巡看,一间房一间房地数点,客厅、卧室、书房、客房、储藏室、厨房、卫生间,都是空空的,没有家具,没有电器,没有任何辅佐的设施。墙上也是光光的,还很白,原来的主人只住了不到三年。但这是凶宅，男主人是个有钱的企业家，出差在外地时，终日空闲的女主人不知道出于什么原因，在一个深夜突然割腕自杀了。发生非正常死亡事件的住宅，按传统的说法称为凶宅。凶宅自然是要抛售的，于是交给了中介公司，底价是一百万，价格已经很低了。凶宅不容易找到买主，虽说现代人已不相信鬼魂之事，但恐惧感是有的，谁愿意住不吉利的房子？当然也有买主胆大，但要求在他和家人搬进去之前，得先有人去试睡，而且有现场拍摄的手机视频资料，证明无异常响动，无幻影飘忽，还有中介公司监督人和试睡者的视频通话，然后才可以成交。卖方、买方都要付中介费，卖方付整个房价的百分之三，买方付百分之二。

阚强在网上看到招聘"凶宅试睡员"的广告，立刻就报名参加，并被录用。他膀阔腰圆，一身的腱子肉，有的是力气；他胆子大，高中毕业后当过三年特种兵，然后再回乡当农民；父母双全，妻子能干，孩子都上初中了，不用他操心。再说丰厚的工资诱人，一分钟一元钱，一天就是一千四百四十元！

天渐渐暗了下来，月牙儿也升起来了，一切都变得朦朦胧胧。草丛里飞出几只萤火虫，提着小巧的灯笼，划出淡淡的流光，好像在寻找什么。

阚强真的很喜欢这份安静，没有一丝惊恐和焦躁。当兵时他常和战友在边境线整夜潜伏，蛇从脚边滑过去，他可以一动也不动；在乡下一个人常摸黑走夜路，山豹的影子不时地闪来闪去……即便这院子有鬼魂飘动，他也敢上前去打招呼！

每隔一个小时，阚强就举着开了视频的手机，进入小楼，依次巡查一遍。然后再回到小楼门口，坐在台阶上看萤火虫飞来飞去。

院墙上有了细碎的响声，是一只野猫，叫得凄凄切切，然后跳到院子里，在花草丛中躲起来。有小石块、泥巴坨从墙外扔进来，是小偷投石问路？阚强一声不吭，真有小毛贼翻墙进来，他正好施展一下拳脚功夫。可小毛贼终究没有出现，这让他很遗憾。倒是安小平会冷不丁地在视频上和他通话，问话短，答话也短。

"有什么异常闪影和声音吗？"

"没有。"

"你有恐惧感吗？"

"没有。"

一夜平安无事，天亮了。接着是长长的白天，悠闲得让阚强筋骨发酸。到暮色四合时，安小平驾着小车来，把阚强接回了城里的中介公司。

安小平说："你是合格的凶宅试睡员，下次我还要请你。这是你的工钱！"

阚强说："谢谢。"

"这里还有一张《凶宅试睡情况表》，请你在尾端签上名字。"

阚强接过表，迅速地扫了一眼，上面列着几个条目，如：夜晚巡查凶宅给你的整体印象？底下列着几个等待打钩的答案：阴森、压抑、安宁、平和；有无异常现象？列的答案是：有、无……

"安总，我来为答案打钩吧。"

"不必了。你只需签上名字就行了。"

"好……吧。"

一个月过去了。

安小平打电话给阚强，说邻近的一个城市有一个别墅院也是凶宅，让他去试睡，工钱照旧。

阚强随意问道："我试睡过的别墅院卖掉了？"

"买主不满意，没要。卖主只好再次砍价，由我们公司收购了，做个善事吧。"

阚强莫名其妙地叹了口气。

师徒仨

古城湘潭这条曲而长的巷子叫流年巷。

麻石巷道被踩踏得素洁可鉴，巷墙夹一线或晴明或雨暗的天光，墙根下的苔斑凝绿中泛出缕缕衰褐，似乎都是流年巷的诠释。

有人出生了，有人辞世了。有人长大了，有人变老了。有人沦落了，有人发达了。

流年巷的名字却没有改。

流年巷中的吴金城、张强、管坚，一师二徒，感情却稠酽得若同胞兄弟。

吴金城是典型的南人北相，个子高大伟岸，脸方、眉浓、嘴阔，说话声粗还带着膛音。他比张强、管坚只年长四岁，却是他们的师傅。张强中等身材，不胖不瘦，只要不上班，衣服永远穿得光鲜，贵气。管坚和张强同年，个子瘦长，脸也窄长，说话声低气弱，衣着也很马虎。

师徒仨都是华兴家具厂古典家具车间的高级技工。吴金城的手艺是家传，祖父、父亲都是打造古典家具的名匠，当时特招他进厂，省去了当学徒的程序，拿的是师傅级别的工资。吴金城有高人指点，又肯钻研，加上喜欢读书，二十几岁时在这个行当已是头角峥嵘。那一年，张强、管坚进厂当学徒，被领到吴金城面前时，忍不住笑了，连声喊："吴哥，我们是邻居，现在成了同事，好不快活！"吴金城板起一张脸，坐到一把刚做好的太师椅上，说："先鞠躬拜师！这不是在巷子里打打闹闹，没个高低。来当学徒就要懂敬畏，不怕苦，不怕难，手上有好功夫才端得稳饭碗！"张强、管坚赶忙整顿衣裳，鞠躬称"是"。

他们上班是师徒，下班后是朋友是兄弟是邻居。

张强、管坚三年后出师，吴金城用家藏的上等材料精工细作，给张强和管坚各送了一个礼物。送张强的是花梨木雕制的四折小桌屏（摆在桌上的微型屏风），送管坚的是紫檀木小套箧（里面一层一层地套着四个小箧），做工、雕工都是一流的。

管坚说："这个套箧好，还设置了暗锁，用它装贵重东西，最合适了。"

张强说："桌屏我就放在显眼的地方，让看了的人羡慕……不，师傅是叮嘱我：屏者，收也敛也，莫太张扬。"

吴金城说："就是个小物件，怎么想都行。"

年光似水。

他们先后成了家，然后有了孩子。孩子又长大了，也成了家，他们都有孙子了。吴金城不到三十岁，已是高级技师；张强、管坚出师后又打熬了十年，也领到了高级技师的大红证书。

流年巷巷口左边的小街上有一家小茶馆，吃过晚饭后，吴金城常邀他们去喝茶。

管坚总是说："还是我请你们吧，去市中心一家很洋气的店子喝咖啡，一杯也就一百元，那里真是有情调。"

吴金城说："我们无非是找个好说话的地方，去咖啡馆喝情调？粗喉咙大嗓子的，招人厌。这里一壶茶才二十元，合算！"

管坚说："也是。再说，这里熟人多，热闹。"

他们喝着茶，谈明式、清式家具的妙处，谈京派、海派、广派家具的流变与形态，笑语纷生。

管坚冷不丁地问张强："听说你家买了一架钢琴，四万元，啧啧。"

"买了！巷子里有人买了，凭什么我就不买？孙子都五岁了，请个老师教钢琴。"

吴金城淡淡一笑，说："巷子里有人买什么新玩意，你是不肯委屈自己的，多少年了都这样，提前消费，追赶时尚。又向厂里同事借钱了？"

张强点了点头，说："我这脾性，没法改。"

"我就舍不得。"管坚低声叹了口气。

"管坚，你是太舍不得了，就知道存钱，赚十块钱，只肯用两块钱。连巷子里各家自愿出的卫生费五块钱，你有时都拖欠，真是穷啊。"

管坚的脸蓦地红了。

吴金城说："你们过日子，各有各的过法。来，喝茶！"

他们三个人的工资收入、家庭情况，大致相同。但在邻居们的嘴里，却另有说道。张强是不亏待自己和自家，上年吃了下年的粮，内穷而外阔。管坚是外穷而内富，不过钱都在存折上，连日常的花费都节省，说到底也是穷。而且他们不与邻居发生任何经济上的联系。只有吴金城，从从容容地过日子，不摆阔也不喊穷，即便手头一时窘迫，也决不去借钱，活得自在，得体。

外地的同行来访吴金城，他会拎着家藏的好酒，去饭店设宴款待。参加本市的科学技术会议，他一定会先理发，然后满面清风地打的而去。巷中谁家有红白喜事，他会上门去送上一个合适的包封。

吴金城五十八岁了。

车间主任让吴金城带领两个徒弟，用三个月时间打造一套仿明式家具，床、桌、案、几、椅、凳、柜、箱……大大小小共二十四件，参加全国的仿古家具博览会，还要争取获奖。

管坚问："获奖是奖证还是奖金？"

主任说："都有。"

张强说："奖金应该是个大数字。"

吴金城一拍案板，说："这个机会难得，我们不能玷污了这门好手艺！我来设计图式，你们去准备各种坯件，然后大家一起平心静气来制作！"

"是，师傅！"

……

博览会结束了，经专家评定，这套仿明式家具金榜题名，得了个头等奖。然后，又被一个不愿透露姓名的有钱人买走，花了两百万巨款。

头等奖除奖证外，还有奖金六万元。

吴金城说："奖金由我来分配，你们不要有意见。每人两万，公平合理。"

张强说："掌盘的是师傅，你是谦让，这不行啊。"

管坚说："师傅素来一言九鼎，我们能说什么。"

"对，都听我的。这两万元，你们怎么用？"

张强得意扬扬地说："老婆想穿苏州手工精绣的长袖旗袍，一万八千元一件，我买！巷子里还没有谁穿过，矜贵哩。"

管坚说："我全数交内当家，让她去银行存了，心里才不慌。师傅，你呢？"

"我自有用处。"

过了些日子，张强、管坚才听说，吴金城把两万元送给了巷尾一户姓吴的人家：小两口都在码头干活，收入不多，家中老人忽然中风住进了医院，又没有医疗保险。

张强说："我怎么就不知道这件事？"

管坚说："是啊……是啊……"

首饰盒

计小珥和丈夫王传薪，现在相信小保姆刘珺的话了，家里的这位老太太真的得了阿尔茨海默病。

老太太是计小珥的母亲、王传薪的岳母，已经八十岁了。

有时，她指着刘珺，很生气地说："你是谁呀，怎么老赖在我家不走？"有时，她朝计小珥夫妇左看右看，问："你们叫什么名字呀，看着面生。"

刘珺是个乡下姑娘，来到这个小巷中的庭院，已是第三个年头。当初老太太一听她叫刘珺，而且是"王"字旁的"珺"，就说："是块美玉，我喜欢！"

计小珥说："我知道妈最喜欢珠玉，因为外公姓玉，曾是开小古玩店的，经营的是珍宝杂项，给妈起名为琇瑛，有好的珠玉首饰，时不时地赏给她玩。"

王传薪是医院神经科的医生，胖胖的，慈眉善目，五十五岁了。比他小两岁的计小珥，毕业于工艺美术学院，学的是珠宝首饰设计与鉴定，然后分配到华湘工艺品制造公司，干的也是这个专业。这一切都是母亲的安排，她顽固地让女儿承袭所谓的家风遗韵，连名字"珥"也是玉耳环。而母亲只是一个国有机械厂的会计，除姓名外，与珠玉了无干系。

计小珥上班、下班都不戴首饰，也不化妆，素面朝天，但衣着讲究，不失美人模样。母亲说："你若戴上玉发夹、玉耳环、玉手镯，就更好看了。"

计小珥说："设计室里到处是这些玩意儿，我得避嫌，这叫清者自清。妈，你懂珠玉，喜欢珠玉，怎么不戴？反而用一个雕漆首饰盒装着，存入银行的保险箱。"

母亲说："都是你外公送的贵重东西，不能佩戴也不能对外说。想狠了，我去银行打开盒子看一看、摸一摸，就开心了。将来，我是要留给孙女的，可惜她大学毕业去了深圳，一年都难得见她几次。"

"妈，这个首饰盒，你存放了多少日子，还记得吗？"

"你爸爸过世后，就存进去了，共存了十年零二十一天。"

计小珥发现母亲眼睛放亮，满脸带笑，思路很清晰。

母亲忽然说："你陪我去银行吧，我想那些宝贝了。"

"星期天，银行不营业。"

"银行不休假，我明白。"

"好吧。"

这两年，母亲去银行看首饰盒，总让女儿陪着去，密码只有她们两人知道。那个首饰盒很古朴，容量不小，沉甸甸的。里面放着翡翠项链、手镯、发簪、耳坠、扳指、腰佩、胸饰二十多件，材质、成色皆是上乘，做工也精美。计小珥是行家，过目不忘，光那条翡翠项链，价值不会低于十万元！

她们打的去了银行，然后再打的回来，两个小时没有了。计小珥很心痛。她正想喝杯热茶，好好歇口气。母亲在卧室里又高声叫她，她赶忙跑过去。

"陪我去银行吧，我想那些宝贝了。"

"刚才不是去了吗？"

"什么时候去的？你又哄我，你不想去也要去！"

"妈呀，我去就是。"

晚上，等值班的丈夫回来，计小珥把这事告诉了他。

王传薪说："把首饰盒取回家吧，让老太太天天搂着、看着、数点着，可以唤起她许多记忆。她如果想请邻居来观赏来聊天，也行。"

计小珥瞪着眼想了一阵，眉毛一扬，说："只要老太太开心就好。"

……

打将首饰盒从银行取回来，老太太显得特别高兴，精气神旺旺的。白天守着看，晚上抱着睡，刘珺成了她的听众，一件一件地评说，颠来倒去。

刘珺说："玉奶奶，计阿姨说你可以请邻居来做客。"

"对呀。只要他们愿意来，我欢迎。"

巷子里的七姑八婆，轮番来看老太太的首饰，来听老太太说今道古。

刘珺发现老太太不论拿起哪一件首饰，目光并不在首饰上，只是把它当作一个可以引起话题的道具。

有一天吃晚饭时，老太太对计小珥夫妇说："有一根碧玉簪不见了？值钱呵。"

王传薪说："掉了就掉了吧。"

刘珺着急地问："玉奶奶，你没记错？"

"我怎么会记错！"

计小珥说："妈，我再买一根来。"

"好女儿。"

第二天，计小珥果然把一根碧玉簪交到母亲手上。

背地里刘珺悄悄问计小珥："计阿姨，这么贵的东西，你不查查是谁拿走了？"

计小珥笑了笑，说："首饰盒里的东西，都是我们公司的仿制品，很便宜。我妈是外表明白，内里糊涂，她已经弄不清真假了。不过，你别告诉我妈。"

刘珺轻轻地"哦"了一声。

过了几天，刘珺告诉王传薪、计小珥，碧玉簪找到了，是掉在院子里的草丛中。

计小珥说："刘珺，由你保管吧，下次掉了，你补上就是。"

王传薪说："有你照顾老太太，我们很放心。"

刘珺脸红了，说："谢谢……谢谢！"

遗 产

住在太平巷 15 号院的衡公度，因患肝癌，又到了晚期，只活到 67 岁，溘然长逝。他的妻子在五年前就离他而去，也是重病难以回春。

衡公度是个字画装裱匠，自家就是作坊，手艺精，生意不错。他不请工人，也不带徒弟，所有的活计都是一个人包揽。巷里人要装裱字画，他只收一点材料费，手工和技艺则是免费赠送。

大家都夸赞衡公度饶有古风，只可惜他的长公子衡正和女儿衡均，都不是干这一行的。

衡公度辞世前，给衡正和衡均各留下一份遗产，而且是他带病用毛笔写的遗嘱，然后当着儿女的面一条一条地念，并加以说明，再征询他们是否有异议。衡正和衡均听得泪水横流，连连点头。证人是衡公度的亲哥哥衡公量，一个年届古稀的白发长者。

巷里的老班辈都说："衡老爷子不简单，到最后时刻依旧怀公正之心，一碗水端平，谁也不看轻！"

衡公度的遗产，一是这个祖传的小院，一溜五间平房，加上一块十几平方米的空坪；二是 40 万元的存款（办理后事的费用他另外备好了）。

37 岁的长子衡正和妻子都是文化局的国家干部，工资是旱涝保收，儿子上初中了，他家早买了房，生活是安定的。衡均34岁，是个小学教师，但是个合同工，结婚四年后又离了婚，还带着个读小学的女儿，一直是租房子住。女儿离了婚，衡公度原想让这母女俩住进这个小院，但怕儿子儿媳想不开，以为是妹妹先入为主来占房，便采用补贴女儿房租费用的办法，以求得兄妹间相安无事。

衡公度病入膏肓，不能不立遗嘱分割遗产。让他没想到的是，儿女都同意按他说的办，什么意见都没有！

衡正继承了40万元存款。

衡均没有房，就继承了这个小院，以及室内的家具、电器及其他物件。正如衡公度当时的解释："女儿有个安身处，或许将来会招来个好夫婿。"

衡公度的后事，周周全全地办完了。

作为伯伯的衡公量，让衡正和衡均再在小院里小聚。

"贤侄、贤侄女，你们再仔细看看室内室外，有什么要说的，当着我的面说。以后的日子还长，愿你们兄妹和和睦睦。"

"谢谢伯伯。"

"伯伯，劳累你了。"

在衡公度卧室的一角，放着一口中等大的木箱。

衡正问："妹妹，里面是什么？"

"哥，我没看过，你打开吧。"

"好的。"

木箱打开了，里面是装裱好上了轴的40幅国画。展开来，有好些幅是已故的国内著名画家的作品。

衡正说："爹从没说起过这一箱子画。"

"我……真的不……知道。"衡均也着急了，生怕哥哥认为是父亲存心偏袒她。

衡公量也愣住了。这几幅大师级的作品，一幅都值二三十万元啊。

"哥，我不懂也不喜欢画，你都拿走吧。"衡均真心实意地说。

"既然是爹生前收藏的，我也留个念想才好，我拿走一半的画。按遗嘱，室内的物件都是你的，我不能违逆爹的意愿。我从爹留给我的40万元中，匀出20万元给你，作为补偿。"

"哥，钱我不要，画，你拿走就是。"

衡公量"咳"了一声，动情地说："你们这样通情达理，我很欣慰。我来作个评断，我赞同衡正的说法，他取走20幅画，衡均你且收下20万元的钱，两不相欠！"

衡均忍不住号啕大哭。

"妹妹，谢谢你慷慨相让。有时间，带孩子来我家做客。我和你嫂嫂，也会常来看你。"

衡正又向衡公量深鞠一躬，说："伯伯，谢谢你的劳心费力。"

衡公量觉得衡正的做法，有违公道良心，和妹妹怎么如此斤斤计较？

他约了一个熟识的书画鉴定师，在一个夜晚，去了衡均家。衡均安排好他们，和孩子去了另一间房，说是她要去备课，顺带辅导孩子做作业。

鉴定师戴着白手套，拿着放大镜，把这 20 幅国画作品，看了近两个小时。

"恕我直言，这些画都是本地高手临摹的赝品。衡老爷子是装裱行家，他收藏赝品无非是为了增长见识，避免装裱业务中，有不怀好意的客户，以假充真，然后又诈说真的被装裱人换成假的了，必须高价赔偿。衡老爷子防患于未然，高人也。"

衡公量又问："这种赝品值多少钱一幅？"

"大幅顶多 300 元，小幅 100 元而已。哈哈。"

在这一刻，衡公量明白了：衡正长期工作于文化局，与书画界多有接触，岂能不识这是赝品？他是要找个借口，给妹妹捐助 20 万元。

衡公量当然不能把真相告诉衡均。

他对鉴定师说："麻烦你了，谢谢。我们去江边茶楼喝茶去！"

"好！"

云青青

云青青68岁了。

这个姓名，让她感到自己似乎永远不会老去。当年在大学教古典文学的父亲，从李白的诗句"云青青兮欲雨"中随手撷取这三个字作为她的名字，妙不可言。

云青青曾是一家大型国有企业的高级工程师，上班时，工友们称呼她"云工"或是"云姐"，听不出任何年纪行进的痕迹。她从不过生日，也就可以不理会自己多少岁了。当她干到60岁退休，息影于这条古老的石板巷时，细伢嫩崽都尊称她为"云奶奶"，连上年岁的同辈人出于礼貌也这样称呼她时，她下意识地愣怔：啊，她难道老了吗？

丈夫吴克原先供职于本市社科院的哲学研究所，和她同年，早就顺顺当当退休了。

这个小院，朝夕相处的就他们两个人。独生女早在外地成家立业，外孙都上高中了，逢年过节，不是女儿一家来这里，就是他们比翼齐飞去那里。

吴克听见街坊邻居叫他"吴爷爷"时，满脸是笑地答应。云青青一听见"云奶奶"三个字，就浑身不自在。

云青青问吴克："人是慢慢老去的，还是一瞬间老去的？"

吴克淡然一笑，说："前者是物质层面的，后者是心理层面的，都有一些参照物，你可以细细地想。"

云青青说："哲学家卖关子了。"

她想来想去，都在物质层面上打圈圈。

她和吴克喜结连理时，正好 24 岁。女儿大学毕业时，她 47 岁，女儿结婚那年，她 51 岁了。到外孙女呱呱坠地，她已是 54 岁，又过去两年，外孙可以叫她"奶奶"了。如今外孙女读高一，她已迫近古稀，68 岁！

证明她慢慢老去的参照物，还有双腿。她年轻时是篮球队主力，奔跑、运球、抢板、投篮，龙腾虎跃，赢得一阵一阵的喝彩声。中年后，双腿渐少力道，跑不快，跃不高，还喘粗气。50 岁后，双腿软塌塌的，走路也是慢条斯理，生怕不小心跌倒了。

参照物还有她的职称，绘图工—技术员—工程师—高级工程师，都是用岁月打熬出来的……

吴克说："你悟性好，要为你点赞。"

天气晴和时，云青青和吴克会手挽手，漫无目的地游走，上班时没这份闲适心情。走累了，在街边的绿长椅上歇歇气；走饿了，到小饮食店吃碗热乎乎的馄饨或米粉。

这一天午后，他们先坐公交车去了城西湘江边的锦湾子，然后下车走进一条修旧如旧的老街，商铺一家连一家，都挂着古色古香的匾额和对联。当他们走到一家名叫"旧时光"的照相馆前时，云青青停住了脚步。黑底、金字的木板对联写道："追寻青春足迹，检点旧日时光。"

"吴克，我想进去看看。"

"好。"

他们仿佛走进了另一个时空。

摄影大厅里错落地摆放着古旧的桌、椅、凳、案、柜架、大橱，老式的大块头收音机、立式自鸣钟、砖块样的对讲机，还有留声机、BP机之类的物件。照相机是二十世纪六十年代的产品，又大又笨，下面安着四个轮子。靠墙是一长排立式衣架，挂着几十年前的各种服装。

云青青径直走向挂着女性服装的衣架，都是当时年轻女性穿戴的代表性服装。

短袖连衣裙、荷叶边袖口的花衬衫、红色的长运动衫和长运动裤、白色的女式西装和黑色的蝴蝶结、齐膝的百褶短裙……

"吴克，我要选几种我曾经穿过的服装，一张张地拍照。你呢？"

"我就不登场了。你多照几张，让化妆师给你描眉点唇，好回到那个年代去。"

云青青说："对，那个年代太美好了……"

他们在这里待了三个小时。

当吴克付了款，拿了七天后前来取底片和照片的单据，云青青仿佛才从一个瑰丽的梦里走出来。

"吴克，就完了？"

"是的，我们该回家了。"

云青青走出大门，又回头看了看那块"旧时光"的匾额，突然想起吴克说过的一句话："当你想留住美好往昔的念头一出现，在这一瞬间你就老了。"

她走下台阶时，紧紧地抓住了吴克的手臂，眼里有了晶莹的泪水。

常守山

云阳山云雾深处的常家村，最让人高看一眼的是常守山。

常守山 65 岁了。个子高大，脸盘也宽大，配着大眼、长耳、高鼻、阔嘴，还有嘴边永远浮着的笑意，村民们都说他是天生的佛相。

他是种田的好把式，几亩水田、山田侍弄得条理分明，不需要妻子帮忙。他也是盘山（种树、栽竹）的行家里手，屋后的一大片自留山，是他储钱、取钱的银行。

种田、盘山之外，他精力还有富余。家里设有工匠房，摆放着打铁的红炉、砧台，做木工活用的砍凳、工具柜。农具中的锄、耙、铲、刀，都是老式样，但尺寸要大一些，因为他身高力大，这样用起来才过瘾。家具也是按老规矩打造，时新的款式他嗤之以鼻，而且是就地取材，什么胶合板、纤维板、木屑板绝对敬而远之。

农具、家具，常守山做了为的是自用，并不以此作为谋生的项目。但有一种东西，他不常用，别人也不常用，他却隔三岔五地制作，那就是打更报时、驱赶野兽的木梆。

木梆在城市、乡村，早成了文物。自从有了钟表，还要它来报时吗？在山区用得着它的时候，是守秋。各家都有苞谷地，到了夜晚，敲梆吓走那些前来偷咬苞谷棒子的猴子、野猪。现在条件好了，敲梆太费事，提一个便宜的收录机去，里面录着敲锣打鼓放鞭炮的洪大声响，充了电的干电池可以用好几个小时。守秋的人坐在一堆篝火后，隔一阵按一下开关播出声音，莫说是猴子、野猪，连豹子都逃得远远的。

妻子问："老常，没用的木梆，你还做？"

"你不懂什么叫无用之用！"常守山哈哈一笑。

原先守秋需要用到木梆时，村民来索取，常守山是免费相送。现在呢，没人要了，他是做着玩。

他做的木梆，用的是散发香气的樟木。砍倒一棵樟树，裁掉枝杈只留下主干，将树皮剥去，然后将主干锯成一截一截的，再锯成长方形的坯料。他把坯料架空，放在遮阳、通风的阁楼上，让它自然干燥，两三年后就可以启用。

木梆不等着用，常守山做起来可以从从容容。坯料长一尺、宽五寸、厚四寸，中段镂空，上部比下部要厚一些，因为上部要经受敲打。更重要的是上部和下部的断面上，要锉出高高低低、大大小小的齿状，称之为回音齿。然后在木梆的一端，安上手柄。敲梆的棒槌，用的是老南竹的粗壮竹根，用火炙直，用砂纸磨光磨亮。竹根棒槌敲在木梆上，"梆——梆——梆——"，声音高亢、洪亮，传得很远很远，像京剧舞台上的花脸演员叫板，有经久不息的膛音。

做一个木梆，又费时又费工。

村民们背地里议论：常守山是不是脑子出了问题？

常家堂屋的墙上，隔些日子，旧木梆换下来，再把新木梆换上去。有时候，常守山兴致来了，取下木梆，站到门外的土坪里，或轻或重地敲打几声，像一个顽皮的细伢嫩崽。

常守山对妻子说："只有一种东西我打造不出来，那就是手机！但我会玩手机，这就是古人所说的'君子使物，而不为物所使'。"

一个农民说出这样的话，不但妻子听不懂，村民也会听不懂，不简单啊。常守山虽只念过初中，但他喜欢读书自学，传统国学的普及本他就买了不少，夜晚灯下，津津有味，手不释卷。

常守山夫妇一直没有孩子。妻子总是心怀内疚，常守山说："我们有养老保险，这比儿女还靠得住。"

村里第一个玩手机抖音的，是常守山。

初冬，常守山去竹山挖冬笋。他把手机固定在一根三四尺长的细竹竿上，由妻子举着，视频或近或远地对着他。最有趣的是他头扎白毛巾，背着一个很大的竹背篓，背篓里放着一把短柄二齿锄；左手拿着木梆，右手拿着竹根棒槌。他像电影《平原游击队》中那个敲梆人一样，先敲几声梆，然后喊道："平安无事啊——"妻子笑得差点岔了气。常守山又说道："冬笋是美味，人人都想吃。最好的冬笋，藏在土下不冒尖，可怎么才知道它藏在哪里呢？我来告诉你。"

背景是远山苍翠，近景是一片青绿的竹林。常守山先介绍怎么找到竹笋：一是先看竹叶，哪棵竹子的竹叶青葱茂密，它肯定孕育着冬笋。二看竹枝，竹枝的走向便是竹鞭的走向，找到竹鞭就找到了冬笋。三看竹干颜色，青亮光滑的，说明竹龄短，冬笋就在竹根附近；光泽发暗还有白色斑点的，则是老竹，竹鞭长，冬笋离竹根就远一些。解说中，出现一个一个的画面。接着，是常守山用短柄二齿锄，挖出一只一只肥硕的冬笋，丢进背篓里。结束时，他又敲响几声梆，说："常家村，家家有竹林，请来这里旅游观光，采购冬笋，体验挖冬笋的乐趣！"

妻子问："你怎么不说请来我们常家？"

"到哪家不是一样？常家村是一家人。"

这个视频在网上一发出，马上爆红。村民们很感动，赶快转发到各自的微信朋友圈。

沿着云缠雾绕的山区公路，私家小车、电商的货车，一拨一拨地来到常家村，看风景，吃农家饭菜，采买土特产。许多人家还有客房，可以安排住宿。

常守山家有四间客房，总是住得满满的。

他领着客人去游山，手里提着木梆。山谷里、岔道边、密林中，不时地敲两下，提醒客人不要走散了。到了快吃饭时，他的妻子在家门前敲响三声梆，他也回应三声梆，表示马上会转回来，比打电话还便捷。半夜三更，客人已沉入梦乡，常守山会披衣起床，说是去院墙外巡查，轻轻打几声梆。

妻子说："还用得着你去敲梆报时吗？"

"不是报时，是报平安。家在梆声里，这个念想就很温馨。"

"老常，你是个人物！"

如今，村民们常去常家索取木梆。

"常爷，我来求个木梆敲一敲！"

常守山拍了拍手，说："好！"

老班派

在古城湘潭的方言中，称上年纪的人为"老班辈"。"老班辈"中凡事讲礼数、论规矩、德才兼备的人物，又称之为"老班派"，也就是与时尚显得有些疏离的老派人物。

住在和顺巷的老行健，是大家公认的"老班派"。

年届八十的老行健，字兼省。其名来自古语"天行健，君子以自强不息"，而"兼省"二字乃"兼抑自省"的意思。他曾是中医院的坐堂医生，俗称"郎中"，退休已经二十年了。老家的院子不小，四世同堂，他和老妻、一子一媳、一孙子一孙媳，加上一个上幼儿园的曾孙，热热闹闹七口之众，很让人羡慕。

老家的院子里，或盆栽或畦种，花花草草流光溢彩。这些花草不止是有观赏价值，重在有药用价值，其叶、花及果实皆有妙用。他将有些花草采摘下来，或晾干或晒干，装入各种坛坛罐罐，以作备用。

老行健白发、白眉、白胡须，瘦高个，一副仙风道骨的模样。尤其是早晚两次在院中打太极拳的时候，着一身白衣白裤，进退腾挪，行步，舒臂，如猿似鹤。如此高龄，没有什么病痛缠身，硬朗且快乐。他虽然退休了，依旧不改初心，时有邻居和老友上门问诊。号脉后，他开单方，必用毛笔，一律是小楷，工整、端肃，以让药店拣药的人看得清认得准。

诊费一概不收，他说退休前为公家做事，收诊费是那里的规矩，现在呢，不收是我的规矩。如果单方中的药，自家有，他也慷慨相赠。

有小孩子被毒蚊虫叮了脚背，肿得穿不了鞋，由家长领了来。老行健扯了几根蒲公英，捣烂成一团糊糊，敷在孩子的脚背上，再用纱布裹住。"一个小时后就消肿，你会跑得飞快！"

有妇女脸色发青，言说月经有血块，老行健拿出一包晒干的桃花，告诉她用粳米、红糖、桃花放在砂锅里小火熬粥，每天早上喝一次，喝一段日子，可以活血化瘀，让脸色光鲜好看。"你不必掏钱，桃花反正是要落的，我只是洗净、晒干而已，这叫废物利用。"

凡来看病的，不论男女老少，告别时，老行健一定要送到大门口，说一声："你好走！"礼数周全，让人又感动又佩服。

连早晨用过餐后，儿孙辈去上班、上学，老行健和妻子也要送到大门口，还要叮嘱一句："用心做事，注意安全，我们等着你们傍晚回家来。"

街坊邻居也有不因看病而来拜访老行健的。比如四十岁出头的刘六，刘六是个技艺精良的木匠，还开着一个家具小作坊。居委会办公室请刘六打造了一套办公桌、文件柜、茶几、靠背椅，主任李大为却迟迟没有付款，刘六心里烦闷，又不好意思去催，只好来向老行健吐苦水。

"小刘，一共多少钱呵？"

"李主任交代要用好材料，要做工精细，林林总总二十多件，不到两万块钱。"

"欠债还钱，天经地义，你直接和他说呀。"

"磨不开面子，开不了口。"

老行健说："我记起来了，李主任说办公室墙上要挂一幅字，请我来写。我写好请你带去，他应该明白是什么意思。"

四尺整张宣纸写的是："清风明月不用一钱买，公仆雅怀最念草根情。"

"刘六，这意思是说只有清风明月是不要钱买的，做家具的材料和手工是要花钱的，当干部的不要忘了老百姓的切身利益。"

"谢谢。"

刘六后来告诉老行健，李主任打开一看，立刻仰天大笑，然后说："你放心，我马上让财务室结账！"

老班派的老行健，真像一块古玉，在岁月的擦拭中永远温润，清白照人。

老行健的儿子、孙子，都是衣钵相传的中医。

2019年冬，武汉发生了疫情，全国人民都揪心揪肺地记挂着。接着，各地的医务工作者驰援武汉。

老行健的儿子、孙子都工作于中医院，两人都要求去武汉，最终只批准了孙子老学坚。

"孙子，你年轻，正是为国效忠出力的时候！我是一个老党员，理应去的，打电话给领导，他们说：'你年纪大了，有你孙子去哩。'我抄录了几个防治传染病的古方，你带去，或许用得上！"

那天老学坚清晨告别家人出门，老行健夫妇领着儿子、儿媳、孙媳，一直送到大门口。

"爷爷，请留步。我不会给老家丢脸，你们放心。"

"孙子，按礼数，你是小辈子，我只送到大门口。但这次你是去上阵打仗，风险多多，我要破例送出巷口，送到接你的大巴车门前！记着，我们在家等你凯旋，届时爷爷一定为你设洗尘宴！"

老学坚的双眼噙满了泪水。

老行健牵着孙子的手，朝巷口外的大街走去。

风萧萧，雪飘飘。

清凉境

秋风清润，月光凉白。

粗壮的柚子树上，金黄色的柚子熟了，圆圆滚滚，飘出清雅的香气。

院子正中央，摆着一张八仙桌，桌上的汤盆、菜碟，已经只剩下残羹剩菜。三瓶酒鬼酒喝掉了两瓶，另一瓶也打开了盖子。

威锐数控精密刀具厂厂长雷力，在自家宴请几个重要部门的头头，快接近尾声了。雷力设家宴，其实是在饭馆订好了菜品，再由饭馆派人用食盒送来的，不用他动手，也不用妻子动手。妻子黄昏时带着孩子去了娘家，还开玩笑说："你们喝酒太豪迈了，我看了都怕！"

雷力四十岁刚过，大高个，宽脸盘，说话低沉有力，而且什么事都计算周到，在开拓新产品上总比同行先走一步。从外形到内质，他是个业务上的领军人物。今天请来的人，或管技术，或管营销，或管后勤，或管采购，都可以独当一面，干得风生水起。他们既是雷力的部下，又是当年工业技术学院的同学，私下里互称"学兄"。十八年前刚毕业，雷力挑头，组建了这家私营的刀具厂，申请贷款，租赁厂房，热热闹闹挂牌开工。冲破了多少难关险堑，经历了多少沉浮荣辱，终至佳境，小厂成了大厂，从生产一般的机械加工刀具蝶变为生产精密数控刀具，全厂员工呼啦啦上千了。与雷力一起创业的几个人，都成了各部门的领导。只有吴闻除外，虽技术过硬，已有高级工程师头衔，却谦让着说："我就不任什么部门领导了，哪个地方忙不赢，我就去顶个缺。何况我兼职厂总部机关党支部书记，这是个要职哩。"

九点钟了。

有些醉意的雷力，指着桌边空着的一个位子，突然想起了吴闻，大声说："吴闻怎么还不来？今夜，不能少了他！"

坐在雷力身边的，是技术开发部主任马跃。他满脸堆起笑，说："雷兄，他不是打电话告诉你了吗？新车间组装流水线加班，因为快结尾了，要领取一些零配件和材料，他得在领料仓库守候一阵，怕出错。"

雷力点点头，叹口气，说："一个月前开始组装流水线，而且是全自动的，为的是让硬质合金数控刀具生产量更大，国外的订单早来了，误不得事啊。我正着急派谁去督阵，吴闻好像知道我的心事，主动请缨。这段日子，他累狠了呀。"

"是啊，是啊。"大家齐声附和。

马跃说："这瓶酒等他来了再喝。一是慰劳他的辛苦，二是庆贺流水线安装顺利，三是祝贺雷兄又谈成了一个项目，到大西北去建一个分厂。"

雷力说："等吴闻来了，我要先敬他三杯！喝了这瓶酒，家里还有……我们要……一醉方休……"

院门忽然推开了。一个瘦长身影闪到八仙桌前来，正是吴闻。他拱了拱手，说："雷兄、马兄，各位学兄，我来迟了，海涵！"

马跃问："完工了？你饿着肚子到现在，先吃点菜。"

"完工了！我不饿。"

雷力说："把酒……通通斟满，我们来敬吴闻！"

吴闻目光一扫桌子，说："我知道你们此刻喉干舌苦，再喝酒就更难受，想吃点清凉的东西，是不是？雷兄，我来做个凉拌菜佐酒，怎么样？"

雷力说："正中下怀。可是冰箱里除了几块肉，别的就没有了。"

"有盐、醋、酱油、香油、辣酱吗？"

"有！可没食材呀。"

吴闻指了指墙角的柚子树，说："柚子肉就是食材！"

马跃惊疑地说："柚子肉可以做凉拌菜？闻所未闻。凉拌菜是上大菜前先上，现在也可以上？"

"凉拌菜是桌面上的小角色，可以先出场，为主菜登台做个铺垫；也可以在任何需要时出场，以解燃眉之急。你们少安毋躁，十分钟就上桌。"

吴闻先用竹竿打落几个柚子，再将其剥皮，掰开柚瓣，从柚瓣中掏出柚肉，再分离成丝丝缕缕，放入一个洗净的大瓷盆里，洒上老陈醋、盐、酱油、香油、辣酱，飞快地搅动、翻拌后，把大瓷盆放到桌子中央。

"各位学兄，拿筷子，请入清凉境一走，提神醒脑利肠胃。"

雷力先夹一筷子凉拌柚肉入口，细嚼后，大喊一声："好吃！你来得正是时候啊，素面朝天，好角色！"

雷力说的"你"，是指凉拌柚肉还是吴闻？不知道。

……

过了半个月，吴闻对雷力说："让我去大西北协助办分厂的事吧。"

"我正愁着派谁去哩，各部门的头，都说抽不开身。大西北那地方，清凉境，很苦，你上有老下有小啊。"

"他们都支持我去。"

"吴兄，辛苦你了。过些日子，我一定去看你。"

"谢谢。"

亲子鉴定

古城湘潭的和顺巷很长，中部还开出几条短岔，像一棵大树，有主干也有分枝。巷中住着三十几户人家，就像缀在枝干上的叶子。各家的庭院有大有小，正如叶子有大有小。各家各户，进门是小家，出门是大家，男女老少亲亲热热的。巷称和顺，确是实至名归。

谁家没有点磕磕碰碰，闹点儿小矛盾？但也就是一阵子，过后又是风平浪静。住在八号院的季一禾、孟小皿夫妇，却连小争吵都没有，说话轻言细语，情也稠意也酽，很让人称许。

他们已入不惑之境。

八号院是季家的祖产，季一禾的父母几年前相继辞世了。孟小皿也是湘潭人，娘家在城东的一条巷子里。

他们是大学的同学，一个在历史系，一个在社会学系。这所大学在上海，同届的湘潭人有七八个，常常相邀一起上街散心或买些必需的日用商品。此中有一对已是恋爱关系了，女的家境富足，见啥都要买；男的对这些没兴趣，只是进了书店才买几本书。

孟小皿问季一禾："这两个人合适吗？"

季一禾微微一笑："合适得很。一个多情，一个寡欲。"

这个回答让孟小皿大出意外，然后心生敬意：这个人宽容而豁达，可以长相厮守。

毕业后回到老家，季一禾通过公务员考试，成了地方志办公室的编辑；孟小皿应聘到一所中学去教语文。然后他们清清爽爽地结婚，顺顺当当地生子。儿子姓季，名子长。名字中的"子"，取自"季""孟"二字中的"子"，寓意夫妻爱情的结晶，这种爱会"长"久绵延。

季一禾个子不高，脸相平平；孟小皿长得小巧玲珑，但不属美人的范畴。背着人，他们常常自嘲。一个说："我无潘安之貌，幸有识史之眼。"一个说："我与赵飞燕体量相等，却不能作掌上舞，但可教书为活！"然后，两人相视大笑。

他们确实有品位也有才华，季一禾编辑之余，勤奋写作，出版了好几本关于地方志的小册子，如《湘潭农民运动始末考证》。孟小皿已是特级教师了，她把社会学的观点运用到语文教学中，颇受人称道。

在家事中，培育孩子是他们的第一要务，妻子自然比丈夫内行。孩子从入幼儿园开始，课外孟小皿决不送他去什么培训班，她认为应多在语文上下功夫，这个她本色当行。

休息日的夜晚，如果有月亮，一下三口就坐在月光下，一人一句背古人写月亮的诗。总指挥和终评是孟小皿。

"季子长，你先说，你爸是第二个，我最后说。"

"妈，我开始了。'秦时明月汉时关。'"

"我接上。'人有悲欢离合，月有阴晴圆缺，此事古难全。'"

"该我了。'今夜鄜州月，闺中只独看。'"

"'举杯邀明月，对影成三人。'"

"儿子说的是李白的诗，我也说他的句子：'天清江月白，心静海鸥知。'"

"好！我说杜甫的诗句：'露从今夜白，月是故乡明。'"

季子长平时读诗多，不怯场，三个人可以斗几十个回合。直到季子长说："爸、妈，我肚子里没货了，该吃点夜宵了。我认输。"这才兴尽而止。

每一次都有一个主题，如：雨、风、霜、雪、花、树、江、湖……

巷子里的人，都说季子长越长越齐楚了。他才上初中，身高一米七五，脸上五官安排得各尽奇妙，眉浓黑，大眼睛，高鼻梁，是个小帅哥。有人还说，再过几年，季子长的个子会冲破一米八，脸相会更好看，奇怪呀，他既不像爹也不像妈呀。

孟小皿听了，开心地说："这叫'青出于蓝而胜于蓝'，理应如此。"

季一禾听了，先是一愣，然后佯装高兴，打了几个哈哈。

季一禾有心事了，儿子怎么不像我们，那会像谁？古代有滴血验亲，现在有DNA亲子鉴定，他要让自己寝食俱安，不能不拭去越积越重的疑惑，尽管他对妻子百般信任。这个事他当然不能对妻子说，倘若妻子和他闹起来，让邻居听见了，颜面何存？

一个星期天，季一禾对妻子说要去长沙看望一个同行朋友，然后就去了长途汽车站搭乘大巴。他看过关于亲子鉴定方面的资料，只要有被验者的几根头发、剪下的指甲或者抽出的几滴血，即可进行检验，时间长的也就三五天，如"加急"（付双倍的费用），四五个小时就可知道结果。儿子和自己的头发、指甲，他早备好了。长沙有专业的亲子鉴定所，地址也烂熟于心，到了那里先办手续、交费，而且是"加急"，黄昏时再去取鉴定结果书，然后再乘大巴回湘潭。

……

从长沙回来，季一禾满心的欢喜，像打开盖的啤酒瓶往外直冒泡沫，嘶嘶作响。他和季子长是亲生父子！一颗悬着的心放下来了。

孟小皿问："见了老朋友，谈得很投缘吧？"

"正是，正是。"

"来去辛苦，我给你炒两个下酒菜。"

"好，好！"

过了些日子，季一禾觉得这事不应该瞒着妻子，从恋爱到如今，彼此都是坦坦荡荡，心气相通，这次不能破了规矩。

夜深人静，睡在另一个房间里的儿子早入梦乡。

季一禾把去长沙的过程，向妻子详细地述说，然后又拿出鉴定结果书递了过去。

孟小皿的脸色变得肃冷，她用手挡住鉴定结果书，说："我不看了，你留着吧。"

"小皿，你别生气，请原谅我的粗俗。"

"我不会生气，但我不能原谅你。因为你对我的信任是打了折扣的，我们居然相知犹浅，这让我很痛苦，以我的个性，我们应该马上分手，但那样会伤害儿子。等到将来儿子成家了，我们再来了结这个事吧。"

孟小皿转身从柜子里搬出一床被子，放到床的外侧。说："我们姑且同床，但各盖各的被子吧。"

季一禾沉默不语，猛地在胸口擂了一拳，说："我糊涂啊……活该……"

虎　子

　　1975 年的三九隆冬，到处白雪皑皑的。这座云阳山中的知青屋，只剩下孤零零的白银台，还有一条叫虎子的大黄狗。

　　知青屋的大门，正对着不远处一条结了冰的小河，闪着冷冷的光。

　　朝夕相处的"插友"——插队落户的八个知青战友，从去年春开始，陆陆续续都招工回城了，最后一个和他挥手揖别的，是在半个月前。由破毁的山神庙改造而成的知青屋，如今变得空落落的了。

　　早饭只喝了碗稀饭的白银台，坐在堂屋里的长板凳上，面前的火塘——一个平地凹下去的圆坑里，只有一层白白的柴火灰，没有半点可怜的火星子。柴烧光了，瓦坛子里的米也不多了。陶罐里炒菜的油早见了底，盐倒是不缺。生产队队长张爹来看过他几回，说今年想给社员分点猪肉都没有，因为栏里无猪可杀，猪都调拨到县里去了。"小白，年总是要过的，到时候接你到我家去。让你们来乡下作田，不容易啊。"

　　白银台不想回城里去过年，第一没有路费，第二家里也很凄惶，看了更伤心。他的爹娘都是大学老师，出身不好，还被打成了"反动学术权威"，天天在干体力活，每人每月工资只发 20 元。白银台还有个智障的妹妹，十五六岁了，经常犯病，需要人照顾。父母出身不好，白银台也成了罪人，招工的一政审，都不要他。

虎子一直安静地趴在他的脚边。

白银台自言自语："我怎么能去张爹家过年？人家的日子也难。"

虎子低低地叫了一声，好像听懂了他的话。

"那就杀了你过年，好不好？"

虎子转过头望着他，汪汪汪地叫了好几声，装出很可怜的样子。

"放心。我饿死也不会杀你的！你先前跟着孤寡婆婆五婶过日子，她把你当儿子养哩。后来，五婶死了，我们把你接到知青屋来。你跟我们夜里去守秋，我们敲梆，你就大声喊叫，让想糟蹋庄稼的野猪吓得赶快逃开。你还帮我们看门守屋，贼敢来吗？当然，你不看门守屋，贼也不会来，这屋里没什么值钱的东西。"

虎子听得很入神。

白银台说："虎子啊，我们再穷也要有一盆火，跟我上山砍柴去！你睁大眼睛，碰到倒霉的野兔子，追上去，咬住莫松口，我们也好打个牙祭。"

虎子欢叫一声，一蹿而起。

白银台背上一个很大的竹背篓，拿了把弯弯的砍柴刀，走出了大门。

虎子站在台阶上，一动不动，眼睛死死地盯着门。

"你提醒我要锁门？好，我把牛鼻子锁套上去。虎子，你放心了吧？"

"汪！汪！汪！"

……

黄昏，雪花又飘起来了。白银台和虎子，回到了知青屋。今天果然有收获，背篓里装了三只刚生下来不久的肉嘟嘟的野猪崽，是在一个山凹处的石洞里抓到的。母野猪出门寻食去了，洞口杂乱地拦着一些树杈子，虎子嗅觉好，发现了这个野猪窝。白银台捉了野猪崽，又砍了一大捆经烧的硬木柴。搁在背篓上，跌跌撞撞赶了回来。

白银台放下背篓，先把大门闩牢，再把火塘里的火烧旺。然后，捉出一只尖叫的野猪崽，急急地去了厨房，先在猪喉处狠狠地抹一刀，放出一大碗血。再烧开水烫猪、刮毛，再剖开猪肚掏出下水，再把猪肉剁成块放到铁锅里加水去炖。除了盐和辣椒，没别的调料和佐料。

忙了这一阵，天就黑下来了。

虎子在屋子里跑来跑去，吐着舌头流涎水。

白银台说："你饿了，我也饿了。你可以吃生冷食物，我不行啊。所以，等猪肉熟了，我们一起吃。你要耐心等，知道吗？"

虎子委屈地低下了头。

屋子里流淌着一阵阵诱人的肉香，还拥挤着从门缝、窗缝里跑出去。

白银台坐到火塘边，闭着眼养神。

大门突然被撞得山响，咚、咚、咚，擂鼓一样。

虎子蹿到门边，发疯地大叫。

白银台跑上前，从门缝里往外看，一大团黑糊糊的影子，进几步又退几步，和门较上劲了。是一只身架高大的野猪。应有三百来斤重，脑袋大，嘴巴长，嘴巴两边的獠牙弯曲而有力。见门撞不开，它开始愤怒地咆哮。

白银台明白，这是那几只小猪崽的娘，它闻到炖野猪肉的香味，寻到了这里！若是撞破门冲进来，它见人就咬，非死即伤。

虎子咬着白银台的裤脚，拖他到堂屋左侧的一个窗户前，然后急急地叫。白银台懂得虎子的意思了：让它从窗口出去，它要去引开母野猪。

白银台犹豫了一会，打开关着的窗户，把虎子抱上窗台，虎子一跃而出。

他听见虎子绕到大门前，狂吠不止；接着，听见虎子一次次扑向野猪，又被野猪用嘴拱开倒地的声音。俗话说"三百斤野猪一把嘴"，虎子一定摔得很重很痛。虎子的挑衅让急待寻儿的母野猪越发怒气冲天，它不再撞门，而是要咬死这个小家伙。白银台听见野猪追着虎子，朝小河方向狂奔而去。

白银台去厨房，把铁锅端到灶台上，熄了灶膛里的火。手拿一把长柄铁齿柴耙，疾步朝小河边走去。

狗和猪的搏斗正酣，猪已经被逗引着走到了冰河的中间。虎子突然狂吠着从侧面冲上去，用一只爪子在猪的鼻子上猛打一下，然后迅速跳开。野猪痛得大吼一声，前蹄腾起，再恼怒地落了下去，冰上很滑，它的身子重重地栽倒。冰层裂开了，裂出一个大洞，野猪身子的上半截朝下卡进了洞里，进出都不能。白银台知道，这种寒冷天气，野猪很快会冻死、溺死。

"虎子，快回来！"

虎子从冰河上兴奋地跑回岸边。

白银台拍拍虎子的头，说："你去村里，把张爹他们叫来，抬这只猪回去！听懂了吗？趁着猪刚死，杀了它好分肉给大家过年。"

从小河边到村里，有一里多路远。

张爹领着几个后生，很快就赶来了。虎子跑到白银台身边，叫了一声，倒在地上。

张爹说："虎子进了我家又进别家，灯光下一路滴着血。我们以为你出了事，跟着虎子往这里跑。"

"虎子的肚子被野猪的獠牙挑穿了，我真的不知道，还叫它去给你们送消息。你们赶快把野猪抬走吧，我要抱着虎子回知青屋去。"

这一夜，白银台让虎子躺在红彤彤的火塘边，虎子的嘴边放着一碗野猪肉。

"虎子，你一口肉都没尝，我对不住你！"

白银台一直陪它到天亮，然后，把虎子埋在知青屋后的竹林里。

过完了年，张爹兴冲冲地来到知青屋，告诉白银台，他向县知青办写了个报告，全队人都按了手印。报告的题目是《一心想着贫下中农的好青年白银台应该招工回城》，典型事例是白银台带着一条狗，勇斗并捕获一头大野猪，让全村人过了一个开心的年。

白银台看了报告后说："张爹，大家的心意我领了。事情不是这样的，我什么也没做，是虎子为了救我，顺带把野猪弄死了，它是替我死的。这个报告请你不要送上去，让我留在这里多陪陪虎子。什么时候政府让我回城了，我再走不迟。"

张爹不由得叹了一口长气。

叁见影

在叉子巷，最让人作仰的是叁见影。

年近花甲的叁见影，个子不高，有点胖，国字脸，面白无须，却总是浮满了笑。他从教四十年来，教过小学、中学的语文，桃李门墙，惠人多多。上年纪的尊称他为"叁先生"，年少的亲切地叫他"叁老师"。谁和他打招呼，他都会停下脚步，热忱地说几句话，让人如沐春风。

这个"叁"姓，在《百家姓》里找不到，有人怀疑"叁见影"是个笔名。他温和地说："中国人用数字的繁写体为姓的不少，《百家姓》里的'伍''陆'即是，有的则收录在《姓苑》一书中，比如'壹''贰''叁''肆''柒''捌''玖''拾'。南宋绍兴进士叁徐，就是姓'叁'。我的名字是父亲取的，不是笔名。姓叁名见影字立竿，来自成语'立竿见影'。"

叉子巷的巷口连着车水马龙的平政街，巷道的中部，很奇怪地分出两股，形同一个倒写的"丫"字，像乡下叉草把子的木权子。两个巷尾都通向风景秀美的雨湖风景区。巷中人家有五十来户，很热闹。

叁见影眼下在雨湖中学教高中语文，出巷尾，沿湖边大道往右走，过香花园剧院，过周家山，就到了学校的后门（前门在平政街），也就五六百米的样子，他可以三顿饭都在家里吃。夫人是街道工厂的会计，早退休了；儿子一家都在外地，不用他操心。他的早餐离不开一碗热热的豆腐脑，不放糖，加一勺辣子酱，再吃几个小笼汤包。豆腐脑是巷中谭家作坊做的，每早，谭家的独生子谭宏志执意要送上门来，一大碗才两块钱。谭宏志在雨湖中学读过书，可惜没考上大学，便跟着父亲谭子勤干起了做豆腐这一行，心里终归觉得有点委屈。

在双休日，谭宏志忙完活计，喜欢去叁家坐一坐，和老师说说话。

叁家有个小院子，靠里边是一栋二层的青瓦白墙小楼。院坪里不种花不种草，错落放置着几个圆石礅当凳子。不可理解的是院坪正中央，立着一根两丈高的石旗杆，不过杆端空无一物。

"叁老师，你的书房里有那么多书，学问又大，只当个中学老师，不遗憾吗？"

"我虽不能像孔子那样，门下有'贤人七十二，弟子三千'，但都是教书育人，我很满足。宏志，你虽说没读过大学，可有一门家传的好手艺，不比谁差。"

谭宏志叹了口气，说："我和爹忙来忙去，也就是个小作坊主。"

"你年轻，还喜欢动脑筋，可以拓展经营范围呀，把事业搞大，将来成为一个大企业家。不着急，慢慢来，低调做人，扎实做事。"

谭宏志望着石旗杆，忽然问："巷中人都不理解，你怎么要立这么一根石杆子？"

叁见影说："就为有太阳的日子，早、中、晚看它的影子。"

谭宏志惊大了一双眼睛。

"我爹也是教书的，石杆子是他当年立的，为的是诫勉自己。其一，'身正不怕影子斜'，要做一个有德行的人；其二，不为早、晚的影子长而自认了不起，不为中午的影子短而心卑气怯，做人也要如此。我的姓名为叁见影，就是这个意思。"

"谢谢老师教导！"

猪年的三九隆冬，少雪多雨。

放了寒假的叁见影，每天悠闲地在家里读书，或者应报刊之约，写一些鉴赏古典诗词的文章。

谭宏志兴冲冲地叩门来访。

"叁老师，我爹终于开窍了，除搞豆腐作坊外，准备再开一家专营豆腐菜的饭店，用豆腐脑、水豆腐、香干子、腊香干、油豆腐、豆皮、豆浆、豆渣，做出各色菜肴。我专门去拜师学艺了，还聘请了掌厨的大师傅和员工。"

"这个思路很新鲜，很特别。店子选在何处？"

"就在平政街，正在装修，只是要麻烦老师起个名，并用毛笔书写，我们要做块店匾挂起来。"

"好！"

在书房里，叁见影在一张四纸整宣上，略略沉思后，用斗笔写下四个端庄秀雅的隶字：推谭仆远。然后落款：己亥冬叁见影题。

谭宏志问："这几个字是什么意思？"

"我暂时不回答你。别人问是谁命的名，你就说是叁见影。哈哈，为你们日后的生意来个先声夺人。"

谭宏志心想："推谭仆远"是不是推促谭家店走远走好的意思？

"宏志，你告诉你爹，先搞门面装修，然后挂匾，再搞内装修。你可以在手机微信上，发照片和文字。不要急着开张，冷水泡茶慢慢浓。记住了？"

"记住了。"

农历过小年时，豆腐菜馆的门面装修一新，红底金字横匾也挂上去了，"推谭仆远"四个隶字耀人眼目。内装修进行得很顺利，所需的桌、椅、锅、盆、碗、碟、筷，也一批一批运了进来。没想到几天后，武汉发生疫情，并有向外蔓延之势，于大年三十封城。各地也紧张起来，倡导居家，不外出，不聚会。平政街，人渺渺；叉子巷，静悄悄。

谭宏志天天在手机上发微信，介绍将要开张面世的"推谭仆远"，介绍一品一品的豆腐菜，介绍谭家豆腐作坊。人们开始质疑叁见影取的这个店名，到底是什么意思、出自什么典故。特别是读过一些古书的人，对名牌特级教师叁见影有了讥讽，说他是无根无据，生造词语；云山雾罩，故弄玄虚。甚至有人说，叁见影是不是收了命名费、润笔费。

叁见影在网上一一细读，读了便莞尔一笑，只是不解释，不辩驳，任他们去说东道西。

谭宏志很内疚，觉得对不起叁见影，老师劳神费力，不肯收任何报酬，还惹出这么多是非，便不时地打电话去表示歉意。叁见影说："大家都宅在家里，为这个事去翻书和思考，多好，还可以解解闷。到店子开张时，自有答案。'众里寻他千百度。蓦然回首，那人却在，灯火阑珊处。'"

立春过后，疫情渐渐消减。接着，惊蛰又来临，"推谭仆远"就定在这一天开门迎客。谭宏志一早就去叁家送请柬，请老两口光临。叁见影说："那场面太热闹，我们就不去了。我让你早几天发了个微信，说答案会用大红纸写好贴在店堂墙上，先用红绸盖住，届时再揭开，我想人一定会来得多。你们都准备齐楚了？"

"是的。"

"那我就放心了。"

谭宏志走后，叁夫人问："见影，那红纸上写的是什么呀？"

叁见影忍不住哈哈一笑，然后抑扬顿挫地朗诵："'推谭仆远'四字，化自《后汉书·南蛮西南夷列传》中的'推谭仆远'，乃'甘美酒食'之意。此处乃化用，以誉谭家豆腐菜可称美食，佐之以酒，为人间一大快事也！"

他的声音淳厚动听，遏云绕梁，余音袅袅。

厨　娘

　　早晨七点一过，院子里就只剩下瞿欢欢一个人了。

　　昨夜的白毛霜下得很大，瓦瓴上、花木上、石椅石桌上、水泥路面上，闪着白白的光。瞿欢欢看着留在路面的小车轮辙，丈夫和儿子的脚印，当然还有她送到院门边的脚印，甜甜地笑了。

　　丈夫充实在一家大型铁道机车制造工厂工作，既是高级工程师又是技术研发部的负责人，属高管人员，有着丰厚的年薪。儿子充知读初中一年级了，可以顺路坐他爸的小车去上学和回家。他们中午不回来吃饭，在各自的食堂饱腹。瞿欢欢每天的要事，是料理早餐和晚餐。她起得很早，早餐快上桌时，她才叫醒丈夫、儿子起床洗漱，六点半准时用餐。今日的早餐，是小米粥、梅花饼、拇指小馒头，还有一碟子白糖、一碟子榨菜，可以各取所需。

　　充实说："这道梅花饼的梅花，取自院中的梅树？"

　　"当然。我搭梯子一朵一朵摘下来，洗净，捣成蓉，掺入和好的面粉中。"瞿欢欢笑着说。

　　"这拇指馒头里，夹两颗煮熟的小红豆，构思巧妙。每天的早餐都不重复，晚餐的菜也花样时新。妈是天才！"

　　"让你们父子吃了还想吃，不会忘记我。"

　　每天早上，当丈夫、儿子走了，瞿欢欢赶忙去洗刷餐具，再顺带打扫一下卫生。然后呢，看看书，画几笔画，或者写点儿文字。中饭她随便吃点，饭后喝杯红茶，睡个短短的午觉。午觉醒来，侍弄花草，再消消停停准备晚餐。

瞿欢欢做全职太太十年了。22岁从株洲商学院包装设计系（她原想读烹饪系，没有女生名额）毕业，应聘到一所中专技校教书。26岁与充实结婚，然后就辞职回家当起了全职太太。同学们都各奔前程，有好几个是读了本科再读硕读博，比如女同学于琛琛。

读书时，大家都觉得瞿欢欢颜值平平，才华也平平，志向更短小，喜欢颠锅掌勺，有些看不起她，"瞿"与"厨"谐音，便赠她外号"厨娘"。

瞿欢欢听了，浅浅一笑，说："我喜欢这个名号！"

瞿欢欢的爸爸是一家大酒店厨房的掌勺大师傅，她妈妈在一个工厂的食堂当炊事员，从小她就喜欢操持厨事。上初中时，她就可以下厨了，炒出的菜品父母很赞赏，并常得到认真的指点。到上大学时，她在宿舍里置放一个大木箱，里面放着刀、勺、锅、砧板、碗、碟和各种调料，还有一小罐煤气和一个煤气灶，用时随手取出。她常自己去买菜自己来做，同宿舍的于琛琛和其他同学，经常被邀请来共进晚餐。

于琛琛私下里劝她："厨娘呀厨娘，女人不应该沉溺于这个玩意儿，将来去为丈夫、儿女服务？得干大事。包装设计是新兴行业，大有前途。"

"琛琛，你是才女，又是读书种子。我只问你这几道菜口感如何？"

"当然……好！"

这十年，瞿欢欢很少与同学见面，只是偶尔用手机打电话或发微信问候几句，不参加任何群体活动，不去串门聊大天。同学来家做客，她交代他们上午来，吃个中饭，便揖手而别。

瞿欢欢在这个上午料理完家事后，正好十点钟。突然院门"咚咚"被敲得山响。有门铃不摁，直接敲门的，只有急性子于琛琛。

瞿欢欢赶忙去打开院门，果然是于琛琛。

"厨娘，不速之客来了！"

"于教授啊，不在大学讲坛上课，跑到寒舍来做什么？"

"来问道释疑！"

"我一个闲人，俗而平庸，哪敢开口？"

"女同学中，只有你是富贵闲人，不上班，丈夫还这么喜欢你，应该有绝招。"

"我一听，就知道你和丈夫闹矛盾了，跑到这里来消遣我。外面冷，客厅里开了空调，我们去喝茶、聊天，再招待你吃中餐。"

"好！"

她们在客厅前端的长条案前坐下来。

"喝龙井中的旗枪茶好吗？"

"何谓旗枪茶？"

"一叶一芽连在一起，叶是旗，芽是枪。一斤需五万多个芽叶。"

"哦？我尝尝。"

瞿欢欢沏好了茶，又拿出两个深黄色圆形的盒子，揭开盖，里面各放着糖果和夹心小酥饼，从盒子里面飘出淡淡的柚香。

于琛琛是搞包装设计的行家，捧起一个圆形盒看了又看，嗅了又嗅，说："从哪里头的？这是用整个柚子皮做的，不加任何装饰，第一次见到。"

"我自个儿做的。"

"怎么制作？"

"简单呀。买来形状圆硕的柚子，在齐腰处用刀子切断，再把柚肉小心地掏出来，在里面嵌入大小适当的瓷碗，放在透风处吹干，然后取出碗，修理出盒身盒盖的接缝。用它盛糖果、点心，有纯净的柚香。乡下老人用它装旱烟，别有意味。"

"你的专业没丢啊。"

"见笑。当年同学都笑我平庸，然后结婚生子，过一种寻常生活。我真正感兴趣的是厨艺，家传的手艺培养了我的味蕾，会做也会吃，还想写些关于食材、刀工、火候、配料、调味、烹制方面的文章。我要的是一种自由自在。丈夫善解人意，也有这个经济实力，让我闲在家里做自己喜欢做的事。"

"这些年，我也来过几次。看过你的书房，古代的烹饪书不少，《食宪鸿秘》《随息居饮食谱》《随园食单》《吴氏中馈录》……还有关于诗词欣赏、古琴演奏、衣服剪裁、栽花种草方面的书，你活得又雅致又舒闲。这一点，你比我强。我是一个职业女性，而且想和男性见个高下，不想生孩子，也不想做家务，吃饭在食堂，满脑子是工作和学问，连丈夫这个大学教师，也露出不想和我过了的意思。"于琛琛叹了口长气。

墙上的挂钟当当当地敲了十二下。

瞿欢欢说："我该下厨了，总不能饿着肚子聊天吧。你歇着，或者也到厨房去，和我说说话。"

"我当然到厨房去。"

"我记得你喜欢吃虾仁，我就做湘菜中的软炸虾仁球、虾仁烩干丝、炒鲜虾腰、虾蓉茄夹。五十分钟，菜可上桌。"

"我成独享小灶的人物了，荣幸之至！"

瞿欢欢系上围腰，说："你看好表，我开始了！"

择菜、洗菜、切菜、配料。开启两个煤气口，一个煮饭，一个炒菜。锅勺搅动之声，此起彼伏；油烟与水汽升腾，如云山雾罩。

于琛琛看得眼花缭乱，佩服得不行；看得喉结上下蠕动，舌尖生香。

"听说，你先生早晚两餐，必在家里用。"

"对，除非他出差去了外地。单位有应酬，朋友有宴请，不管在什么有名的大饭店，他一概不去。"

"为什么？"

"他说：'我老婆的饭菜做得精美，其味无可比拟。'"

"要是他外面有相好的呢？"

"没有发现，我也不探问这种屁事。即便有，他习惯了我的好饭菜，舌尖上的味蕾会告诉他赶快回自家来！"

于琛琛眼里忽然有了泪水。

"五十分钟到了，菜齐了。琛琛，请上桌！"

"呵，我都口角流涎了。欢欢，以后……你教我炒几道菜好吗？"

"没问题。虽是小技，可自享也可他享。有个孩子更好，看着他吃得高兴，心里美滋滋的。"

"将来你出书，我自告奋勇作序，以作答谢。"

"好啊。中午，我们要好好喝几杯葡萄干红。"

"美酒佳肴，太好了！"

最后的考试

民营企业时珍制药总公司向社会招聘总经理助理的最后一场考试，在这个夏日的上午十一点，轻轻松松地结束了。

从头到尾负责这项工作的劳动人事处处长劳辛，全身上下每一根神经都绷得紧紧的。

公司规模不小，有中药研究所、中成药制造厂，以及负责采购、营销、宣传、后勤、接待的职能部门，员工达两千之众。

总经理简明五十有五了，双鬓已见星星白发。他对劳辛说："你和我，还有一起创业的几个老伙计，都上年纪了。尤其是我，还有心脏病，当这个'一把手'，越来越吃力了。我想选聘一个年轻人来任总经理助理，先让他历练几年。"

劳辛马上说："是啊，我比你只小两岁。我建议为避免近亲和人情关系纠缠，可以面向社会公开招聘，二十万年薪应该会有贤人来！必须是三十岁以下的男性，有一定的学历和工作经验。"

"行！你想得比我周全。"

报名的人很踊跃，先是专业文化考试，呼啦啦淘汰了三分之二。接着是中医药专家担任考官的面试，优中选优，就剩下了三人，他们是朱宏可、蓝小为、白大波。

劳辛心里看好的是朱宏可。

最后的考试怎么进行？简明说："大家让我来出题，是最大的信任，那我就届时再奉告。"

考场和考试内容，直到今天早上，简明才告诉劳辛。

考场选在总经理室隔壁的小会议室（劳辛想：这个会议室有监控装置，总经理可以坐在办公室全方位观看考试情况），在后端的靠墙处，摆了三套小方桌和长背靠椅，桌与桌之间拉开一米的距离。每张桌上，摆着一副有茶托、茶碗和碗盖的盖碗茶具，里面放上了茶叶。桌上还各放了一串钥匙，其中有一片贴了编号，可以分别去打开正前方靠墙，也贴了编号"壹""贰""叁"的文件柜（劳辛想：文件柜里应该放着考题）。在墙角的一个茶几上，摆着一把灌满了水的电热壶。

简明说："劳处长，九点钟你领他们进入考场，座位由他们自选。你只交代他们，九点到十点是自由聊天时间；十点整，他们用编了号的钥匙，去打开编了号的文件柜，里面的东西可取一件自用。其他的什么也不用说，已安排工作人员照料。你就回到我的办公室，还有几个老伙计，我们一起喝茶、聊天、看监控。"

……

十一点到了，工作人员打开门，考生高高兴兴地出了考场，嘱咐他们安心在家等候消息。

简明关了办公室的视屏，说："各位手上都有考生的资料，刚才又全程看了监控，我先听听你们的高见。"

和劳辛邻座的老刘，说："我刚才看三个人的年纪，蓝小为过了三十岁，超龄十八天；白大波也超龄了七天。老劳，论招考基本条件，只有朱宏可才是合格的。"

劳辛说："是我的疏忽……原先怕报名人少，就放宽了点年龄限制。老刘既然提出来了，怎么办？"

老刘又说："后来报名的人不少，又让他们连过两关，但这最后一关，恐怕不能将就了。"

劳辛低下了头，说："我……同意……不过，还得听听……大家的意见，尤其是简总的意见。"

简明喝了一大口茶，说："老刘，劳处长的想法没有错，你别揪住这个不放，也不过是超龄了一点点。要把人家刷下去，就要赶早，既然让他们考到最后，再以此为由头淘汰，就会给人落下话柄。劳处长，你说呢？"

劳辛的脸蓦地红了。

"各位都看了监控，你们说说最后谁胜出？"简明笑着问。

"我们没有出题，考生也没有答题，他们之间又没有说什么要紧的话，分不出谁胜谁败。"

"简总，还是你说吧。"

简明见大家都望着他，就转过脸问劳辛："你应该有高见啊。"

劳辛说："我真的没有什么高见。简总，你比我们想得深、看得真，还是你说，一锤定音！"

简明说："也好，我说吧。今天是休息日，辛苦各位了，中午我私人请客，到饭馆去喝几杯酒。"

"好咧。是为你选总经理助理，应该如此。"

简明淡然一笑。

"最后的考试程序，是我一个人操办的，你们中没一个人知道，为的是不泄题。我以人格担保，这三个人我都缘吝一面，素不相识，也与我没有牵藤搭柳的什么关系。前面的两场考试，我也从不过问，这点劳处长可以证明。"

劳辛小声说："我可以证明。"

"古人说，看一个人是否有清资贵格，是否可担当重任，应从生活的细微处考量。我设置的考场和考题，都很生活化，他们的一举一动都是应考内容。"

大家精神一振，眼睛瞪得溜圆。

"工作人员打开考场的门，第一个抢着进去的是朱宏可，径自走向正中的座位。第二个进去的是白大波，就近坐在靠门的座位上。最后进入的是蓝小为，他走向顶里面的那个座位，从从容容。"

老刘说："朱宏可有一种敢作敢为的气派，好。白大波求稳求方便，就近处坐。"

劳辛说："蓝小为是无可选择，只能如此。"

简明继续说："朱宏可揭开茶盖，见没有沏上茶，立即重重地盖上了。白大波好像没看见也没听见，从提包里拿出一支圆珠笔，拧开笔套，用笔尖在左手掌心画来画去，看墨水是否通畅。蓝小为站起来，走到电热壶边，插上了插头。不一会水开了，他提起壶，先给白大波倒水，白大波揭开碗盖，站起来表示谢意。给朱宏可倒水时，是蓝小为揭开碗盖的，朱宏可挺胸坐着，面无表情。三个人喝茶的姿态也不同：白大波揭开盖子放在桌上，不急着喝，让茶慢慢凉下来；朱宏可却是双手端起碗，想大口喝，烫得身子歪了歪；蓝小为是左手端起茶托，碗立在茶托上，不会烫手，这也是喝盖碗茶的规矩，然后再揭开碗盖，用碗盖边沿在碗面荡开浮着的茶叶，再小小地呷一口，盖上碗盖，轻轻放到桌上。"

有人问："这说明什么？"

"蓝小为谦逊、低调，愿意为他人着想，而且是出自教养很好的家庭，有清姿贵格。白小波如老刘所评，求稳求方便，但懂礼节，有管控自己的能力。朱宏可呢，大有舍我其谁的气概，不容易与人相处，还急躁、粗疏。"

"下面呢，快说，快说。"

"快到十二点了，我简单点说。九点到十点，他们聊天，只是断断续续说了几句，可以不论。十点还差十分时，朱宏可已把这一串钥匙拿在手里翻动，抖出叮叮当当一片急响，然后又用眼睛死死盯住那个自己可以打开的文件柜。白大波是摁住钥匙串，一片一片地找，没有一丝声音。蓝小波一动也不动，直到十一点了，才站起来，拿起钥匙串，迅速找出贴着编号的那片钥匙，不急不慢走到'壹'号文件柜前，准确地把钥匙插进锁孔里。三个文件柜，各放三样相同的东西：一本《时珍制药总公司各级干部花名册》，从最底层的班组长到总经理的姓名、简介都印在册中；一本《家庭养花指南》；一本《唐诗分类品赏》。朱宏可取的是花名册，只看了前面几页介绍公司一级领导干部的，就丢下了，时而站起，时而坐下。

白大波取的是《家庭养花指南》，先看目录，再找出其中的几页仔细看，眉飞色舞，可以猜想他家里是种着这几种花草的，看了就可以付诸实践。蓝小为看《唐诗分类品赏》，先看封面，再读序言，然后凝神静气一页一页地细读内文，几次要提笔去圈点，想到不是自己的书，赶快收手，可见他在家里就有读书的好习惯，在这种场合依旧如此，不容易！"

"说完了？"

"说完了。吃饭去！"

"到底是谁呢？"

简明仰天一笑："你们都装糊涂，不肯说，我也暂时不说。你们可以去问问劳处长，他比我还明白。"

劳辛说："简总……没有比你更明白的……"

喜　模

湘赣接界的云阳山石马镇及周边地区，做"细木作"的曲直工是个名人。在木匠行当中，搭梁造屋的叫"粗木作"，做精美家具还能雕花的是"细木作"。曲直工的手艺出自家传，讲究的人家做家具不能不请他，好酒好饭菜地侍候着，生怕得罪了他。尤其是准备迎娶新娘的人家，做了雕花床、雕花窗、刻花大柜之外，还要做喜模。

喜模又叫喜饼模，是用梨木雕刻的做糕点的模具，用它压制出圆圆的面饼后再去烤制。面饼在婚宴上，新郎新娘要当众吃下，表示永不离弃。然后是亲朋好友品尝，也做个见证。这是流传久远的风俗，在婚礼中是少不了的一道仪式。

不就是个模具吗？这有什么奇巧的！但曲家做的喜模，却有独到之处，别的匠人比不了。喜模是两个，上面分刻新郎新娘的脸像，虽只是简单的线条，却能抓住特点，雕得有形有神。这需要先在纸上对着真人速写，再刻到模子上去，基本功靠长年累月的练习。脸像两边要雕上字，一边是"喜结连理"，一边是"百头偕老"，脸像下面要分别刻上新郎新娘的姓名。仪式上，新郎吃的是印着新娘脸像的喜饼，新娘吃的是印着新郎脸像的喜饼，他们把对方"吃"进心里，就会永志不忘，和和睦睦过一生。众人吃了印着男女脸像的喜饼，既见证了这桩婚事，也有权对将来生了外心的一方进行规劝和指责。

曲直工年届半百了，背有点弯，但身子骨硬朗，一双眼睛亮得打闪，下巴上蓄一小撮山羊胡，很老派的模样。他说他为新婚男女雕过不少喜模，多少年过去了，没有一对离婚，即便是因病因特殊事故有一方离世的，另一方也是守得住心志再不会成家！

"曲爷，你雕的喜模，有灵性，有魔力，怪不得你生意好。"

"哈哈，哈哈！"曲直工仰天大笑。

"曲爷，你只有一个独女，将来结婚，是男方办酒宴，听说还是外省的，吃喜饼就免了？"

"难道我不办回门酒？喜饼照样要吃的，老规矩不能变！"

"那我就先贺喜了。我们等着吃喜饼哩，那印在上面的脸像一定是头一份的。"

"当然，当然！"

女儿叫曲欣欣，今年二十八岁了。人长得端正，会读书，喜欢唱歌，嗓子好，小时候唱山歌隔条河听起来都震耳朵。她高中毕业后考上北京的音乐学院声乐系，毕业后应聘进了一个歌舞团。她告诉父母："我就在北京扎根了。你们知道吗？前人说'北京定名声，则天下名声定'！"当曲欣欣有了点名气，就改名为"曲声声"。这让曲直工很恼火，父母赐的名字能乱改吗？女儿说："你不懂！我叫曲声声，有什么不好？梅兰芳原名梅澜，也是后来改名的。"

独生女任性，曲直工也无可奈何，改名就改名吧。女儿出不出大名，曲直工没兴趣，他和妻子关心的是女儿什么时候成家，女不成家身无主啊。

春节时，曲声声回老家休假，告诉父母她找男朋友了，两人谈得很火热，过几个月就准备结婚了。男朋友叫江啸波，是剧团搞美工的，画布景，也画国画，人长得帅，又有才华。

"我们没见过小江啊？"

"我带来了他的照片，给你们慢慢看细细看。"

"你没让他来见我们？"

"他想来，我没同意。他来了，让乡亲们当猴看，滑稽。"

"结婚的日子定了？"

"定了，五一劳动节那天。他家是老北京人，早买了房，也装修好了。我们无非是走个形式应个景，让他家的亲朋好友见见我。"

"太草率了！男方办酒席，按礼数，我和你妈不能去，显得娘家太没有人了。"

"放心。结婚前，我和江啸波会回来拜见你们，不过……我们忙，待个一两天就走。参加婚礼，我请堂兄表妹一干人马去，路费、住宿费我付！"

"你们结婚三天后，得回娘家来，我们要办回门酒，喜饼是要吃的，让大家欢聚一堂。"

"爹，妈，到时候再说，好不好？"

……

这些日子，曲直工夫妇心里快活，还不能对别人说，只是暗暗地为回门酒做准备。要等北京那边办了喜宴，小两口定下回家的日子，他们才能正式去送办回门酒的请帖。

曲直工最挂心的事是雕制喜模，选家存的上等梨木作坯件，再加工成模型，然后是雕模。女儿的脸像，早烂熟于心；未来女婿的脸像，有女儿捎来的照片做参考，不会难到哪里去。他把每一道工序做得精益求精，把脸像的每根线条、文字的每笔每画，都雕得尽善尽美，还悄悄地和面、压模、烤饼，然后细细验看喜饼上的脸像和文字，忍不住一拍大腿，高喊了一声"好"！

妻子说："老曲，这应该是你平生最得意的喜模了。"

"为我女儿、女婿雕喜模，我能不尽心尽力？"

……

到北京去参加曲声声婚礼的亲戚，又被招待到各处观光玩了一个星期，才兴高采烈地回来了。

曲直工问："这两个小家伙，什么时候回来？这回门酒，时间拖久了。"

"他们说，这段日子演出忙，领导不批假。"

老两口叹了口长气。

又过了些日子，曲直工打电话去催女儿，而且开口骂人了。

曲声声嬉皮笑脸地说："爹呀，我和小江就怕吃那个什么喜饼。我们都有言在先，什么时候觉得生活在一起没激情了，马上分手，再去寻找各自的幸福……"

曲直工气得把手机关了。

他寻出那两个喜模，跑进厨房，丢进了火焰熊熊的灶膛里。

有人再请他雕喜模时，他说："眼睛老花了，看不清人的脸像了，怎么雕？唉。"

金　缮

　　睦仁巷又长又曲，依序住着二十多户人家，一家一个小院落，是真正的比邻而居。有人将古语"鸡犬之声相闻，老死不相往来"，改成"锅盆之声相闻，朝夕叩门往来"，男女老幼亲如一家，睦仁巷名不虚传。

　　住在巷子中段的金中和家，人们却很少去叩访。不是金家不欢迎，也不是金家做人有什么不检点的地方，而是他家飘袅的生漆气味让人望而生畏。生漆挥发性强，气味触及皮肤、呼吸道，没人不过敏，轻则皮肤奇痒，重则眼睛红肿、嗓子剧痛，俗语叫被生漆"咬"了。只有常年与之打交道的人，才无碍。金中和也轻易不去串门，怕衣服上的生漆气味冲撞了别人。

　　金中和六十有五，个子矮瘦，面色黑里透红，终日笑盈盈的。儿子、儿媳也在本地工作，妻子五十五岁退休后，就去了儿子家发挥余热，做做家务，带带孙子。临走时，老妻风趣地说："只能丢下你驻守老营，小辈子都怕这生漆气味，你想他们了，麻烦你驾临。"金中和哈哈大笑，说："这个行当注定我只能是孤家寡人！"

　　金中和干的行当叫金缮。

　　退休前他是市博物馆修理部的技工，专门修补残缺的古瓷器，也就是民间所称的锔碗匠。把破碎的瓷器，用订书针

193

一样的铜锔子"缝合"归原，多用于大型的器物。对于小型的瓶、碗、盏、碟，则要用金缮法。什么是金缮法？即以天然大漆为黏合剂，对破损的陶、瓷碎片进行粘接和补缺，并在接缝上敷以金粉。若是器物缺失了一块，便要打磨出一块形状契合的木胎作为骨架，用生漆黏合上去，再在木胎上涂漆灰、抹底漆、刷面漆，最后还要牢牢地贴上金箔。经过金缮后的古瓷器，别具美感，而且价格不菲。世界各国的博物馆，都很看重金缮这门技艺。

金中和此生金缮了多少件残破的古陶瓷器？他说："记不清了。"

金缮离不开生漆，黏合时要掺入熟糯米粉的糨糊，还有桐油，以增加黏性。大漆不易干，不能晒，不能吹，只能阴干，还需要空气中有相当的湿度。梅雨季节是金缮的最佳时令，而其他季节，则需要在室内喷出水雾。生漆阴干的时间长，不能急，只能等待。若是要贴金箔，必须选准生漆将干未干时进行，这全靠常年训练出的眼力去判断。金中和金缮的作品，好些次参加全国博物馆的联展。一个深色小碗上黏合碎裂的金线，有如划破暗夜的闪电；浅色圆碟上的金线，宛若阳光下流淌的金色溪流；而一个小杯口补缺的不规则小块，酷似摇曳而出的一片金色枫叶……

金中和说："我不怕生漆，生漆怕我。"

退休前，他专心专意为公家做事，退休后息影林泉，便有不少收藏家找上门来，请他修复残缺的器物。他告诉来人，只修复真东西，不修复赝品、劣品；不能催他交货，时间短的半个月、一个月，时间长的要三个月以上；此外，价钱不会便宜，工期长，且要用真金，但绝不会狮子大开口。尽管这样，他总有接不完的活计，做不完的事。

春三月，乍雨还晴。

星期六午后，金中和仔仔细细地洗了个热水澡，换了里里外外的衣服，确定身上没有生漆的气味了，然后出门，去访巷中的吴家和刘家。

这两家原本关系亲密，忽然间憋着一肚子气，谁也不理谁了，就为了一个民国时官窑出产的小花瓶！

吴谨声是大型国有企业的工程师，主业优秀，业余则喜欢搞点收藏。刘子泉是个街办小厂的电工，很喜欢义务为邻里修理出故障的电器。两家各有一个十来岁的男孩子，常在一起玩，亲如兄弟。早几天，老吴的儿子小吴把一个小花瓶偷偷拿出来，给老刘的儿子小刘玩。小刘看来看去，不慎失手，瓶子落地，碎成了十几块。吴谨声心痛，花了两千元淘来的宝贝，就这么没有了，能去找刘子泉索赔吗？不能，那会招人指责，于是，他把气出在儿子身上，用竹棍子狠打了儿子一顿，惊天动地，一巷子的人都听见了。刘子泉也觉得儿子多事，要解对方的恨，只能把儿子好好地揍一顿！

金中和到了吴家，吴谨声很惊诧，说："金兄，怎么说来就来了。"

"一个小花瓶打碎了，让你们多年的友情也碎了，我心疼。"

"我只是打了自家的儿子。"

"那不是打在老刘的心上吗？他怕对不起你，也打了自己儿子一顿。这两个孩子会怎么想？"

吴谨声不作声了，在自己胸口擂了一拳。

"瓷片还留着吗？"

"还留着，一片不少。"

"我来金缮一下，让它归于圆满，不，会更有价值。你信吗？"

"信。金兄，多少钱？你说！"

"哈哈，我一文不收。届时，我请你和老刘喝顿酒。你们来了，就是最好的'工钱'。"

吴谨声说："我糊涂啊……"

出了吴家，金中和又去了刘家。

两个月后，小花瓶修复好了。接缝处是用烧熔的金液涂抹上去的，衬着碧绿的瓷色，如同碧波上撒下的金丝网，又典雅又鲜活。

在酒桌上，三人端杯痛饮，气氛融和。

金中和问吴谨声："你若愿意出手，我给你找个买主，八千元没问题，行吗？"

"我不能卖！你修补了我和刘兄的裂缝，我要留存为念。"

刘子泉说："我也要谢谢金兄的美意。来，我敬兄一杯。"

金中和说："不如我们三人同饮，碰个杯，欢欢喜喜共度年华。"

"好！"

"干了！"

小人书店

　　这家专卖小人书的店子，叫"连广宇"，嵌在古城湘潭雨湖边的兰布街，春风秋雨，四十年了。

　　这个姓连名广宇的店主，从满头青丝的小伙子，变成了两鬓染霜的半老头子，六十有五了。

　　门脸不大，匾额很旧；店堂不大，还有些拥挤。除了店主，再无多余的店员，店主是名副其实的"一把手"。但店子和店主的名声却很大，喜爱小人书也就是连环图的"连友"，本地的、外地的，与这里多有交集。

　　"连广宇"既是姓名又是店名，这三个字出自鲁迅先生的《无题》诗第三句"心事浩茫连广宇"。连广宇自小就喜欢看喜欢买喜欢收藏小人书，父母亲都是小学教师，很欣赏他的这种爱好。到1978年，连广宇不想在一家街道小厂当钳工了，辞职办起了卖小人书的店子，把姓名当作店名去注册。他对本地的"连友"解释："这店名的意思是连环图里也有大世界！"

　　"连友"们说："这个店名太好了！"

　　连广宇身高不过一米六，还单薄，如一根干柴棍，他自嘲说："我是小人开小人书店！"

　　大家说："卖小人书也可以有大作为，我们拭目以待。"

　　所谓连环图，是用多幅图画叙述一个故事或事件发展过程的绘画形式。我国古代的壁画、故事画卷及小说、戏曲中的"全相"等，都具有连环图的性质。因为连环图通俗易懂、寓教于乐，很适合少年儿童阅读，故又称作小人书。中国新连环图的创始人是清末民初的吴友如，他的《点石斋画报》令读者耳目一新。中华人民共和国成立后，连环图更是风行，或改编自古代和现代的小说名著，或改编自广为人知的新闻故事，如《三国演义》《水浒传》《红楼梦》《西游记》《阿Q正传》《山乡巨变》《烈火金钢》《铁道游击队》《雷锋》《为了六十一个阶级兄弟》……一大批专职或兼职的连环图画家热情参与，如程十发、张乐平、贺友直、刘继卣、黄永玉等，这是第一个高潮期。第二个高潮期，是十年动乱结束后，二十世纪八十年代，连环图重新焕发生机，佳作迭出，读者如云。此后呢，电视进入千家万户，接着是互联网的横空出世，连环图逐渐萧条，创作和出版变得冷清。连环图成了"连友"的收藏项目，不再是阅读的热点。

连广宇老了。他卖小人书没有像"连友"们所预测的有什么大作为，更没有大富大贵，只是衣食无忧而已，但他很满足。他人生的历程亦如常人，恋爱、结婚、生子。然后送二老归山，培养独生子读书、参加工作、组成另一个家庭。

连广宇为人和善，喜交朋友，店里的货源总是很充足。全国各地的美术出版社有什么连环图面世，他第一时间得到消息并立即进货。他在电脑上有公众号，专门介绍连环图，本地的上门来选书，外地的可以在网上购买。因他是出版社的老客户，出版社给他的价码往往是对折，他卖出去顶多是七折或八折，图的是皆大欢喜。

店子每天都是上午九点开门，晚上九点关门。来购书的"连友"，他热情接待。来这里看书但不买书的顾客亦不少，他照样是笑脸相迎，只是叮嘱一句："别弄脏了书，品相不好的书，我没法子出手呵。"

熟悉连广宇的人都说他有君子风度，是儒商，不是见利忘义的小人。

连广宇此生有口皆碑的事，多矣。

连广宇家住本市平政路十一总的当铺巷，巷中有一名工作于电影院画广告画的美工周子方，与连广宇的父亲是好朋友。因业务需要，周子方喜欢收藏小人书，以作绘画的参考。周子方的夫人是电影院的售票员，两口子和和睦睦，却没有一男半女，他们很喜欢连广宇，每次连广宇随父亲来做客，他们又是端茶又是端点心，然后引他去书房，任其翻阅连环图。1985年，五十岁出头的周子方患肝癌溘然辞世。周夫人把连广宇叫去，说："你周叔叔有遗言，说你在开店子，他所藏小人书五千册全部赠送给你。"连广宇说："谢谢，我收下。"但第二天，他上门去送了个红包封，里面放了两万元钱。周夫人不肯收，连广宇说："你不收，小人书我还没运走，我也不能收下你们的馈赠。"周夫人说："这孩子，真拿你没办法，我收下吧。"连广宇说："周姨，小人书里有很多珍本，待到出了手，我还得给你加上补偿。"果然在几年后，连广宇又给周夫人送去一个两万元的红包封！

外地的顾客，也有不辞辛苦上门来买小人书的。究其原因，其一，是想和连广宇近距离接触，也来看看小店的风采；其二，是比较偏僻的地方，不通网络，没法子在网上选书和付款，这种客户大多来自乡间，风尘仆仆的模样。连广宇一定要招待吃个盒饭，在价格上也多给一点优惠，穷乡僻壤的"连友"，不简单。有一个姓张名大田的老爷子，快七十了，来自湘西古丈县牛角乡牛尾村，每隔两个月就要来一次，两个人谈得很投缘。张大田最后一次来，是两年前的一个冬天，选了两百本小人书，但钱带少了，写下一张欠了三千元的欠条，说下次来买书再把欠款还上。几个月过去了，泥牛入海无消息。连广宇着急的不是欠款未还，是怕张大田出了什么意外。张大田不用手机，他又没有张家的座机号。于是，连广宇不顾舟车劳顿，去了牛尾村。他先找村民了解情况，才知张大田那次从湘潭买书回来后就病倒了，几天后驾鹤西去。原来张大田是个退休的乡村小学教师，他买书是自己掏钱，在本村和邻村建立"留守儿童阅览室"。他的退休金很少，却拼命省出钱来买书……

连广宇没有去张家，但去了张大田的墓地，鞠了三个躬，然后把那张欠条点火烧了。

……

如今，连广宇的儿子连城雪已年近不惑，孙子也上初中了。连城雪自小临习小人书上的画，很有天分。大学读的是美术学院的连环图创作专业，毕业后，自己开了一家文化美术公司，闹得红红火火。

有一天，连城雪对父亲说，他想搞一个新业务，就是把

1966 年以前的一些美术大家所画的小人书，一一临摹出来。如贺友直的《山乡巨变》、黄永玉的《阿诗玛》、刘继卣的《武松打虎》等等，再照相制版，版权页也按原来的制作，一定有很好的销售前景。

　　话音刚落，连广宇扬起右手，狠狠地抽了儿子两个耳光。

　　"歪门邪道！小人所为！我要为那些大师、大家对天一哭！你要是敢干这种造假的玩意儿，从此不要再进连家的门，我也没你这个儿子！"

　　连城雪捂着生痛的脸，说："我……不……敢……"

　　"好好地画你的小人书！"

　　"是……是……"

窗帘之约

这个城中的住宅区名叫和乐山庄。

住在五栋一单元六楼的蒲芳和住在十栋二单元八楼的艾薪，戏称彼此为"老闺密"。

她们都已步入老年，早就息影林泉了。蒲芳六十有八，原供职于新华书店，自称被书香熏染了一辈子，也落下些毛病，吃饭时要放本书在桌子上，否则没有食欲；晚上上床，要先看几页书，才能安然入梦。艾薪比她大一岁，在一家大医院当护士直到退休，习惯了穿白大褂的她，容不得身上、家中有不洁的地方，衣服换得勤，桌、椅、门、窗勤擦勤拭。

蒲芳说："你可不可以稍稍休停一下，林黛玉都说'欲洁何曾洁'哩。"

艾薪不恼，浅浅一笑，说："你哪里是爱书，是嗜书，那里面会蹦出个意中人来？"

她们是作古正经的空巢老人，除了自己之外，只有一个孤独的影子不离不弃。蒲芳的丈夫在十年前因病辞世，又无儿无女。艾薪是中年后与丈夫劳燕分飞，再没有二度梅开，独生女大学毕业后，找了个德国夫君，双双去了那个遥远的地方。

年轻时，她们真是美人坯子，身材、五官都被安排得匀称、得体。老了，腰不弯，脸无皱，虽鬓有微霜，仍可称为老美女。她们原先并不认识，是几年前社区组织退休老人去春游，然后在一个农家乐吃中饭，无意中她们坐在一桌，而且是面对面。两人左手端起小饭碗时，都是小拇指稍稍翘起，很文雅；右手执筷，也是执在靠上端的三分之一处。她们的眼里同时流出欣赏的笑意，相互点了点头。这是有教养的家庭，从小对女孩子用餐训导的结果。吃完饭，她们同时离桌，心有灵犀地走到一边去交谈，俨然故友相逢。

每栋楼都有电梯，但她们并不频繁地互访，各人有各人的私密空间。想见面了，她们就用手机相约，一起散步聊天。只是彼此生日时，会手持一束鲜花，进入对方的家中贺寿，寿星自然要亲自下厨，做出几样佳肴款待。

艾薪是医务工作者出身，在养生防病上经验多多。有一天，她问蒲芳："人老了，有些事来得突然，比如跌倒受伤，或来了急病，手机又出了故障，怎么办？"

蒲芳说："那我们只有住在一起抱团取暖？"

"那倒不必，我们可以有个窗帘之约。"

"这很浪漫啊，说说看。"

"我们的窗帘都挂猩红色的，如果没有拉开，那就是有险情了。我们每次单独下楼去办什么事，顺带多走几步路，绕到对方的楼前抬头看一看。"

"这叫时刻把对方看在眼里、记在心里，好办法。"

"以后我还想让更多的老人都来参加窗帘之约，相互照看，冲淡冲淡人情中的冷漠。"

蒲芳的眼圈红了，说："你的格局比我大，佩服。"

……

艾薪与原单位的退休老人结伴旅游去了，一去就是半个月，连手机都关了。蒲芳心想：这老女子真是玩疯了，快活得昏天黑地！

但这些日子，蒲芳只要下楼，总会习惯地顺带去十栋楼那块地，抬头看看艾薪家那几扇窗是不是拉上了红窗帘。窗上空落落的，她的心也就落到实处。

这一天午后三点钟，蒲芳先去社区医务所看过病后，再走向十栋。从不远处向上一望，艾薪家卧室的窗上，严严地遮着一块红！她不禁大喜，艾薪回来了！她马上掏出手机打过去，想笑骂艾薪一顿，但手机关了，没有任何反应。蒲芳立刻紧张起来，是不是艾薪有险情了？她赶快进入楼内，蹿进电梯间，直上八层；电梯门一开，匆忙奔到艾薪家的门前。先按门铃，无人答应；再使劲敲门，仍无动静。

蒲芳的头上冒出了豆大的汗珠子，迅速地用手机拨通社区保安值班室的电话："喂，你们快来！十栋……八楼……的艾薪家……"正要说"可能出事了"几个字时，大门突然打开了，是穿着花睡衣睡裤的艾薪。她一把抢过手机，放到嘴边说："没事了，谢谢。"

蒲芳问："你回来了？"

"嗯。上午回来的，很累，睡了个午觉……"

蒲芳发现艾薪的脸上，浮现出少女一样的羞涩，眼波盈盈，云鬓散乱，很动人的样子。她立刻明白：艾薪恋爱了，而且，屋里还有另外一个人！她连忙把嘴凑到艾薪的耳边，悄声说："恕我冒昧打扰，海涵。但我得赶快离开，要不你会恨死我的。拜拜！"

艾薪也小声回应："容我日后详细禀报，恕我不能远送。"

蒲芳转身走向电梯间，听见身后的门轻轻合上，响声很温软。

口舌恩仇录

　　湖南俗话中，有"口舌恩仇"一语。初看是提醒人们不要口无遮拦，话说好了让人高兴，说错了会彼此难堪。其实，还有另一层意思，那就是请人吃饭以享口舌之味，请什么人，在什么地方请，都得考虑周全，稍有不慎，就会留下后患。

　　四十岁的周韬口碑不错。论头衔，私营企业家、高级工程师、工业学院机械系客座教授，哪样都是货真价实，但他为人低调，讲礼数，胖胖的脸上总是带着谦和的笑。

　　周韬懂得如何好好说话，比如向某人表示谢意说"谢谢"，他一定会说"谢谢你"，或是"谢谢ＸＸ先生""谢谢ＸＸ女士"。两者之间的差别在什么地方呢？"谢谢"是泛指，而后者是特指，又亲切又友善。他和人交谈，不管对方说得多么杂乱无章，他都会诚恳地点头，不时地报以微笑。对方说完了，他先肯定有意思的某处，再延拓开去说他不敢苟同的见解。对方很高兴，以为他这见解是从自己的话语中生发的，彼此可以比肩而立。

　　周韬做东请客，决不搞鱼龙混杂。上一回是某个圈子，下一回则是另一个圈子，客人彼此熟谙，话题会基本相同，而且都有话语权，不会冷落了哪一个。被他宴请过的人，都说不但口舌留香，心里也余味悠长。

　　智者千虑，必有一失。周韬万万没想到，他因宴请初中同学，得罪了项忠。项忠当然没有对他说过，是几个月后，发生了一件事，让他猛然想起的。

那次请客，是因一个供职于市政府的初中同学朱小军来厂里检查工作。快吃晚饭时，他突然提出想和几个当年的初中同学聚一聚，叙叙旧。周韬自然满口答应，并请他拟名单打电话。朱小军请的人，基本上都是各局机关和宣传部门的。

"周韬兄，连你一起共九个，没有什么闲杂人。"

"没漏掉谁吧？"

"没有，都是常联系的，职业也相近，说话方便。"

"我打电话去美味斋订餐，那里的湘菜做得精致，行吗？"

"好得很！"

但那次聚餐，供职于《湘江晚报》并任副总编的屈伸，原本说要来的，待酒菜上了桌，突然来电话说要补发一个重要稿件，无法分身前来……

十天前，周韬接到一份上百万元的订单，是军工产品配件的加工，这让他喜不自禁。配件中有一项技术，是焊接超薄型钢板，十米长，必须一口气焊好，而且要焊缝平整、光滑。薄钢板要竖起夹在钢架上，焊工必须悬手握焊枪操作。一根焊条快完时，由助手递上另一支焊枪，再接着焊，不能让焊缝有冷却的时间差。本厂没有这种人物。本市的国有企业中，高铁生产集团应该有。周韬派副厂长上门去请求支援，他们当时就爽快地答应了，说只有项忠师傅可以胜任，他是本行业最优秀的焊工，并持有国际上认可的资格证书。但一打电话到车间，项忠一口就拒绝了，说手头任务重，没法子再干别的活！

副厂长沮丧地回来，向周韬禀报。周韬一听，说："项忠是我的初中同学啊，他怎么不肯帮忙呢？"随即一拍脑门，说，"怪我、怪我！"他想起了几个月前的那次宴请，朱小军没列上项忠的名字，屈伸也借故没来。项忠和屈伸读初中时是同桌，关系一直很铁。屈伸一定把这事告诉了项忠，项忠会认为是周韬看不起他。不，项忠不是个气量小的人，是他们自诩为干部和企业领导者，不把工人看在眼里的这种做派，让项忠不可忍受！

周韬只能求救于屈伸了。

屈伸接了电话，说："你能悟出此中的道理，我很欣慰。你比朱小军那些人实在，在官道上行久了的人，有病而不自知。项忠是说气话，军工任务是有关国防的大事，他不会甩手不管。不过……"

"你放心，我听着哩。"

"不过，项忠说要他来贵厂帮忙不难，但他先要在美味斋做东宴请我们九个初中同学，而且是十六人的大桌子，他要带六个身怀绝技的工人兄弟让你认识，以后你遇到什么难题，他们会来帮忙！"

"太好了！他做东，我买单。"

屈伸哈哈大笑，淡淡地说："他是大国工匠，职称是高级技工中的顶级，年薪很丰厚。他自掏腰包，买个单，小菜一碟。他是要为工人这个群体争一回面子，露一回脸。"

"应该，应该……"

织补人

当下的城里人，还有穿打补丁的衣服的吗？没有！生活普遍富足，衣食无忧，衣服稍旧，款式稍过时，就会毫不犹豫地扔了。但也有舍不得扔的，比如高档的毛料西装、手工刺绣的旗袍，还有具有某种纪念意义，上了年岁的衫、裙、裤、褂，或被烟头烧了个洞，或不小心被锐物挂出裂痕，或出现几个虫眼，就得去找织补人修破如新或修旧如旧。

织补人不需要开店设铺，不过是摆一个小摊，或在百货商场的大门旁，或在人来人往的街道、广场边。在旧时代，这个行当叫"缝穷"，干此营生的是穷人家的中老年妇女，为那些没有家眷的老少光棍缝补破衣烂裤，也就是打补丁，赚一点可怜钱。而现在的织补人，小洞细眼，是用与原衣物同色同型号的线织上去，不留任何痕迹；破损处大的，要用同色同型号的布料，剪出适当的面块嵌入，再在接缝处合经合纬地织补，一如原物。这个手艺了不得，有如字画的修补。

在株洲百货商场大门右侧，就有这么一位织补人甄法嘉。他不是女性而是男人，他不是中老年而是个未成家的小伙子！小平头，瘦高个，眉淡目俊，十指细长柔软。他是服饰中专技校的毕业生，完全可以到大型服装生产企业去任职，却偏偏选择了当自由的织补人。他的父母是乡下的裁缝，甄法嘉自小就喜欢穿针引线，像个女孩子。

父亲问他："你怎么喜欢当织补人？"

他说："学校有这门课，我学得很用心。"

父亲又问："碰到老同学你不难堪吗？"

他一笑："凭手艺吃饭，不丢人！"

甄法嘉的行头很简单，一条小板凳，一个手提工具包（里面放着针、线、布块、木绷子），一个可折叠的纸板广告牌。广告牌顶端写着"织补人甄法嘉"，两边各写一句话，右边是"织补小漏洞"，左边是"不留大遗憾"；中间是根据布料纹理所定的价目表，每织补一处，平纹三十元，斜纹四十元，反纹五十五元，特殊布料和工艺的另议，并承诺凡经他手织补的地方，一年内保证不破。

一眨眼，他当织补人三年了。手艺好，待人有礼貌，收费公道，生意一直不错。除租房、日常开支之外，每月还略有盈余。顾客送来活计，有当面等着他完工的，也有隔些日子再来取的。还有不是顾客的，但对一个小伙子用木绷子绷在破损处，操持针线织补，感到很好奇，便蹲在旁边看，不时地提出一些问题。他一边干活，一边答话，满面春风。

甄法嘉发现有一个短发的中年大姐，隔三岔五总要在他摊子前待一阵。

于是，甄法嘉忍不住问："大姐，你贵姓？"

"我姓刘。没打扰你的工作吧？"

"没有。欢迎你提意见。"

"我想问，缂丝之类的织品，你可以织补吗？"

"应该可以。"

"做好的旗袍，再在上面绣出图案的，有了破洞怎么织补？"

"先用原色布料织补好破洞，再在上面依原样补绣图案。"

"你还会绣花？"

"见笑。手艺还过得去。"

刘大姐点点头，说："我祖母留下一件从未穿过的苏绣旗袍，可惜被虫蛀了十几个小洞，我明日送来，请你织补。祖母虽然过世了，但我要留个念想。"

"谢谢刘大姐照顾我的生意！"

这件旗袍用料是杭州产的紫缎，绣的是淡雅的白玉兰花。刘大姐送来后，当场付下两千元工钱，约定五天后来取。甄法嘉不肯预收工钱，说："按我的常例，一律是等顾客取货、验货认为满意了再付款，刘大姐也不例外。"

第五天，刘大姐没来取织补好的旗袍。

又过了五天，刘大姐仍未见踪影。

甄法嘉的父亲忽然从乡下打手机来说："法嘉，你娘病了，她很想念你，快回来吧！"

"爹，我理应回来。但有个顾客约好了来取货，却没来。我要等她，怕她找不到我着急，我不能失信于人。"

又过了十天，刘大姐来了。

刘大姐把旗袍认认真真看了几遍，脸上浮满赞赏的笑意，说："你叫甄法嘉，谐音是'针法佳'，名不虚传。"说完，赶忙付工钱，还特意多付了一百元作为奖励。

甄法嘉执意退回一百元，说："谢谢你。但我决不能多收一分钱！"

刘大姐说："你很实在。"接着她拿出她的工作证，让甄法嘉看了后，说："我是古代纺织品博物馆的馆长，馆里有不少古代的衣、帽、袍、褂、帷、帘，有的破损了。这些日子我考察后发现你的手艺不错，人品也不错，想请你到敝馆去织补，时间会很长。如果你同意，现在就去。"

"刘馆长未能按时来取旗袍，我想也是你考察的内容之一。"

刘馆长脸一热，不好怎么回答。

"刘馆长，十五天前，我就要回乡下去探望患病的娘，因为要守约等你，我没走。现在，我的头等大事，是赶快回去陪娘，侍奉汤药。"

刘馆长一愣，说："对不起，耽误了你回去探望母亲，请你见谅！"

甄法嘉淡然一笑，说："刘馆长，你客气了。"

"小甄，你放心去吧，待多久都不要紧。我和我的同事，在馆里等着你！"

……

好多天过去了，甄法嘉没有来博物馆报到，也再没在百货商场设摊。

听说，他到另一个城市当织补人去了。

逝水回波

秋疯子

　　位于湖南潭州的湘楚大学，在十九世纪的三四十年代，既有诸多名系又有诸多名师，令天南海北的学子前来求学，他们无不以入读此校为荣。

　　社会学系是名系之一，四十岁出头的"秋疯子"，则是该系名声最大的人物。他之所以获此雅号，其一，他姓秋名丰子，字耕夫，"丰"与"疯"谐音；其二，他有许多惊世骇俗的言行，带着一股常人难以理解的疯傻气，叫人不能不刮目相看。

　　社会学是以人类的社会生活及其发展为研究对象的学科，除经济、政治的大课题之外，还有对某些社会现象如人口、劳动、民族、宗教、民俗诸多方面的探究。首先提出这个学科名称的，是法国的实证论者孔德。

　　社会学系的教授们，多半留过洋，领略过欧风美雨的妙处，同时又有自己专攻的领域。秋疯子在法国巴黎"泡"过几年，研究的是民俗在社会行进过程中的恒定性和异变性，他的硕士和博士论文，得到国外导师的激赏。与他在法国同过学的蓟之悦，字独乐，如今担纲社会学系的系主任，探讨的是中国之所以贫穷，与毫无节制的人口增长，具有什么形态的对应关系，他的口头禅是："穷苦人呀，生那么多孩子干什么，这才造成了国弱民贫！"

秋疯子最不喜欢蓟之悦，认为他做的学问是狗屁不值，把国弱民贫的责任推给生孩子过多的穷苦人，是"欲加之罪，何患无辞"，怎么就不谈政治的腐败、外夷的侵略、富人的贪婪呢？那才是国弱民贫的真正病根。因此这两个人，只要有机会碰在一起，就会对"咬"。秋疯子言辞锋利，如刀似剑，常让蓟之悦丢盔弃甲，悻悻而退。秋疯子私下里也承认，蓟之悦除学问上偏颇之外，却是个大大的好人，只是他面对这位老同学，有些话不吐不快。

秋疯子的衣着很守旧，春、秋、冬喜欢身穿蓝缎子团花长袍，外罩黑缎子马褂，头戴黑绒瓜皮帽；夏天则是蓝、黑长衫，光头，脚蹬黑布鞋。蓟之悦呢，西装、衬衣、领带、皮鞋，西式头，鼻梁上架一副金丝眼镜。

蓟之悦虽是系主任，但为人谦和，没有什么官架子，也不小气。得闲时，经常邀约同事雅集，或去附近的名园、名寺游玩，或在某个酒楼、饭庄设宴。

早春的一个星期日，天气晴朗，他们去城郊的昭山寺观赏玉兰花。忽然大风骤起，风沙漫天，树头洁白的花瓣纷纷飘落，大家赶忙避到檐下。

蓟之悦说："对不起诸位了，真可谓大煞风景！"

秋疯子仰天大笑，说："我把这成语改变词序，叫作'大风煞景'或'风大煞景'，独乐兄，你看如何？"

蓟之悦说："还是耕夫兄有捷才，佩服。"

社会学系的教授，虽喝过洋墨水，但国学是自小就涉猎的，功夫都很扎实，许多典籍可说是烂熟于心。相聚在一起，社会学的主业倒很少论及，谈的多是国粹。比如蓟之悦，对《墨子》一书及历代研墨之说十分看重，开口便是"墨学"。一次，蓟之悦在宴会上，忍不住与同桌的人，又侃侃而谈墨子所倡导的"兼爱"。

秋疯子重重放下酒杯，板起脸，竖起眉，站起来骂道："如今谈墨子的人，都是一些混账王八蛋！"

蓟之悦的脸顿时红赤。

秋疯子又愤愤地说："即便是独乐兄的父亲，也是混账王八蛋！"

一向平和的蓟之悦勃然大怒，手指秋疯子吼道："你骂我也罢，怎么可以辱我高堂？！"

秋疯子缓缓坐下，笑着说："兄且息怒，我不过是试试你的心境。墨子'兼爱'，是无父也，你今有父，何足以谈墨学？我不是骂你，是测试你对尊父可有孝心。你果真有，这就好！"

一席话引得众人哄堂大笑。

秋疯子备课，从不用钢笔和轻巧的笔记本。他从南纸店买来褐黄色的毛边土纸，裁出长两尺半、宽近一尺半的长方纸片，再装订好，用毛笔正楷书之，一丝不苟。备课本在讲台上摊开，占的面积很大，学生忍不住发笑。他大言不惭地说："我做的是大学问，只有这种大备课本方可承载！"

他对学生很关照，特别是家境贫寒者，往往慷慨掏钱济助。有找工作困难的，他为之推荐亲朋好友主管的单位、部门。学生毕业离校，他会常写信去问问工作、生活情况，一律称之为"XX吾弟"。有一次，他的一个学生怀着感激之情回复一信，起首称"耕夫吾兄"，秋疯子拆信一看，拍案而起，骂道："我称学生为弟，是谦逊；他称我为兄，是冒犯。师生关系犹如父子，岂可混淆！"

秋疯子会写诗能作联，毛笔字写得很好，楷、行书尤妙，还能信笔作写意国画。

本系的年轻教师荣尚德和马荣英要结婚了，请秋疯子为他们将来的书斋写个匾额、书副对联。匾额他题了四个厚重的楷字："一德双荣。"既嵌入了男女姓名中的字，又有勉励之意。再以行书作联："四壁图书成雅集，五更风雨入幽眠。"举行结婚仪式的时候，原本艳阳高照，忽然天低云暗、雨声喧哗，有宾客惊呼："天公不作美！"秋疯子挥手大声驳斥："此言大谬！既云且雨，天地交泰之象，乃天公为新婚夫妇现身说法，可喜可贺！"

秋疯子研究民俗，以千年古城湘潭作为个案，再广采博撷，出版过数本皇皇巨著，誉声四播。他对古城的社会动态十分关注，常常走出书斋，慨然亲历其间。

有一年，此地流行瘟疫，市民谈虎色变。有谣言传布，称郊外关帝庙旁有一个小水潭，取水以饮可除病，于是万人空巷，接踵而至。清水取尽，只余下浑浊的泥浆，人们又取泥浆入口。秋疯子听闻，立赴现场游说并夺人瓢碗，称这是迷信，饮了不卫生的水更易得病。于是引起公愤，人们向他抛掷砖头、泥块，他只得落荒而逃。

湘潭城区格局拥挤，县府决定向城郊扩建。西郊有一条小河，河上有一座石桥名叫"腾蛟桥"。抗清名将何腾蛟曾在桥上抵抗入城的清兵，受伤被俘后又不肯降清，终被处斩。后人为了纪念他，将无名小桥命名为"腾蛟桥"，每年在他殉难之日，人们在桥上设香烛、果品为祭，称为"祭龙节"。现在，县府为出政绩，居然要填河拆桥。秋疯子狂奔到桥上，手抚桥栏大哭，然后伸开双臂站在桥中央阻止施工，欲与石桥共存亡。蓟之悦知道官方的主意不可改变，怕秋疯子遭遇不测，就安排几个校工去把他强拉了回来。第二天的《潭城日报》上，头版头条的标题是：《秋疯子哭谏拆桥，何腾蛟何处祭奠》。

1944年初夏，湘潭沦陷，日军的膏药旗到处飘舞，枪光弹影搅乱了古城往日的平静与清雅。

农历五月初五为传统节日端午节，日军司令部早贴出告示：严禁龙舟下水，严禁祭祀屈原。

当时的湘楚大学早已停课，教师、学生风流云散。

端午节那天上午九时许，秋疯子一个人来到湘江边的怡和坪码头。这个码头又大又繁忙，为沿江十几个码头之翘楚。

秋疯子把长竹竿上卷着的白布长幡，从容地舒展开来，再把竹竿使劲地插牢在水边的沙滩上。在古俗中，这叫招魂幡，不过秋疯子招的不是已故亲旧之魂，而是国魂。幡的上半截，是他咬破手指，用血写的一首招魂诗："归去来兮中国魂，山河依旧气豪雄。长幡直入云天去，唤醒睡狮怒吼声。"幡的下半截，画的是一只怒眼圆睁、向天而吼的雄狮，浓墨重彩，威风八面。

江岸上观者渐多。

秋疯子从提袋中拿出鞭炮，再在沙滩上插好点燃的香烛。鞭炮燃响后，他面江而跪，虔诚地磕了三个头，然后站立起来，手持一大杯水酒，转身面对江岸上的人，高声吟道："楚亡屈子投江死，酹酒山河未许愁。四万万人齐奋起，风雷滚滚震神州！"

众人齐声叫好，口号声此起彼伏。

忽有一群日本兵、伪军，从人墙中挤开一条缝，凶狠地冲突出来，把枪口对准了不远处的秋疯子。

砰、砰、砰……

乱枪声中，秋疯子大笑不止，然后缓缓倒下。

索 当

德义当铺的掌柜钱钦其，在热气腾腾的池子里泡好了澡，披着浴衣，消消停停回到雅间的卧榻上时，突然发现旁边的卧榻上已经躺好了又干又瘦的老人乌六爷，乌六爷正眯缝着一双小眼打量着他。

雅间里燃着盆炭火，把料峭的春寒逼到屋外去了，空气变得热辣辣的。

钱钦其兀地有了一种屈辱感，这乌六爷不过是一家杂货铺的伙计，他怎么够资格上这种高档的澡堂子来？何况，平日弓腰驼背，走起路来摇摇晃晃，一副病歪歪的样子。钱钦其鼻子"哼"了一声，正欲别过脸去，乌六爷说话了："钱掌柜，幸会，幸会！"

钱钦其只好打起精神，应付道："乌六爷，原来是你啊，难得，难得！洗这一块大洋一次的澡，你真舍得。"

"我哪里舍得这个钱，有人请我洗洗而已。"

说毕，乌六爷坐起身子，上身也没披个衣衫，两边的肋骨隔着一层皮鼓凸出来，一副穷相！钱钦其也坐了起来，他觉得调侃这个乌六爷，也是一种乐趣，反正夜来无事，外面又下起了大雨。

堂倌进来了，问有什么要吩咐的。

乌六爷说："来一壶龙井茶，我做东请钱掌柜品茶聊天。"

居然又让乌六爷抢了风头，难道我钱钦其少了这几个钱?

乌六爷说："之所以我做东，是因为你是湘潭城里的大人物，我难得有招呼你的机会。"

钱钦其呵呵地笑了，他觉得这个干瘦的乌六爷很知趣，讲起话来让人舒服。

一壶龙井、两只细瓷茶盅，由堂倌送进来，并殷勤地斟上了茶。

乌六爷问："多少钱?"

"二十个铜子。"

乌六爷遂从放在旁边的衣褂里掏出一把铜子放在卧榻上，然后，用两个手指夹起两个铜子，轻轻一扭，铜钱便成半圆筒状。

"两个，四个，六个……"

二十个铜子，成了十个半圆筒。

钱钦其一惊，这指力可了不得。

堂倌说："这……六爷，柜上不好收这样的钱啊。"

乌六爷一笑，拿起铜钱放在掌心，轻轻一压，便恢复原状。

堂倌说："谢六爷啦。"拿起钱便走了。

钱钦其呆望着乌六爷的手指肚，状如盘珠，这功夫不是一年两年练得出来的。

"钱掌柜，来，喝茶。"

"好，喝茶。"

"钱掌柜，有一事请教，你的当铺怎么一连几天都关着门？"

"正在盘点哩，过两天就开门了。"

"你钱掌柜当家已经二十多年了，好像从没有关门盘点的事啊。假若这几天有到期的当票要赎当，过了这几天，不是成'死当'了吗？成了'死当'，就赎不出了。好主意，钱掌柜生财有道！"

钱钦其脸红了，说："没有的事，没有的事。"

乌六爷说："我听我的掌柜说，三个月前他到贵铺当了一只祖传的盘龙镂空玉雕，这东西我见过，是汉代的东西，价值上万光洋，当的时候你只给了一千元。当期为三个月，这两天就要到期了，可你的当铺却关门盘点，这不是活活地要夺人宝物吗？他一个读书人，也是百般无奈，才开了一家小杂货店，本小利微，糊口而已。"

说毕，乌六爷随手抓起一个铜钱，甩过去，把一只飞蛾钉在对面的墙上，铜钱嵌进墙中有半寸来深。"这飞蛾真是讨厌。"

钱钦其脸都白了。

又喝了一阵茶，钱钦其说："六爷，赏个脸，我请你到街端头的王家酒楼喝酒，如何？"

"愿意奉陪。"

"我有洋车在门外等，你穿着布鞋，路上到处是水，如何去？"

"你先去，我随后就来。"

当钱钦其坐洋车到达王家酒楼时，乌六爷早已端坐在八仙桌边了，脚上的布鞋，无半点泥痕水迹。

钱钦其想：他是怎么来的？

钱钦其喊道："上上等好酒菜来！"又讨好地说："六爷，明日当铺一早开门。"

后花园

　　有一行雁字，忽从湖对岸密密的柳丛中惊起，嘎嘎嘎，驮一片暮色，斜斜地切入秋空。随即，颤颤晃晃，飘出一轮圆月，似一个银盘被一根紫黑的绳索拽出，银盘缓缓倾斜，于是无数斛光亮倒入湖中，叮叮当当，但见溅起无以数计的银箔玉片，漂满了半湖。另一半湖满是碧沉沉的荷盖，高高低低，重重叠叠，如伞，月光在上面滚跳嬉闹；数枝红荷于碧绿中挺出，镀一层清辉，晶莹剔透，显出无限的娇羞。微风徐来，漫开无边无际的清香，与月光糅成一片，花香变得可以看见，月光变得可以嗅闻。雁字已写向更远的天空，倏忽不见。

　　四周好静。

　　这静，似乎带一点冷清，带些许惊悸，将晁家的后花园满满地充塞，竟不留半丝缝隙。正因这静无处不在，也就变得空旷，反觉它原本就不存在。

　　湖畔凸出一座双层木石结构的亭榭，将许多遒劲的线条，写在这一片空间里。从木柱淡褪的漆色与石阶边苍褐的苔斑上，可见这建筑已有不少年月，因而这些遒劲的线条又是写在时间里。

　　亭榭四周立着几株金桂，静静地开出一簇簇桂花，清淡地香在夜的光晕下。

亭内设有一桌两椅，桌上搁几盘残剩的菜肴，立两瓶茅台酒。没有点灯烛，朦胧中可见两个人相对而坐。

"尊行，你我在军务繁忙中，得一日宽闲，也算是平生一件快事了。"

"军座，这些日子你瘦了许多，戎马倥偬，内外胁迫，尊行身为参谋长，却不能想出一个好法子来，惭愧。"

"唉。"武一海轻轻叹了一口气。

他们已经喝得够多了，各自有了几分醉意。

"卫兵！"

武一海喊了一声。

声音有些艰涩，回旋了一阵，竟无人作答。

"军座，有什么事只管吩咐尊行，卫兵在前厅吃饭喝酒，我怕扰了您的清兴，才没让他们来。"

"没什么，喊习惯了。"

"来，再喝一杯。"

"好。"

晁尊行殷勤地给武一海斟酒，那亲切的笑，顺着瓶口汩汩而下，注满了酒杯。他四十刚出头，身材伟岸，特别是那两道剑眉，直插入鬓角，鼻梁且高，因"中岳"耸峙，使棱角分明的脸，更见其英俊。

"尊行，你跟我好些年了吧？"

"军座，十八年了。"

"我待你如何？"

"好。"

武一海淡淡一笑，狭长的脸上浮起酡红，端杯的手往上一抬，送到嘴边，呷了一口，放下杯子，用手矜持地捋捋短须。

他已年近七十，身子显得有些臃肿，且患着一些疾厄，在冗繁的军务操持中，已感到从未有过地疲惫。但作为一个军人，他对自己的职业是忠贞不渝的，挺直的腰板，依旧保持着当年的英武之气。

"我是不行了，老了。想息影山林，又怕被人笑话；欲振兴军务，又百般无奈，真如《陈情表》中所说：'臣之进退，实为狼狈。'"

"军座不必灰心，办法总是会有的。"

武一海摇了摇头，岔开话头，哈哈一笑，说："尊行，真有意思，早几年我请一位'张铁嘴'算命，他说我'五行缺水，将来依旧要终归于水'，我倒有些相信呢。"

晁尊行低头呷了一口酒，用手帕抹了抹额上的汗，说："谁都信命。"

"也有不信的。"

月光如霜，纷纷扬扬斜飘到亭中，两个人全沐浴在一片空明中了。此刻，从装束上看，绝对想象不出他们是军人，没有穿军装、佩枪械，而是长衫、布履，浑身透出一派儒雅。

湖上有风拂过，荷丛中传来细微的响动，几张荷盖摇斜了，泼洒出如许的月光。

武一海仰脖又干了一杯，酒烈烈地从喉头烧到心里，猛觉有一股豪气往上蹿。好久没有这么痛快过了。他感谢参谋长，参谋长懂得体贴人，把他邀到晁家花园作一日之游。从早晨到现在，他们赏花、品茶、喝酒，或者谈论一些唐代颇有气势的边塞诗，真可谓"此乐何极"。在恬静的气氛中，他也会想起这一支军队，苦心经营多年，是如何地不容易。千军易得，一将难求，参谋长是在他身边长大的，他视如养子。将来，他当然要把这支军队交给一个合适的人，当然要选择一个合适的时间、合适的地点进行交接。

湖水好静好清，圆月沉浸于湖中，如一块璧玉，微风荡起圈圈涟漪，闪闪烁烁，似一片碎金。

他们许久没有说话。

想到军队眼前的困境，武一海有些焦躁，他感受到了一种难熬的沉闷。他望了望参谋长，参谋长也正望着他，然后低下了头，露出一种难言的内疚。

"尊行，不必着急，我想总会有办法的。"

"是。军座。"

"尊行，那湖上的月光几多妩媚。我们荡一叶小舟去看看如何？"

"军座，湖上风凉……"

"不怕。那年，我们在雪地行军，一走两百里，脚趾都冻僵了，想起来好像就在昨日。"

武一海径直走出亭子，潇洒地走到无边的月光下，仰头一望明月，吟了句："明月几时有？把酒问青天。不知天上宫阙，今夕是何年。"

湖边的一棵柳树下，系着一只小船，小船上搁着双桨。

武一海解开缆绳，晁尊行正要先跳上去，忽然跑来一个卫兵。

"报告参谋长，客厅有人求见。"

晁尊行停住脚步，望了一下武一海，顿了一阵，才说：
"今晚我要陪军座赏月……不会客。"

武一海见状，忙拉住晁尊行，说："你去见了客再来，
我先玩一会儿。"

晁尊行这才说："那也好。失陪。尊行马上就来。"

说完，和卫兵匆匆走了，脚步有些慌乱，走了老远，还
回过头来望了一阵。

就在这一瞬间，武一海惊出了一身冷汗，这空旷的后花
园，这宁静中深藏的不安，他猛地悟出这是怎么一回事。他下
意识地摸了摸腰间，枪没有带！即便带了枪，又有什么用！
在突然发现事态的严重性后，他反而坦然了。于是从容跳上
船，操起双桨，朝湖心划去。

他想起一天中尊行的种种神态——他是等不及了，他要
下手了，但又分明带着许多愧悔与惶怵。刚才，如果不是他
叫尊行去会客——当然，这会客不过是虚掩——尊行是不会
去的，他对他还怀着一些温情，是自己无意中的催促，使尊
行毅然往前走了一大步，把那个决心下了。

这时间合适，这地点合适，只是这"形式"……

船头犁起细细的浪花，每一朵都是如此地晶洁，月光直
泻入船中，似可用手掬起。船很轻，似飘，似飞。

他自小生长在山地，何曾见过这样的情景。后来入了军
旅，战事频繁，实在生发不出吟赏花月的闲情逸致。今晚是

尊行成全了他。

月夜原是这般美丽，美丽得让人把一切皆忘却，继而又生出淡淡的愁来，这愁是因这月夜的美好而催发出来的。于是，他想起许多古人咏月的诗句，"玉鉴琼田三万顷，着我扁舟一叶"，这意境今晚他是领会到了。

他停住桨，舒展身子，躺在船舱里。

不知为什么，他又想起了尊行，尊行是一个将才，有勇有谋，心狠手辣，将来是可以成就一番事业的。这些日子，尊行对他的每一个决策，几乎全是首肯，不多说一句话，让他这老头孤独地筹划军务，以至弄得身心极为劳顿……这小子，有心计！

密匝匝的荷叶中，又有了轻微的响动。

湖上此刻没有风。

他蓦地坐起来，挺立了腰板，悠悠地荡起桨，朝那荷丛划去。

有人等得不耐烦了。何必折磨别人折磨自己呢？

月光倾泻在湖上，渐渐地多渐渐地稠，整个湖在轻轻摇晃，仿佛承受不住这小船的分量。

小船离荷丛越来越近了。那是一片何等深沉的碧绿，粗墨的荷梗交加错杂，分明是一幅大写意丹青。他知道在重重叠叠的暗影后面，有黑洞洞的枪口在等着。

他停住了桨。

何必让那枪子在身上穿过去，那对尊行没有好处，毕竟太让人失望。若是部下互相火并，这支军队岂不全完了？尊行要成就一番功业，没有这支军队是不行的。而且，自己的几个儿子岂肯罢休，一旦结下仇怨，更大的悲剧将等着他的全家……

于是他站起来，整了整衣衫，望着湖水中漂浮的月影，伸出双臂，猛地跃下水去，小船一阵摇晃。湖心激起一个大浪，无数的波纹匆匆推向岸边，击起一层一层的浪花。

武一海不识水性，但感觉到了水的柔软，便轻盈地朝那月亮飞去，飞得那么急速，那么惬意……

第二天，本城的小报上登出消息：军长武一海不幸落水身亡，参谋长晁尊行被推拥述职。

接着，新任军长晁尊行亲自举幡执绋，为武一海举行了规模盛大的公祭，一切费用俱由军部承担。

晁尊行悲恸至极，他跪在棺木前，凄怆地哭喊着"武军长……武军长……"他整个面庞瘦成了狭长状，眼光呆滞。武一海的死震撼了他的整个灵魂，武军长是一个真正的胜利者，为了保全军队及部下的名声，他选择了一种合适的方式去死。在对军队的神圣责任感上，在对世态人事极为冷静的评判上，晁尊行自愧弗如，败得极惨。

武一海下葬后，晁尊行率领营以上军官，到武家去看望武夫人及其子女，并许诺每月奉送大洋三千，作为全家的生活费用。

武夫人呜呜咽咽地哭，感动得说不出一句话来……

唐 琴

在二十世纪三十年代,古城湘潭有一个为数不小的琴人群体。何谓琴人呢?即家有古琴且能弹奏古琴的人。

而古琴,最少要是清代以前的玩意儿,因上有七条弦,又叫"七弦琴"。琴身为狭长形的音箱,长约三尺,琴头略宽于琴尾;面板为桐木、杉木,底板为梓木,当然也有使用楠木、紫檀之类名贵材质的;外侧有用金属、瓷、贝壳制成的圆星点十三个,名曰"琴徽",也叫"徽位";底板开出大小不同的出音孔,谓之"龙池""凤沼"。上年岁的古琴,当然价值不菲。能操琴的人也多是有身份、有财力和有学养的人。

年过花甲的秋一江,就是古城闻名遐迩的琴人。他蓄着一把黑得放亮的长胡子,宽脸、高鼻、浓眉,体量高大,人誉之为"美髯公"。他是个大画家,人物、山水、花鸟俱能,画价每方尺达银圆十块,谁若还价,他一口粗气把胡子吹得飞扬起来,喷出两个梆硬的字:"送客!"

他喜欢弹古琴,也喜欢收藏古琴,林林总总,好几十张。最珍贵的,是唐代雷威所制的"天籁"琴,除了他和家人,别人没这个眼福一观。他常用这张琴,弹奏古曲《高山流水》。可他就没有像高山流水结知音那样的机缘,他认为这世上,可堪入目的人少之又少。

城里有一家老字号"医琴坊"，老板年过五十，叫班师捷，矮而胖，脸肥，嘴阔。班家相传的手艺是修古琴，给琴看病、治病，不就是"医琴"吗？能命出这种店名的人，不俗，也读过些书。这是无疑的。班师捷看过、摸过、修过不少古琴，但家里却无经济实力去收藏古琴；他也懂琴理、乐理，却没有闲工夫去操琴，因此，他不是琴人，只能称为"修琴匠"。

班师捷早听说了唐琴"天籁"，在名人手上历代传承，现在藏在了秋府。他真想看一看，摸一摸。可"天籁"似乎从不出毛病，没送来修过。其实，就算"天籁"要修，秋一江也会送到省城长沙去，他认为本地的修琴匠，没这个能耐！

终于，班师捷忍耐不住了，小心翼翼地去叩访秋府，虔诚地说明来意。

秋一江既不让客人落座，也不泡茶、递烟，仰天哈哈大笑后，问："你是开'医琴坊'的？"

"是。"

"好高雅的名字！可我这里无琴可医。"

"我只想看看'天籁'。"

"唐琴如稀世美人，能让你这个俗人看吗？送客！"

班师捷一张脸都气白了，这真是奇耻大辱，掉头便匆匆而去。

客人走了，秋一江在客厅里笑了好一阵，觉得心里很痛快。然后，走进了他命名和题匾的"琴巢"，这是他储琴和弹琴的房间，很宽敞，很明亮。墙上挂着一排排古琴，房中央摆着黄花梨木的清代琴案和圈椅，琴案一端搁着一只明代的铜香炉。

他点燃一支檀香，插在香炉里，再从一个大书柜里取出一个楠木琴匣。他打开琴匣，小心地搬出"天籁"琴，放到琴案上。然后坐下来，弹《高山流水》一曲。

琴声一响，所有房间里的声音都静寂了。他的夫人正在佛堂，刚才还在轻敲木鱼细声念经，忙停住木槌闭住嘴。厨房里的用人，洗菜不敢弄响水盆，切菜不敢惊动刀砧。

这是秋府的规矩。

弹完了《高山流水》，秋一江走出"琴巢"，兴致勃勃地进了画室。

宣纸早铺好了，墨、色早备下了。他拎起一支大笔，略一思索，便急速地画起来。勾完了线，再敷色，画的是他自己——他坐在庭院中的花树间，弹着"天籁"琴。画题是《斯人独寂寥》。

夫人不知什么时候进了画室，站在画案边，忍不住轻轻地说："可怜、可惜、可叹。"

秋一江搁下笔，板着脸问："你说什么？"

夫人微微一笑，说："可怜你知音难觅，可惜你明理太少，可叹你矜狂忤人。"

"我做错了什么，你这样愤愤不平？"

"一江，刚才班师捷想看看'天籁'琴，你何必粗言粗语以拒？有必要得罪人家吗？'老吾老以及人之老，幼吾幼以及人之幼。'人活世上，图的是一个'和'字。"

秋一江猛地拿起大笔，蘸饱了墨水，在刚画好的《斯人独寂寥》上，狠狠地胡涂乱抹，还要这画做什么，毁了！

夫人默默地走出了画室。

古城的一份小报上，忽然刊出署名"鉴伪"的文章，题目为：《秋一江的"天籁"琴应为赝品》。洋洋洒洒四千来字的文章说得有根有据："唐代雷威所制的琴，底板多用楸梓，而楸梓之色是微紫黑，锯开可见。而这张'天籁'琴，底板显然用的是黄心梓，其木中心之色应该偏黄，这就不是唐人所讲究的格局……"

秋一江很快就读到了这篇文章，气得在家里暴跳如雷，这不是羞辱他吗？

"我的祖上瞎眼了，会买回不是唐琴的唐琴？！这个借名'鉴伪'的人，真是混账透顶！这口气，我怎么咽得下去！"

秋一江第一次屈尊给琴人们发了请帖，约定日期，在雨湖公园的"云霞阁"聚会，他要当众出示"天籁"古琴，并当场验证真伪，以正视听。

那是个初夏的上午，不少人——琴人和非琴人，都来到了古香古色的"云霞阁"。这是古城的盛事，谁不想一睹为快？

当聘请的木匠当众把"天籁"琴剖开，然后撬开琴的底板，再横里锯开时，大家发现，的的确确，真真切切，楸梓的木色发黑泛紫，谁说它不是唐琴！

秋一江脸色一下子好转了，捋了捋胡子，放声大笑。笑到高潮处，忽然戛然而止，脊背上立即沁出了冷汗。这唐琴就这么毁了？为了一篇胡猜乱说的文章，为了他家和自己高贵的面子，居然愚蠢到当众锯琴以作求证！

秋一江再看了看在场的人，独不见"医琴坊"的老板班师捷。这个人不是要看"天籁"琴吗？他应该是早知消息的，怎么没来？在这一刹那，秋一江似乎明白了什么。

过了几天，秋一江携破琴去了长沙，找了好几家修琴店，口径何其一致，都说"无力回天"！

回到家里，秋一江惆怅了多日，埋怨了多日，愤怒了多日。

夫人说："不是有家'医琴坊'吗？也许这个班师捷有绝招可医。"

"找他，呸！"秋一江冲口而出，然后又放缓声调，"我……去……试试看。"

秋一江轻装简从，携琴去了"医琴坊"。

当时的情景怎样，彼此间说了些什么，没有人看见或听见。

但两个月后，唐琴"天籁"伤好复原，安安然然地回到了秋府。而且，秋一江和班师捷，此后成了来往频繁的朋友。

班师捷常在一天的劳作之余，趁夜色去秋府拜访。

"师捷老弟，请到'琴巢'品茶。"

"谢谢，一江兄。"

"品茶后，我给你弹《高山流水》，如何？"

"我就爱听这支曲子。"

紫绡帘

长久以来，高府的长子高琪都嗅到一种死亡的气息。这气息弥漫在庭院、廊厅各处，使他疑窦丛生，并产生深重的恐惧。

他常在黄昏时，站在歇凉的晒台上，俯瞰层层叠压的褐黑屋顶，觉得那些屋顶下深藏着许多不为人知的秘密，那些秘密郁积着血腥的厚重颜色。他同时又为这些莫名其妙的想法而自责，父亲高老太爷年过八十，不是活得挺好的吗？高府上下也是一派祥和的气象，哪里有半点关于死亡的痕迹呢？但他却实实在在地嗅到了死亡的气息，他无法用语言描述这种气息来自何处，以及它的颜色和浓度。他完全是凭感觉，感觉无法用理性抹去。

高琪端着本月的账本以及一沓银票，穿过长廊到后院去。他每月月底照例去向父亲禀告钱庄的情况。除此之外，父亲再不接见他和他的二弟、三弟。六年了。

六年前，他的满弟高玖突然提出要去留洋，一去便再无消息。高老太爷不知是过于伤心还是过于淡漠，从此便不出后院的大门，只是每月分别接见高琪和他的弟弟高琛、高环。接见是在高老太爷的光线暗淡的卧室里，一年四季卧室中间都挂着一道紫绡帘，朦朦胧胧可见蓄着长髯的高老太爷坐在紫绡帘那边的一把太师椅上，旁边站着他年轻的姨太太凤珠，很袅娜的样子。帘幕两侧分立着两个威风凛凛的保镖，腰间别着短刀。

高琪和他的两个弟弟每次去晋见，总觉得寒气森森。隔着帘幕，他们看见父亲的面容很模糊，紫色使得房间充满诡谲的气氛。高琪无数次为那道紫绡帘而难过。他想倘若没有这道帘子，他可以看清父亲的白发添了多少，额头的皱纹是否加深。父亲也可以看看儿子们渐老的身姿。每次，他端着的账本和银票，都由保镖接过，从帘子一侧呈给凤珠，凤珠再递给高老太爷。再由凤珠问话，高琪一一作答。高琪不明白父亲为什么不说话，言语变得如此金贵。但他感觉到凤珠和父亲目光时有交接，很温柔很惬意。然后，他退出卧室，飞快地逃离后院。后院的门便关了。

六年来，高府由衰微之状逐渐地兴旺发达起来，这一点，高琪和高琛、高环都觉得十分怪异。高老大爷突然变得睿智起来，发出了一道道指令，诸如变卖乡下的大多数田产和房产，在城中开起了钱庄和化工厂、绸厂，让他们兄弟三人分别管理。

高琪想：假若满弟高玖不留洋，父亲还会办一个什么实业呢？他们四兄弟中，数满弟最聪明最有魄力。凤珠就多次赞扬过高玖，说他又英俊又干练，最讨女人喜欢。

可惜，高玖走了。高老太爷因失去满儿子，突然变得衰老，变得怕死，后院的围墙加高，添了保镖，连会见儿子们都如此戒备森严。

只有凤珠越变越年轻，笑得非常俏丽，一身都是风情。

她比高老太爷整整小了四十五岁。

高琪站在后院的厚重的院门前。院门是漆黑的，上面的虎头铜环闪闪发亮，绝似一张巨大的黑脸上嵌着的两只大眼睛，使他不寒而栗。他知道院门后站着人，只要咳一声，院门便会轰然而开的。

高琪在闲暇时，或者到打靶场去玩枪，或者约高琛和高环到某座僻静处的酒楼聊天。

高琪一边喝酒，一边说："满弟怎么没一点消息呢？"

高琛、高环只是点头，说："是啊，是啊。"

高琪又说："爹好像很懂得经营，什么都瞒不过他，每月的账目他都要看。年纪这样大了却越发睿智，是我们的福气。"

"是啊，是啊。"

兄弟们酒足饭饱之后，便各回自己的家里去。他们都住在高家的大庭院里，只是自成格局。

高琪回到家里，觉得很悲哀。

他总是嗅到一种死亡的气息，浓浓地熏染着高府，使他很窒息很郁闷。

他使劲地"咳"了一声。

院门开了，两个家仆谄笑着请安："大公子，请！"

随即院门又关了。

高琪嘴角叼着一丝冷笑。

上月的这一天，高琪来见高老太爷，远远地站在紫绡帘前，突然问道："爹，你想满弟吗？我们好想他。"

高琪隐隐见高老太爷的嘴角动了动，好像想说什么，站在旁边的凤珠，偷偷伸出一只穿红软缎鞋的小脚，碰了碰高老太爷的脚，然后说："你父亲常念叨玖儿，怎么连个音讯都没有，他在海外一个人快活，忘了我们了。"凤珠伸出的那只脚，红红的如一瓣莲花，给高琪的印象极深。当然是一个很轻佻的印象。

高琪一步一步走向高老太爷的卧室。他的脚步比往常要从容得多。他知道有一个秘密即将露底，因而他的心跳得烈烈的。

他又站在紫绡帘前了。

"爹，儿子向您请安。"

凤珠说："大公子好。"

高琪说："爹越来越健旺，真是我们的福气。"

凤珠笑了："也是我的福气。"

一个保镖走过来，接过账本和银票，从帘幕一侧走进去，递给凤珠。

就在这一刻，高琪大喝一声："满弟别来无恙？"

话音未落，高琪从怀里掏出手枪。枪声响了。

紫绡帘立即撕开一个洞口，周围染着一圈烟痕，帘子惊恐地晃动。

太师椅上栽下了一个人。栽倒的那一个瞬间，他用手扯落了整把的长髯。

凤珠疯叫起来，面色苍白如纸。

高琪吼道："谁也不要动！我在外面已布置好了人，谁动谁死！都听我的安排！"

卧室里一时静若坟场。

三天后，高府开始向各处发丧：高老太爷不幸因病辞世。

凤珠抽抽噎噎传出话来："老太爷临终前嘱咐尽快入棺入土，他不想让任何人看他的遗体。"

高琪说："既是父亲的意思，就遵照他的话办。"

高琛和高环浑然不知地哭得死去活来。

所有的眷属都跟着哭号。

凤珠拍棺恸号，一双着白素鞋的小脚不停地跺着方砖地面。

高琪看着这双小脚，心头漫上一片暖意。但随即眉头一跳，默念道："爹，你泉下有知，就放心吧。高玖弑父而诱后母，这个孽障总算是除了！"

"高老太爷"的丧事轰动了全城，那种排场无人可及。

高琪搬进了后院。原先的保镖出出进进都跟着他，一个个忠心耿耿。

三个月后，凤珠忽然将高氏三兄弟请到面前，说她要随老太爷去，免得他在阴间太冷寂。接着便服毒自尽了。

"这是这月的账本和所赚的银票，请查验。"

高琛、高环很感动。

高琪铁青着脸，眉藏杀气，逼视着凤珠将一碗酽酽的药汁喝了个底朝天。

高琪的儿子做了钱庄的大掌柜。

高琛、高环每月一次来向高琪禀告厂子运行的情况。高琪在大厅堂里查验账本和银票。

　　高府在城中依旧很风光。

　　高琪时常在夜深人静时，看见他爹、他的弟弟高玖和凤珠单薄而模糊的影子，在高府各处飘荡，并可听见他们相互间的叱骂之声。随即那些影子浸满了猩红的血，死亡的气息从四面八方向他扑过来，他慌忙逃进卧室。卧室的中央拉上了一道紫绡帘，帘子两侧各站一名保镖……

审 世

当年近五十但仍被人尊称为"傅少爷"的傅如山，在最后一张木板刻印的卖契上，签下自己的大名时，他是名副其实地一无所有了。

不到十年工夫，城中一百多处房产，近四十家店铺，还有家中窖藏的几坛金银，以及乡下的千亩良田，就这么化为乌有了！他没有任何沮丧的表情，轻松地摊了摊手，然后很肆意地大笑起来。

赌桌上的其他几个人，都是与他朝夕相守的挚友，一时惊住了，这傅少爷是不是疯了？

他不能不疯！所有的家产都没有了，家在十年前就没有了——他有一个妻子，两个女儿，十年前他给了她们一大笔财产，由法院判定和和气气地离了婚，此后他只是一个人过日子。

一个人过日子的所有目的，就是尽快耗尽这份太多的财富。但他一不讨小，二不嫖妓，三不吸毒。一个人，在古城湘潭，便依旧被人称作"傅少爷"，他喜欢"少爷"这个称呼。

傅如山笑毕，然后说："总算完了，完了，我也就心安了！"

他是真正的心平气和。他恨这一份家业，罪恶累累啊。祖上聚积这么多财富，一是靠贩卖鸦片，二是靠兴办妓院，三是靠广立当铺。这些生意不仅仅在湘潭做，两广两湖都有傅家的"幽魂"徘徊。

他自小受过良好的教育，私塾、新式的学堂，都进过，能作诗、画画、下棋、唱戏，才华横溢。后来又由父母做主，娶了一个绝色的仕宦闺秀为妻。钱呢，那是十辈子也用不完的。

故许多人又称他为"傅三国"——富可敌国，文可华国，妻可倾国。但当他明白事理后，便有了一种深深的罪恶感，这些钱来得不干净！他三十九岁时，父母相继亡故，他成了傅家的主事人，办完丧事，便与妻女分了手，一门心思将这些产业耗尽。

自然是要做一些好事的，赈灾、办孤儿院、施药、施寒衣……更多的时候，是惊世骇俗地胡闹：春和景明，登上城中的高塔，将打成的薄金箔，随风散之，叫作"满城无处不飞金"；杨梅熟时，买来数百筐，捣成浆汁，倒入园林中的小溪，溪水殷红顺流而下经过三街六巷，市人争掬之品尝。

他如此豪奢，身边便有了许多"朋友"。这些"朋友"千方百计地设套让他乱花钱：敦促他买假古玩，用的却是真古玩的价码；设下赌局，合起心思让他一个人输；毫无理由地在城中有名的酒楼铺设酒宴……傅如山并不糊涂，却装成一点也没觉察，他欣赏他们的做法，这些人于中牟利，一步一步自陷罪孽的深渊，那是自找！

他甚至嫌写房产、田地的卖契太麻烦，命人将木板刻印成书面卖契，例用文字全部印好，只空着房产、田地的地点、数字、价格，揣在怀中，随用随填，方便极了。

王三说："傅少爷，我给您退一处安身的房产吧。"

李九说："我匀些钱给你……"

韩二说："您到我那里去住吧。"

……

傅如山冷冷一笑："不必！城中觉慧寺我捐过不少功德钱，那里清净，我自有佛门关照。诸位放心，我虽一文不名了，但一不向诸位借贷，或者索要什么；二不与老妻纠缠，我们已无任何关系；三不麻烦任何亲友。只有一点，我待闷了，到各家走走，喝口茶，聊聊天，你们大概不会拒绝吧？"

说完，傅如山向在场的人拱拱手，轻轻一句："造孽钱是拿不得的，拿了就没个安生日子过了。"然后，昂起头，潇潇洒洒地走出赌场，径直朝觉慧寺而去。

所有的人呆若木鸡。

傅如山成了一个带发修行的居士，吃、住都在寺里。隔三岔五，他会去叩访过去与他日夜厮守的旧友，一般都在晚上，不叩扰人家的饭菜，只需一杯清茶。

"王三，那回你带我去买古玩，那个宣德炉开价五千大洋，其实是假的，也就值个一二十元，你得了多少好处，我心里明白。"……

"李九，我那个庭院，在兰布街雨湖边的，哪里只值三千元？"……

"韩二，你那骰子是灌了铅的，有一晚你净赢八千，好手段！"……

傅如山的每一次造访，都心平气和，但都使对方心惊胆战，脸色发白。

傅如山充满着一种审世的快感和悲天悯人的气质，这使许多人产生了由衷的恐惧和愤懑。他每次只讲一件事，讲完了就飘然而去。

这十年来，他有多少事记在心里，这不是不让人活了吗？傅如山真成了阎罗殿的恶煞了。

有一天早晨，人们发现傅如山死在通向觉慧寺的路上，是被人勒死的。

是谁夜里下的毒手呢？不知道。

砒　霜

在古城，于济之是个有名的中医。他出名很早，二十岁出头名气就很大了。

他家世代为医，于济之七岁就在父亲的督教下，开始识别药草，研习汤头歌诀。到十二三岁就随着父亲一起出诊，先由他望、闻、问、切，父亲再复诊一遍，然后边开处方边对他讲解用药的奥妙。晚上在灯光下，父亲再让他把白日所见识的病状、所下的处方，通过回忆一一记录下来，他往往可以记录得丝毫不差。

苦学苦练，寒暑不断，于济之十八岁就单独出诊了。父亲年纪也大了，在家看门诊，免去奔波之劳。

使于济之名声大振的是他治好了一个稀奇的病例，而且处方中用了四钱砒霜。

砒霜可是毒药啊，于济之却用了，分量又如此重！

患者是乡下的一个农民，腆着很大很大的肚子来到了于家。那时于济之的父亲已经去世了。于济之正在庭院里浇花，一盆盆兰草长得挺秀丽。他放下水壶，把一身风尘的农民让到客厅里，泡茶，递烟，然后闲聊。再切脉，寸、关、节，细细揣摩，说："你回家好好养息一个月再来，吃点好东西。"农民满脸凄惶，掉下一泡泪来。

于济之明白了他的苦处，便送了他几块光洋。"放心，这病我可以诊的。"于济之送出门时，又安慰说。

一个月后，那个农民又来了。于济之让他住在家里，静观了几天，然后下了一处方，内有四钱砒霜！他亲自去药店买药，亲自下厨熬药，看着病人把药喝下去。一个时辰后，病人肚腹剧痛，在地上翻滚，接着上吐下泻，吐的是淤血，泻的是一种红头小虫，弄得满屋狼藉。

于济之和妻子安置好昏迷过去的病人，再清扫脏物。病人醒过来时，轻松多了，再灌下第二道药汤，又上吐下泻，病人再度昏迷过去。

于济之切了切脉，说："成了！"

病人的大肚子凹了下去，又在于家养息几日，欢天喜地地回家去了。

于济之有了一个雅号：于砒霜。这绝无贬义，表示同行对他敢下这味药的钦佩。古代诗人词人因某句诗词写得好而得雅号的例子有很多，如写愁苦而用了"梅子黄时雨"的"贺梅子"，以及"张三影"之类。

于济之活人多矣。

解放了，古城有了中医院，于济之虽是党外人士，因医术高，医德好，便当了副院长。党支部书记兼院长是一个转业干部，叫伍大胜。伍大胜在部队当过卫生员，工作勤勤恳恳，只是作风有些简单。他对中医持怀疑态度，觉得没有西医科学，他有病就去看西医，但他从不表露出来。

"大鸣大放"的时候，伍大胜奉命召开座谈会，请大家给党提意见。于济之自然参加了，他从心底里认为共产党好，社会主义好，没有什么意见可提。其他人也是这么说。伍大胜显得有些焦躁，他这些日子一直带病工作，脸色很不好。

于济之突然说："伍书记，你有大病，别不相信中医！"

伍大胜一张脸涨得通红，说："你的意思是共产党不懂中医？"说完，一扬手走了。

不久，于济之成了"右派"。

伍大胜真的病了，西医看了不少，总不见起色，瘦得只剩下一副骨架子。

于济之找上门去，说："伍书记，让我试试。"

伍大胜沉默不语，伍妻却说："于大夫，你开处方吧！你是个好人。"

几剂药后，伍大胜的病情大有好转。

伍大胜说："于大夫，我好糊涂。"

于济之连忙摇摇手："别说了，别说了。"

于济之虽当了"右派"，但没有失去他的副院长职务。这与伍大胜的奔走有关。伍大胜向上级反复说明于济之认错态度好，知错就改，医德、医术都佳，留任可以体现党的团结政策。

在以后的日子里，于济之和伍大胜成了很默契的朋友，虽说表面平平常常的，但彼此在心里都很敬重对方。伍大胜在业余开始钻研中医理论，在两人单独相处时，虚心地请于济之释疑解惑。这种情形似乎为上级所觉察，伍大胜居然再没有被提拔，"困"在中医院了，但他不后悔。他觉得和于济之共事，学到不少东西，于心足矣。

到了"文化大革命"期间，于济之和伍大胜都成了"走资派"，但于济之还多一份"殊荣"——"反动学术权威"。白天参加劳动，夜晚接受批判，于济之心绪很坏。他想不通的是那个"于砒霜"的雅号，居然成了要毒死无产阶级的公开宣战，因此身上落下许多伤痕。

于济之病了。

他给自己开了处方，内有一味药——砒霜，而且是四钱！

他对伍大胜说："我内毒攻心，须以毒攻毒，麻烦你去药柜配药来。"

伍大胜一看处方就明白是怎么一回事，他说："我去配药。"

他悄悄告诉司药员，将砒霜换成滑石粉，用纱布扎好，结了个死结（凡粉状药物，熬煮前必用纱布扎成一团），放在其他药中间。然后拎着一纸包中药来到于家。

这是个阴雨绵绵的日子。

于济之让妻子去熬药，熬好了药，迫不及待地喝下去。

伍大胜一直坐在客厅里，跟于济之有一搭没一搭地说着话。

一个时辰过去了，于济之没有任何感觉，只是出了一身大汗，他疑惑地看着伍大胜。

伍大胜走过来，说："于老，砒霜我换成滑石粉了。你好糊涂，怎么想走绝路！这日子长不了，好多人都等着找你看病呢，你这么好的医术带到土眼里去？"

于济之大哭起来。

于济之活了下来。

"文革"后的第一件事，于济之与伍大胜商议，在中医院办了一个中医理论研讨班，每晚七点至十点，由于济之和院里的老中医讲课，学员来自城中各处。

第一堂课，于济之讲的是"关于砒霜在处方中的运用原理"。

坐在第一排的有伍大胜，戴着老花镜，认真地做着笔记。

酒　龙

1944 年 6 月 15 日上午十一点，率部驻守在古城湘潭小东门的第五团团长龙子雄突然接到沈翼云师长的电话，师长让他速去师部。

这天上午的阳光特别明亮，龙子雄从文昌阁里的团部走出来时，微微眯了眯眼睛，并在腮帮子上使劲抹了一把，仿佛要抹掉沾在上面的很稠的阳光。他高喊一声："勤务兵，备马！"

昨天才开的军务会议，沈师长怎么又找他去呢？长沙已被日军攻陷，敌焰已逼湘潭城下，大仗、小仗已经打了不少了，他们团所驻守的小东门岿然不动，如铁打钢铸一般，但伤亡很多。他隐隐觉得这城是迟早会被攻破的，援军迟迟不到，师长已命令全体将士与古城共存亡。大丈夫为国捐躯，死又何惜？！

龙子雄已经三十岁了，无家无业，一点牵挂也没有。这辈子不嫖不赌，唯一的癖好就是喝酒，酒量又好得惊人，一斤白酒可以一口气灌下去，因此，他得了个外号——酒龙。他喜欢这个外号，古人说，"唯有酒能欺雪意，增豪气"。凡是英雄好汉没有不好酒的。比如说师长沈翼云，他就很佩服。人家是黄埔八期学生，没有什么后台，就靠在战火中出出入入，提着脑袋拼命，才得了这个官的，而且酒量大，一杯一杯，面无怯色。想到酒，龙子雄喉咙痒痒的了，多少日子他都没抿过一口酒，因为师长下了道军令，严禁喝酒，以免贻误战机，凡饮酒者，斩！

年轻的勤务兵，将一匹墨黑如炭的战马牵过来，龙子雄飞身上马，说："卫兵都留下，我快去快回。"说毕，双腿一夹马肚，马便如一个黑色的浪头，飞奔而去。

师部设在古城中心的平政街关圣殿内，那是一座很恢宏的庙宇，离小东门不过十里之遥。龙子雄的马一进入城区，便放慢了速度，他觉得不必搅得街市惊慌失措。在马上，龙子雄又想起了他和沈师长"斗酒"，真是太有意思了。

1942年元月，长沙第二次大会战，我军与日军进行了一场激战。那一份惊天动地，至今龙子雄仍觉激荡心胸。那时，他在另一个师的七团三营当营长。团长是吴师长的堂弟，大捷后，上级发放赏银，团长扣发了大部分落入私囊，每个士兵仅得三块光洋。在发放赏银的会上，龙子雄在灌过一瓶白酒后，冲上去把团长揍了一顿，有卫兵想上前干预，他掏出双枪，吼道："谁上来，我就打死谁！"然后，掏出口袋中的几块光洋，猛地掷向空中，双枪迎射，一弹一个，一片叮当的响声，士兵们欢呼起来。吴师长听后大怒，下令将其枪毙。

那时，沈翼云师与他们师相邻而驻。

龙子雄喝酒在本师是没有对手的。沈翼云师长善饮的传闻他倒听了不少，可惜一直无缘在一起"斗酒"。

当吴师长当着所有军官的面，对龙子雄说："我念你跟随我多年，屡立战功，但今日触犯军法，死罪难免，你有什么要求只管提。"

龙子雄被五花大绑，却面不改色，说："我别无他求，只是听说沈师长酒量惊人，我心不服，想和他比个高下，请成全。"

所有的人都忍不住笑起来：人都要死了，还要"斗酒"。

吴师长有些为难，但随即说："我会去和沈师长商量。假如，他不愿与你'斗酒'呢？"

"一个要死去的人，想他不至于如此冷漠。"

想不到，沈师长一口就应允了。

沈师长说："龙营长，我也早闻你的酒名，今日更是佩服，死都不惜，却如此爱惜酒名，乃英雄气概。这顿酒由我做东，专喝茅台，地点选在长沙城的天心阁，如何？"

龙子雄说："好。"

在天心阁的一个亭子里，略备几样下酒菜（因为只是佐酒），却在桌上一字排开六瓶茅台酒，又选出两个斟酒的副官，两个公裁人，以及许多证人，吴师长和团一级长官皆在。

沈师长和龙子雄面前，各放一个可盛半斤酒的小海碗。

"沈师长，我们先喝三碗，如何？"

"行！"

咕噜、咕噜、咕噜……

三碗酒下了肚。

饮到第五碗时，沈师长趔趔趄趄站起来，说："龙营长，我输了。酒力不胜，甘拜下风。"

龙子雄也站起来，将第六碗酒一口倒进嘴里，哈哈大笑，说："我已经无憾事了，请送我上路。"

沈师长离开桌子，走到吴师长面前，深鞠一躬，说："念我们是黄埔同窗，请给我一个面子，龙营长犯上，理当严惩。念国难当头，将才难求，免去死罪，让他戴罪杀敌。我平生以无相敌酒友为憾事，请割爱调入我师遣用。令弟之医药费用由我补偿，明日我在酒楼设宴，宴请师长、令弟及贵师长官，让龙营长赔礼致歉，如何？"

吴师长犹豫了一下，到底却不过情面，一口应允了。

以后呢，龙子雄在沈师长手下，和日军打过几次大仗，身先士卒，出生入死，遂被提拔为团长。闲暇时，沈师长总邀龙子雄同饮，杯对杯，碗对碗，从没有分出过高下。龙子雄便明白，天心阁"斗酒"，沈师长是谦让了，以便在"醉态"中说出那番话来，酒中戏言，令吴师长不好拒绝。于是，他对沈师长的敬佩又增了几分。

龙子雄在关圣殿门口跳下马，把缰绳递给前来迎接的勤务兵，便疾步走入大殿边师长的会客室。

沈师长笑吟吟地把他拉入会客室后的一间休息室里，那里摆着一桌酒菜，茅台酒的瓶盖已打开，满室飘香。

"子雄，哦，酒龙，这么多日子没喝酒，渴坏了吧？"

龙子雄一愣，然后说："师长有命令，我一直不敢沾酒。"

"我知道。来，坐下。我只喝茶，你可以喝酒。我下的命令，我当自律，但我特许你喝一顿酒。也许，我们……以后没有机会在一起喝酒了。"

龙子雄说："师长，我知道你很难，外无援兵，内缺粮草弹药，好在老百姓先疏散走了。你放心，我会守住小东门的，直到最后一口气。"

"谢谢。"

龙子雄提过酒瓶，放在鼻子边嗅了又嗅，说："真是好酒。"然后，把盖子塞紧，又说，"师长，我现在不能喝，军令如山，我不能违反，谢谢你的厚爱。但请把这瓶酒送给我，等守住了城，我们再一起喝。"

沈师长说："好！一言为定。"

龙子雄站起来，立正，敬礼，然后抱起酒瓶，走了。

1944年6月17日凌晨，日军对古城湘潭进行了疯狂的攻击，到处是枪炮声、厮杀声，到处是血肉模糊的尸体。

在小东门的战壕里，龙子雄头部、臂部多处负伤，一身是血，他的脚边却搁着一瓶茅台酒。士兵们看见他在战斗的间隙，打开瓶盖，嗅一阵，再盖上盖子，一口酒也没有喝。

上午八点，师部来电话，说，沈师长亲临城西石子礅战地督阵，敌开炮轰炸，犹从容沉着，不肯躲避，不幸阵亡！

龙子雄听罢，一甩电话，呜呜地哭了。

哭罢，打开瓶盖，将半瓶酒洒在战壕里祭奠沈师长，边洒边说："沈师长，沈师长，今生今世我们再不能在一起喝酒了……"

他把剩下的半瓶酒放在脚边，然后，操起一挺机枪疯狂地向进攻的日寇射击，只打得枪管发烫生烟。

子弹没有了，士兵几乎全部阵亡。

日寇唔呀唔呀地号着，端着雪亮的刺刀冲上来。

龙子雄拉开最后一颗手榴弹，抓起那半瓶酒，跃上战壕。他一边仰脖喝着酒，一边举着冒烟的手榴弹，迎着日军走去……

　　后来，一个负重伤的士兵死里逃生，叙述了他最后目击的那悲壮的一幕。但他在叙述中，反复强调的一句是："嘻，那个白瓷酒瓶，在太阳下放出一种刺目的光亮，我都闻到了一股很浓的酒香，'酒龙'名不虚传。"

面人雷

古城湘潭的火车站设在郊外，是早几年新建的，很大很气派。特别是候车大楼前面的那个广场，一个篷摊连一个篷摊，卖水果，卖日用百货，卖旅游纪念品，卖小吃，卖书报，吆喝声此起彼伏。篷摊是公家统一做的，不锈钢支架，五颜六色的塑料平瓦，然后出租给摊主。还有一些临时地摊，每天只收两元钱卫生费，摊主大多是一些走江湖的人，快速刻图章的、练武卖膏药的、唱地花鼓的、剪像的……这类人流动性大，短的待三五天，也有长年在此的，比如"面人雷"。

"面人雷"，当然姓雷，但叫什么名字，谁也不清楚。他是吃捏面人这碗饭的，北地口音，六十来岁的样子，骨骼清奇，黄面短须，双眼特别锐亮，像鹰眼，有点冷。他在这个广场捏面人差不多有一年了，住得离这里也不远，租了间农家单独的土砖屋——以前是放农具和杂物的。

捏面人，在清代称之为"捏粉人""捏江米人"。所用的原料是江米面，掺入防腐防虫的药剂，蒸熟后分别拌上红、绿、黄、黑等颜料，然后用湿布包好，以便使用时不干燥。捏面人除用手之外，还借助一些特别的工具：小竹片、小剪刀、细铁签。捏面人分为两种：一是专捏那些《三国演义》《水浒传》《西游记》中的人物，捏好了摆着等顾客来买；一种是对着活人捏像，捏谁像谁。后一种是顶尖的绝技，"面人雷"操此技久矣。

只要不下雨不落雪，"面人雷"就会准时出来设摊。他的行头很简单：一个可收可放的小支架，上面挂着一个纸板，正中写着"面人雷"三个大字，两边各写一行小字，"为真人捏像，继绝技传家"。再就是一个小木箱，里面放着捏面人的原料和工具。他捏面人很快，顾客站个十来分钟就行了，称得上是立等可取。顾客满意了，给十块钱；觉得不像，他不取分文，而且立刻毁掉，再不重捏——这样的情景似乎从没出现过。他捏面人，先是几个手指翻飞，霎时便成型，再用小竹片、小剪刀和细铁签修一修，无不形神毕肖。

世人能欣赏这玩意儿的，并不多。空闲时，"面人雷"会安静地坐下来，手里拿着面粉，两只眼睛左瞄右瞅，专捏那些有特点的人物。真正有特点的人物是那些"老江湖"：算命测字的"半仙"、耍解卖艺的赤膊汉子、硬讨善要的乞丐、打锣耍猴的人……当然，他也捏那些在广场游荡趁机作案的小偷，江湖上称这类人为"青插"；专弄"碰瓷"的骗子，手里拎着瓶假名酒，寻机让人碰落摔碎，然后"索赔"……捏好了，悄然放入木箱，秘不示人。

这么大的广场，这么大的人流量，各类案子总是会发生的。

负责车站治安的铁路警察，常会秘密地把"面人雷"找去，请他帮忙破案。

"面人雷"会把那些涉案疑犯的面人拿出来，冷冷地说："你们只管抓就是，错不了。"

他们知道"面人雷"是靠这门手艺吃饭的，便要按人头给钱。"面人雷"说："这算我的义务，免了！只是……请你们保密，给我留碗饭吃。"

小偷抓了，"碰瓷"的抓了。那些面人捏得太像了，一抓一个准。

那是个秋天的深夜，无星无月，风飒飒地刮着。

"面人雷"睡得正香，门闩被拨开了。屋里突然亮起灯，被子被猛地掀开，三条大汉把"面人雷"揪了起来。

"面人雷"立刻明白是怎么一回事了。他很镇静，说："下排琴，总得让我穿上挂洒、登空子，戴上顶笼，摆丢子冷人哩。"

"面人雷"说的是"春点"，也就是江湖上的隐语，翻译过来为："兄弟，总得让我穿上衣服、裤子，戴上帽子，风冷人哩。"

其中一个年纪较大的汉子，脸上有颗肉痣，说："上排琴（老哥），是你把我们出卖给了冷子点（官家），你应该懂规矩，今晚得用青子（刀）做了你！"

对方掺杂着说"春点"，气氛也就有些缓和。"面人雷"笑了笑，也不绕弯子了："兄弟，你们误会了，谁使的绊子呢？"

"老哥，没有不透风的墙，你老老实实跟我们出门走一趟。"

"我一把年纪了，死也不足惜。兄弟，我捏了一辈子的面人，让我最后为自己捏一个吧，给老家的儿孙留个念想。

不过一会儿工夫，误不了你们的事。也不必担心一个年老力衰的人，还能把你们怎么样。"

他们同意了。

"面人雷"打量了他们几眼，说："谢谢。"然后便拿出一大团面粉和工具，坐在桌前，对着一个有支架的小镜子捏起来。

三个人坐到一边去，抽着烟，小声地说着话。他们知道这个老江湖懂规矩，因此他们也做到仁至义尽。

"面人雷"很快就捏好了，是他的一个立像，有三寸来高，右手拿着小竹片，左手握拳。然后在底座边刻上一行字："手中有乾坤。'面人雷'自捏像。"

那三个人拿着面人轮流看了看，随手摆在桌子上。

"面人雷"说："兄弟，我随你们去走一趟，也算我们缘分不浅。"

夜很深也很暗，一行人急速远去。

两天后，在二十里外的一条深渠里，发现了"面人雷"的尸体，脖子上有深深的刀痕。

人命关天，公安局的调查雷厉风行地开展起来，很快就知道了死者是"面人雷"，很快就找到了他的住处。在现场勘查时，找到了床铺垫被下一沓汇款存根和几封家信，还有桌子上那个栩栩如生的面人。现在要寻找的是杀人凶犯，但几乎没有什么线索。

公安局刑侦队队长，是个年轻人，业余喜欢搞雕塑。他把"面人雷"的自捏像放在办公桌上，关起门看了整整一天。

他发现那支形如利刀的小竹片，尖端正对着那只握着的拳头，而那拳头从比例上看略显硕大，似乎握着什么东西。"手中有乾坤"这几个字，也应是一种暗示。他小心地掰开了那个拳头，在掌心里发现了几个极小的面人！在放大镜下一看，眉眼无不清晰，那个脸上有颗肉痣的汉子，是个黑道上的头目，曾因诈骗坐过牢。"面人雷"在临死前，给这几个家伙捏了像，堪称大智大勇，不能不让人佩服！

这几个疑犯很快就被抓捕归案。

追认"面人雷"为烈士的报告也随即批复下来了。

追悼会开得非常隆重，正面墙上挂着"面人雷"的遗像——那尊自捏面人的放大照片。

挽联是这样写的：

　　手中有乾坤，小技大道；
　　心中明善恶，虽死犹生。

珠光宝气

北阙云从公家的文物商店退休十年了，满打满算，已是古稀之人。只可惜老伴五年前过世了，而儿子早去了太平洋彼岸，找了个洋媳妇，生了个中美结合的男孩，他的日子自然过得有些落寞。

好在他身体瘦健，也没什么要紧的病。他试着去美国探亲，可听不懂洋话，看不懂电视，真比坐牢还难受。"梁园虽好，不是久留之地"，他赶忙回到了这座江南的古城。儿子儿媳很通情达理，劝他找个老伴，如果钱不够花，不用发愁，他们会每月补贴些。

北阙云动心思了。半夜里醒来，连个说话的人也没有，到底不是个办法，是该找个伴了。他开始像警犬一样，注意起周围的动向。他发现他住的这个社区，还有邻边的几个社区，每天清早都有不少老头老太太在锻炼身体。从数目上看，男少女多！跳扇子舞、玩太极剑、打腰鼓、唱京剧……一天一个花样，夕阳真是红似火啊。这几个社区的老人，互相穿插着来来去去，完全是一种很松散的联盟。北阙云想：这里面就没孤寡老太太？以他目前的条件，挑一个应该没有什么问题。他马上到街市去置办了各种设备，扇子呀，花棍呀，宝剑呀，腰鼓呀，还有运动服呀，抱回来一大把。接着，就一头扎进这些团体，有滋有味地练起来。

还没等到北阙云的"枪口"找到准确的目标，就有人撞到他的"枪口"上来了。那天早晨，练完了太极剑，他正坐在一个石椅上歇憩，蓦地旁边扬起一阵风，一个老太太坐到身边了。说是老太太，却并不显老，脸很白，露出一截手膀子很圆很光滑，像玉一样。还没等他说话，老太太朝他稠稠地一笑，说："对不起，我坐一下。"

北阙云说："不要紧，你坐。你好像不住在这个社区？"

"嗯啦。"回答的声音很好听，有一点媚。

答话的时候，老太太转过了脸，身子再慢慢转过来，穿的居然是浅黑低领 T 恤，胸部凸得很高。北阙云的心，急吼吼地跳起来。

"我叫西门珠。你呢？"

"北阙云。从前在文物商店做事，早退休了。"

"我知道。"

"你怎么知道呢？"

西门珠说："我怎么知道呢？我也不知道。"

北阙云觉得她很调皮，很有趣。他想找个什么话题和老太太聊一聊，但一时竟找不到。突然，他看见老太太脖子上戴的一串珍珠了，每颗都很圆，珠色因受潮而发黄，但最下面的那颗珠子很大，有一钱来重。在职时，他是专门经手珍珠翡翠这类东西的，可说是行家里手。他马上断定，这串珠子是野生的东珠，《满洲流源考》说东珠出自混同江及乌拉宁古塔诸河中，混同江指的是黑龙江汇合松花江后到乌苏里的那一段。这串珍珠是老珠，只可能是有身份的人家流传下来的，那么老太太应是名门之后了。俗话说，"七分珠，八分宝"，重至一钱的大东珠，价钱恐怕在几十万元以上了，但这颗大东珠值不了这个价。

北阙云有好话题了，他说："西门珠，你这串珍珠不错，只可惜不会养护，都发黄了，那颗大珠子里有胎柳了。"

西门珠脸红了，说："瞧，你看到哪去了？什么叫胎柳呀？你说给我听听。"

"珍珠内有胎，这胎裂成两块有了一条缝，像柳条似的，就叫胎柳。有了胎柳，这珠子就不值钱了。"

"黄的可以变白吗？胎柳可以愈合吗？怪不得人家都说这串珠子不好看。"西门珠显得很委屈。

北阙云这一刻，也为西门珠委屈起来，小声说："我可以修复它们，不过，你不要对任何人说。"

西门珠说："那我就交给你吧。"

"你放心？不怕我跑了？"

"我放心。我在……你跑到哪里去呢？"

这句话很含蓄，也很大胆，北阙云的心都醉了。

北阙云觉得自己年轻了许多。

他把穿珠子的丝光尼龙线小心地解开，用肥皂水把珠子泡了三天，洗净后，再用切碎的通草（又叫通脱木）把珠子裹起来用手轻轻地揉。通草柔软，茎里含大量的白色髓，这样揉既不会伤珠皮，又能使珠子光泽发亮。每揉两个小时，再歇两个小时，以此轮番下去，一共持续了三天，把北阙云的一双眼睛熬得通红。接下来，就是愈合胎柳了。他去商店买来一块四川白蜡，又去集市买了一只纯白母鸡，杀了，取出一块稠酽的鸡油。他把白蜡、鸡油和用小刀拨划过表皮的大东珠，同放在一个碗里。然后在灶上架起一口盛了水的铁锅，锅里放上笼屉，将碗放在盖上盖子的笼屉中。先用猛火把水煮沸，再改用温火慢慢熬煮，水少了，就添一勺半勺。一天一夜，北阙云没有离开灶边，他仿佛看见白蜡、鸡油慢慢浸入珠体，那条胎柳正在慢慢消失。他要让西门珠见识一下他的本领，当她戴上这串焕然一新且价值重新变得昂贵的珍珠项链时，他是不是可以向她求婚了？

十天过去了。

在灿烂的晨曦中，北阙云把这串洁白无瑕的珍珠，交给了西门珠。西门珠迫不及待地戴在脖子上后，头微微昂起，她感到有无数道目光都被吸引过来，在这一刻，她高贵得让人嫉妒。

交谊舞的音乐响起来了，老头老太太彼此相邀，步入舞台。

西门珠说："老北，我请你跳舞！"

北阙云说："好。"

"我要好好谢谢你，老北。每一支曲子，我们都别休息，好吗？"

"好。好。"

北阙云看着西门珠雪白的脖颈上，珠串一晃一晃，并传出细脆的声音，太好听了。

......

第二天早晨，西门珠没有来。

第三天早晨，西门珠也没有来。

北阙云向人打听她是住在哪个社区的，都摇摇头说不知道。

西门珠像一缕云，像一丝风，不知从何而来，也不知向何而去。

北阙云突然觉得自己真的老了。

有一天夜里北阙云看电视，那是一个直播现场拍卖珠宝翠玉的节目，北阙云突然看见西门珠的那串珍珠了。

他冷冷地"哼"了一声，然后把电视关了。

暗　记

宽敞的画室里，静悄悄的。

初夏的阳光从窗口射进来，洒满了摆在窗前的一张宽大的画案。画案上，平展着一幅装裱好并上了轴的山水中堂。右上角，写着五个篆字作画题：南岳风雨图。

年届六十的知名画家石丁，手持一柄放大镜，极为细致地检查着画的每个细部。他不能不认真，这幅得意之作是要寄往北京去参展的。何况装裱这幅画的胡笛，是经友人介绍，第一次和他发生业务上的联系。

画是几天前交给胡笛的。

胡笛今年四十出头，是美院毕业的，原在一家幻灯厂当美术师，能画能写。后来下海了，在湘潭城开了一爿小小的裱画店，既是老板又是装裱工。同事们都说胡笛的装裱技艺比一些老辈子强，且人品不错，何必舍近求远，送到省城的老店去装裱呢？

画是胡笛刚才亲自送来的，石丁热情地把他让进画室，并沏上了一杯好茶。石丁素来是不让人进画室的，之所以破例，是要当面检查这幅画的装裱质量，如有不妥的地方，他好向胡笛提出来，甚至要求返工重裱。

胡笛安闲地坐在画案一侧，眼睛微闭，也不喝茶，也不说话。

石丁对于衬绫的色调、画心的托裱、木轴的装置，平心而论，极为满意。更重要的是这幅画没被人仿造——有的装裱师可以对原作重新临摹一幅，笔墨技法几可乱真，然后把假的装裱出来，留下真的转手出卖。

石丁的画已卖到每平尺一万元，眼红的人多着哩。

眼下，画、题款、印章，都真真切切出自他之手，他轻舒了一口气。且慢！因为他是第一次和胡笛打交道，对其人了解甚少，不得不防患于未然，故在交画之前，特地在右下角一大丛杂树交错的根下做了暗记，用篆体写了"石丁"两个字，极小，不注意是看不出来的。

石丁把放大镜移到了这一块地方，在杂树根部处细细寻找，"石丁"两个字不翼而飞。又来来回回瞄了好几遍，依旧没有！

石丁的脖子上，暴起一根一根的青筋，他万万没有想到这居然不是他的原作，而是胡笛的仿作。这样说来，胡笛的笔墨功夫就太好了！他从十几岁就下气力学石涛，尔后走山访水，参悟出自家的一番面目，自谓入乎石涛又能出乎石涛，却能轻易被人仿造，那么，真该焚笔毁砚、金盆洗手了。

就在这时，胡笛猛地睁开了眼睛，笑着说："石先生，可在寻那暗记？"

石丁的脸忽地红了，然后又渐渐变紫，说："是！这世间小人太多，不能不防！"

胡笛端起茶杯，细细啜了一口茶，平和地说："您设在杂树根部处的暗记，实为暗伤，是有意设上去的。北京城高手如林，若有细心人看出，则有污这一幅扛鼎之作。您说呢？"

石丁惊愕地跌坐在椅子上，问："那……那暗记呢？"

胡笛说："在右下角第五重石壁的皱纹里！'石丁'两个字很有骷髅皱的味道，我把它挖补在那里，居然浑然一体。树根处空了一块，我补接了相同的宣纸，再冒昧地涂成几团苔点。宣纸的接缝应无痕迹，补上的几笔也应不会丢先生的脸。"

石丁又一次站起来，拿起放大镜认真地审看这两个地方。接缝处平整如原纸，这需要理出边沿的纤维，彼此交错而"织"，既费时费力，又需要精深的技艺。而补画的苔点，不仅有灵气，更是与他的笔墨如出一辙。他不能不佩服胡笛的好手段！

石丁颓然地搁下了放大镜。

胡笛站起来，说："石先生，裱画界虽有个别心术不正的人，但毕竟不能以偏概全。暗记者，因对人不信任而设，我着力去之，一是为了不玷污先生的艺术，二是为了我们彼此坦诚相待。谢谢。我走了。"

胡笛说完，从容地走出了画室。

石丁发了好一阵呆，才记起还没有付装裱费给胡笛。正要追出去，又停住了脚步，家里还有好些画需要装裱，明日一起送到胡笛的店里去吧！

他决定不将《南岳风雨图》寄去北京参展，他要把它挂在画室的墙上，永远铭记那个让他羞愧万分的暗记……

大　师

上午九点的时候，八旬著名山水画家黄云山，正坐在画室的大画案前用紫砂壶啜着茶，目光却移动在一张铺好的四尺宣纸上，于下笔之前，构思着一幅《深山行旅图》。

门铃小心翼翼地响了。过了好一阵，门铃再一次响起，透出一种急迫的心情。

怎么没人去开门，小保姆呢？老妻呢？

黄云山有些生气，正要大声呼喊，猛然想起小保姆上街买菜去了，老妻替他上医院拿药去了，家里就只他一个人。他本不想理睬，但一想，倘若来的是一位老朋友呢？岂不有失礼数？

他重重地放下紫砂壶，急急地走出画室，穿过客厅，猛一下把门打开了。

站在门外的是一个五十多岁的陌生汉子，风尘仆仆，右手提着一个旅行袋，左手拿着一幅折叠着的没有装裱的画。

黄云山问："你找谁？"

来人彬彬有礼地向他鞠了一躬，说："您是笔樵先生吧？"

黄云山很意外，来人居然知道他的字，便点了点头。

"笔樵先生，我叫秋小峦，是一个乡村教师。我从外省一个偏远的小县来到北京，只为了却父亲秋溪谷的一个心愿。他当了一辈子的乡村教师，也在业余画了一辈子的山水画，对您极为钦服。不久前父亲因病辞世，他在弥留之际嘱咐我：'无论如何要携画去京请笔樵先生法眼一鉴，看此生努力是否白费，回来后在坟前转告我，我也就可以闭目于九泉之下了。'"

秋小峦说得很快，因为怕耽误黄云山的时间。

黄云山有些犹豫，像这样上门求教求画求鉴定的人太多了。他年事已高，实在是没有精力应付了。

"笔樵先生，十九年前，也就是1978年，我父亲行将退休，县教育局组织老教师进京参观。他多方打听到您的地址并找到这里来拜访，恰好您外出讲学，便留下一封信交给了尊夫人。"

黄云山"呵"了一声，似乎有点印象，又似乎一点印象也没有。他一只手习惯地扶住门框，依旧没有请客人进屋的意思。

"您放心，我不进您的家，只想耽误先生几分钟，请您看一看这张画，我也就可以向死去的父亲做个交代了。"

秋小峦的眼圈红了，眼角有泪光闪烁。

"好吧。"黄云山被秋小峦的孝心打动，脸上有了笑意。

他接过那张折叠好的画，缓缓地打开，那是一幅用积墨法画出的《楚山春寒图》。苍苍茫茫，云烟满纸，繁密处不能多添一笔，却能做到不板、不结、不死；在浓墨之处也能分辨出草、树、石的层次，称得上是大气磅礴、浑厚华滋。

黄云山激动起来，大声说："恕老朽怠慢，请进！"

他们一起走进了画室。

黄云山问："除了此画，还有吗？"

"旅行袋里还带了二十余幅，其他都在家里。"

"待我净了手，焚香后，我要好好看看你父亲的大手笔。国有颜回而不知，我深以为耻！"

黄云山净了手，又擦拭干净，忙给秋小峦沏上一杯茶，再寻出一个铜香炉，插上一根点着的檀香。

满室芬芳。

黄云山足足看了两个小时，然后长叹一声，说："能得积墨法妙处的有明末清初的龚贤，现代画家中，就要数黄宾虹和你父亲了，可惜这两位也都先后过世，悲哉！悲哉！从你父亲的用纸上，可看出他生前生活的窘困，而从画面上又能看出他的豁达乐观和淡泊名利，我辈惭愧！"

他们坐下来开始亲切地交谈。黄云山问得很细，诸如秋溪谷的身世、师承、生活、读书……

秋小峦诚恳地一一回答。

黄云山说："你一定要进京来为你父亲办一个遗作展，他是一个可以进入美术史的人物，是真正的大师。我给你写几封推荐信，让我的老友们开开眼，别高踞北京，以为天下无人。费用、场地、新闻发布会，我们来安排，不用你操心。"

然后，他站起来，向秋小峦鞠了一躬，说："一是谢谢你的孝心，为了尊父的嘱托，不远千里而来；二是请你原谅我的失礼，差点与一位大师的作品失之交臂。"

秋小峦忍不住恸哭起来。

看看壁上的大挂钟，十一点了。秋小峦慌忙站起来，揩干泪，说："笔樵先生，我该走了！"

"不忙，在此午餐！"

两个月后，"秋溪谷先生遗作展"在北京的美术馆顺利举行，观者如堵，好评如潮。

在众多记者和名流参加的学术讨论会上，黄云山真诚地对秋小峦说："我愿以我平生的一幅得意之作，交换你父亲的任何一幅小品，以便时时展读，与他倾心交谈！"

掌声如雷鸣般响起来。

鲜于先生汤

江南大学校门的左侧，有一截小街，街上有文具店、杂货店、油盐店、裁缝店……当然也有饭店。这些店铺基本是公家开的，以应师生之需，准确地说，主要的服务对象是教职员工。尤其是饭店，在那个年代，能光临的大学生极少，不像现在，大学生多为独生子女，家境大多不错，上馆子也就轻而易举。

傍学居是一家小型饭店，一个经理，四五个员工，但店堂收拾得很干净，小方桌、矮板凳，古朴有致。

中文系的鲜于文尊先生常常到这家小饭店用餐。

"鲜于"是复姓，南方很少有这个姓。鲜于先生说一口北方话，出生地应是燕赵之间。他是北京大学中文系毕业的大学生，于二十世纪五十年代中期分配到江南大学来任职。中等个子，脸色白皙，戴一副白框眼镜，一举手一投足都显得文质彬彬。他之所以常来傍学居，其一，他是单身，没有家室，老吃食堂也腻味，所以大多数午餐都在此享用；其二，他与饭店经理岳戈似乎特别投缘，尽管岳戈比他年长两三岁，又没读过几年书，但因上辈子皆操厨业，于烹饪上多有见地，恰好鲜于先生出身世家，在"吃"上见多识广，因此两人大有相见恨晚之意。

鲜于先生在中文系，开着两三门课，其中最受欢迎的是

"《聊斋》赏析"。他讲起那些狐仙鬼怪，绘声绘色，且能旁征博引，显示出一种深厚的学力。女学生总是早早地进入教室，坐在头几排，希望引起他的注意。可他很少留意这些女弟子，春去秋来，仍是孑然一身。

岳戈有时候催促他："鲜于老弟，这里面就没有你中意的？"

他的脸红了，嗫嚅道："师道尊严，岂可与学生谈婚论嫁？"

鲜于先生如来傍学居用餐，总是十一点来钟就到了。他不太喜欢吃荤菜，即使是要吃鱼肉，也往往是略加几片，形同作料。一般点四个菜，其中必有一个汤，这个汤他要亲自下厨去做。其他三个菜，则由岳戈执勺——也只有鲜于先生来了，他才下厨，人家是经理嘛。

在下厨之前，他们往往相对而坐，沏上一壶茶，说一些饮食方面的话。有时候，岳戈会就鲜于先生给他荐介且读过的某本古书，请其释疑。

"鲜于先生，你让我读的《古槐书屋词》中，有《双调·望江南》三章，其三的下片是这样写的：'鱼羹美，佳话昔年留。泼醋烹鲜全带柄，乳莼新翠不须油，芳指动纤柔。'这写的是杭州西湖的'宋嫂鱼羹'，也就是醋熘鱼，这'全带柄'作何解？"

鲜于先生微微一笑："不错，读书就要这样。这个'柄'，古书中有'生鱼'之义。你如果去杭州的楼外楼，点了这道菜，跑堂的就喊道：'全醋鱼带柄！'什么意思呢？即除一盆醋熘鱼外，还有一小碟从鱼身上取下的生鱼片，可以蘸佐料以食，有如日本生鱼片的吃法。"

岳戈佩服极了，说："谢谢。你下厨做'三白汤'？料已备好了。"

所谓"三白"，即菜（新鲜蔬菜）、笋（鲜笋或干笋）、豆腐。

鲜于先生系上岳戈递过来的围裙，很从容地走进厨房，站在灶台前。先在锅中下猪油，待清烟飘起，搁下菜、笋、豆腐，洒盐花，略炸一阵，再舀入清水，盖上锅盖。一刻钟后，汤沸，下香菇丝、香肠丝、雪里蕻、虾米。闭锅烹煮十分钟后，倒入一小杯黄酒，接着下姜丝、葱段、豆豉。盖上锅盖，熬五分钟后，芳香四溢，便可入盆上桌了。

岳戈不知看过多少次鲜于先生做三白汤。

他知道这是鲜于先生家厨的名菜。

十年过去了。

校园里突然沸腾起来，红旗子、红袖章到处都是，口号声喊得震天撼地。

岳戈发现鲜于先生好些天没来傍学居了。

有一天深夜，轮到岳戈值班守店子，刚刚在二楼的值班室躺下，忽然听见轻轻的敲门声，他忙下楼去开了门。

站在门外的是鲜于先生，衣冠不整，眼镜用细麻绳系着挂在耳朵上，脸色苍白，额上还有血渍，显得疲惫不堪。

岳戈赶忙把鲜于先生让进屋里，然后关上了门。

"鲜于先生，你好久没来了？是他们……干的？"

鲜于先生点了点头。

他们坐下来，许久都没有说话。

岳戈想：一个外地人，出身不好，讲的课都是狐仙鬼怪，又没有家可以避避风浪，这日子怎么过？

"岳戈兄，我今夜来，就是想再喝碗三白汤，你能不能替我做一次？"

岳戈的眼睛湿了，哽咽着说："行。你坐着，我去做。"

岳戈匆匆地进了厨房，先捅开炉门，火苗子"呼"地蹿了上来。尔后，摘了几棵白菜的芯，选出上等的干笋片和浸在凉水里的白豆腐，细细地洗干净，切匀；接着，又备好香菇、香肠、雪里蕻、虾米、黄酒、姜丝、葱段、豆豉、猪油、盐。这是他第一次为鲜于先生做三白汤，以前都是鲜于先生自己动手。他一边在厨房里忙着，一边尖起耳朵听店堂里的动静——什么声音也没有，死寂如坟场。

岳戈做好三白汤，端到桌子上，说："你先喝着，我再炒几个菜来。"

"不必了，有这碗汤足矣。"

鲜于先生用汤勺把汤舀到小瓷碗里，再用小匙舀到嘴里，慢慢地品尝。一连吃了三小碗，他的脸色渐渐地有了血色，眼睛也亮了许多。

"好手艺！岳戈兄，这汤做得太好了，我不及你！"

"你过奖了。我平常看你做，偷着记在心里了。"

"也许……以后我再也喝不到这样可口的汤了。"

"鲜于先生，以后你多来吧，我给你做。"

"谢谢。我们相交这么多年……唉。"

三白汤喝完了，鲜于先生站起来，从口袋里掏出几块钱。

"这次算我请客，你这样就见外了。你不必操心，我不会占公家的便宜。"

鲜于先生犹豫了一下，收起钱，说："我会记得这个夜晚和这碗三白汤的。岳戈兄，我得回去了。"

岳戈把鲜于先生送到门外，再看着他的身影在暗淡的灯光下缓缓远去。

三天后，鲜于先生用刀片割断手腕上的动脉，自杀了，鲜血把宿舍的地面染红了一大片。

岳戈闻讯，痛哭了一场。

"文革"过去了，接着是改革开放。傍学居被公开拍卖，买主是岳戈。店堂依旧，招牌依旧，只是岳戈老了。他的两个儿子已长大成人，可以当他的得力助手了。

那用毛笔写着菜名的粉牌，挂在店堂正面的墙上，第一个菜名是"鲜于先生汤"——其实就是三白汤。岳戈之所以用这个菜名，为的是怀念鲜于先生，怀念他们交往的那一段日子。

凡有人点了这道菜，岳戈总是亲自下厨制作。原料的配备，烹饪的程序，永恒不变。

这道菜在江南大学师生中名气很大。

逍遥游

　　江南大学是一所老资格的大学，中文系又是江南大学的名系。中文系之所以声名赫赫，是因为有一批久负盛名的老教授，在许多学科上可说是一言九鼎，领风气之先。

　　名圣臣字散木的贺先生即是此中的一位。

　　他的专长是古籍校勘与论证，最为人钦服的是他对《庄子》的研究，写过许多振聋发聩的专著。他的字"散木"，也是取自《庄子》，自谦为"无用之材"，但"不材"即可免遭斤斧之苦而尽天年。

　　贺先生的样子，尤其是五十岁以后，极似一棵瘦矮枯黄的杂树，一点也不起眼。他的个子也就一米六高，背有些弯，平头，脸色蜡黄，唇上蓄两撇八字胡，说话时露出两颗大门牙。他喜欢着青色的衣裤，加上布鞋布袜，乍一看，俨然一乡下农民。

　　二十世纪六十年代初，中文系的办公楼，立在校园东南角的一个小庭院里，是彼此相连的双层木结构小楼，飞檐翘角，古色古香。有一天黄昏，不知何故，起火了，电铃骤响，让所有的教职员工迅速撤离。贺先生当时正在办公室撰写讲义，同室的青年教师陶淘慌忙丢下手中的书，往门外奔去。陶淘是教现代小说的，自己也写小说，在文坛已有相当的知名度。

贺先生一声大喝："你跑什么？如果我跑，是因为我死了，就不再有人能这么好地讲《庄子》了。"陶淘连忙恭敬地侧立门边，说："贺先生，您请！"

事后，贺先生对陶淘说："我让你等一下，是想提醒你，遇到什么事都不必慌乱，泰山崩于前而色不惧，大丈夫要有这个心境。"

陶淘说："是，是。"

贺先生喜欢独来独往，以书为伴，上课之外，不串门，不交际，不嗜烟酒。唯一的爱好是在休息日，带一两本古书和干粮到郊外的僻静处，赏玩山水后，坐在树石旁读书。他的眼睛真好，读了这么多书，却无须戴眼镜。他曾以诗嘲弄那些戴着深度近视眼镜的同辈："终日耳边拉短纤，何时鼻上卸长枷。"

"文化大革命"说来就来了。

贺先生立刻被打成"反动学术权威"，红卫兵小将隔三岔五拉着他去游街批斗。他被戴上一顶很高很尖的纸做的高帽子，胸前挂着一块黑牌子，上面写着"打倒反动学术权威贺圣臣"，手里提着一面铜锣。他没有一点沮丧之色，从容地走着，锣声响得有板有眼。

他的几个同辈人，有的受不了这种侮辱，自杀了；有的吓得重病复发，住了院。他对他的老伴和儿女说："我不会自杀，也不会因病而逝，我还有几本书要写，我不能让天下人有憾事。"

后来，贺先生又被遣送去了"五七干校"，以体力劳动来改造他的思想。和他同居一室的是陶淘。这一老一少的任务是喂猪，不是关着喂，而是赶着猪野牧。他们两人共一口锅吃饭，俨然父子。

很奇怪的是贺先生对做饭炒菜十分内行，尤其是炒菜，虽说少荤腥，蔬菜由场部统一发放，也不多，但贺先生却能变通烹调之术，或凉拌，或爆炒，或清煮，做出陶淘从没有品尝过的美味。特别是春夏之间，贺先生识得许多野菜，比如马兰头、蕨菜、地菜、马齿苋……他亲自去采撷，以补蔬菜之不足。

陶淘问："您怎么识得这么多野菜？"

贺先生说："我不是出生于书香世家，我的父亲是农民，是祠堂资助我上的学。另外，我看过许多这方面的书，孔子说多识鱼虫草木之名，想不到现在用上了。"

陶淘说："您很有童心，我却没有，惭愧。"

贺先生还采了许多苦艾枝梗，去叶，晒干，然后切成一段一段的。他说他略懂医道，有些病可以烧艾作灸，十分见效。

陶淘的情绪越来越坏。

有一天出门牧猪时，陶淘说身体不舒服，想休息半天。

贺先生说："好吧。"

贺先生把猪赶到不远处的山坡上，让猪自去嚼草。他坐在树下，想他的《庄子》大义。坐了一阵，觉得陶淘有些异常，慌忙往回赶。

推开门，陶淘上吊在矮屋的梁上。

贺先生忙把被子垫在地上，搬来凳子，站上去，用镰刀砍断绳子，陶淘跌落在被子上。

贺先生寻出一节艾梗，把梗头在煤灶上烧了烧，然后"点"在陶淘的人中穴上。

过了一会儿，陶淘醒来了。

"贺先生，你不该救我！"

贺先生说："我已至花甲，尚不想死，何况你！我的《庄子》研究，想收个关门弟子，你愿不愿意？"

陶淘哭了。他因出身不好，又搁在这似无穷期的"五七干校"，女朋友忽然来信和他分手……

"女朋友分手，好事！不能共患难，何谓夫妻？若你们真走到一块，有了孩子，再遇点厄难，那才真叫惨。"

陶淘说："我愿受教于先生。"

此后，贺先生开始系统地向陶淘讲述《庄子》。没有书，没有讲义，那书和讲义全装在贺先生的肚子里。《汉书》记载《庄子》一书为五十三篇，实存三十三篇，分内篇、外篇、杂篇。贺先生先背出原文，再逐字逐句细细讲评，滔滔不绝，神完气足。《逍遥游》《齐物论》《养生主》……伴随着日历，一篇一篇讲过去。

贺先生讲课时，喜欢闭着眼睛，讲到他自认为得意的地方，便睁开眼问："陶淘，你认为如何？"陶淘慌忙站起来，毕恭毕敬地说："学生心悦诚服，确为高见！"

陶淘觉得日子短了，有意思了，眼前常出现幻觉：贺先生就像那自由自在的鲲鹏，扶摇直上，"其翼若垂天之云"，自由自在，不以环境险恶为念，堪为他人生的楷模。

世道终于清明了。

陶淘一边工作，一边当了贺先生的研究生和助手。在他的协助下，贺先生完成了几部《庄子》研究的重要著作。

贺先生说："陶淘，我也该走了，我的肝癌居然拖过了这么多年，乃为奇迹。庄子说，'彼以生为附赘县疣，彼以死为决疣溃痈'。我现在把该做的事做完了，除了写完书，还有了你这个传人，此生无憾。"

几天后，贺先生安详地去了，享年七十有二。

牵手归向天地间

马千里一辈子不能忘怀的，是他的亲密战友小黑。小黑为掩护他，牺牲在湘西剿匪的战斗中。他至今记得当一身是血的小黑，已无法站立起来时，却把头向天仰起，壮烈地长啸了一声，欲说尽心中无限的依恋，然后溘然长逝。

小黑是一匹马。

马千里已八十有三，在他的心目中，小黑永远年轻地活着，活在他的大写意画里，活在他画上的题识中。可如今他已是油尽灯枯了，当时留下的枪伤，后来岁月中渐渐凸现的衰老，特别是这一年来肝癌的突然造访。他对老伴和儿女说："我要去和小黑相会了，何憾之有！"

他的家里，画室、客厅、卧室、走廊，到处挂着关于小黑的画，或中堂或横幅或条轴，或奔或行或立或卧，全用水墨挥写而成，形神俱备。只是没有表现人骑在马上的画，问他为什么。他说："能骑在战友身上吗？现实中有，我心中却无。"题识也情深意长，或是一句警语，或是一首诗，或是一段文字，不是对马说的，是对一个活生生的"人"倾吐衷曲。

马千里不肯住在医院里了，药石岂有回天之力？他倔强地要待在家里，随时可以看到画上的小黑，随时可以指着画向老伴倾诉他与小黑的情谊。尽管这些故事，此生他不知向老伴讲了多少遍，但老伴总像第一次听到，简短地插话推动着故事的进程。

"我爹是湘潭画马的高手，自小就对我严加督教，'将门无犬子'呵，我的绘画基础当然不错。中华人民共和国成立那年，我正上高中，准备报考美术学院。"

"怎么没考呢？"老伴问。

"解放军要招新兵了，我和几个要好的同学都向往诗画中的戎马生涯，呼啦啦都进了军营。首长问我喜欢什么兵种，我说想当骑兵。"

"你爹喜欢马诗和马画，你也一脉相承。唐代李贺的《马诗二十三首》，你能倒背如流。最喜欢的两句诗是：'向前敲瘦骨，犹自带铜声。'"

"对。部队给我分配了一匹雄性小黑马，我就叫它小黑。小黑不是那种个头高大的伊犁马或者蒙古马，而是云贵高原的小个子马，能跑平地也能跑山路。它刚好三岁，体态健美、匀称，双目有神，运步轻快、敏捷，皮毛如闪亮的黑缎子，只有前额上点缀一小撮白毛。"

"小黑一开始并不接受你，你一骑上去，它就怒嘶不已，乱跳乱晃，直到把你颠下马来。"

"你怎么知道这些？"

"你告诉我的。"

"后来老班长向我传授经验，让我不必急着去骑，多抚小黑的颈、背、腰、后躯、四肢，让其逐渐去掉敌意和戒心；喂食时，要不停地呼唤它的名字……这几招，果然很灵。"

"因为你不把它当成马，而是当成人来看待。"

"不，是把它当成了战友。不是非要骑马时，我决不骑马，我走在它前面，手里牵着缰绳。"

"有一次，你失足掉进山路边的一个深坑里。"

"好在我紧握着缰绳，小黑懂事呵，一步一步拼命往后退，硬是把我拉了上来。"

"1951年，部队开到湘西剿匪，你调到一个团当骑马送信的通信员。"

"是呵，小黑也跟着我一起上任。在不打仗又没有送信任务的时候，我抚摸它，给它喂食，为它洗浴，和它有一搭没一搭地说话。它不时地会咴咴地叫几声，对我表示亲昵哩。"

"你有时也画它吧？"

"当然画。用钢笔在一个小本子上，画小黑的速写。因老是抚摸它，它的骨骼、肌肉、鬃毛我熟悉得很，也熟悉它的喜怒哀乐。只是当时的条件所限，不能支画案，不能磨墨调色，不能铺展宣纸，这些东西哪里去找？"

"你说小黑能看懂你的画，真的吗？"

"那还能有假。我画好了，就把画放在它的眼前让它看。它看了，用前蹄轮番敲击地面，又咴咴地叫唤，这不是'拍案叫绝'吗？"

老伴开心地笑了，然后说："你歇口气再说，别太累了。"

马千里靠在床头，眼里忽然有了泪水，老伴忙用手帕替他揩去。

"1952年冬天，我奉命驻扎在龙山镇的师部，取新绘的

286

地形图和电报密码本，必须当夜赶回团部。从团部赶到师部，一百二十里地，正好暮色四合。办好手续，吃过晚饭，再给小黑吃饱草料。我将事务长给我路上充饥的两个熟鸡蛋，剥了壳，也给小黑吃了。这个夜晚，飘着零星的雪花，寒风刺骨，小黑却跑得身上透出了热汗。"

"半路上要经过一片宽大的谷地，积着一层薄薄的雪花，突然小黑放慢了速度，然后停住了。"老伴说。

"是呵，小黑怎么停住了呢？累了，跑不动了？不对呀，准是有情况！夜很黑，我仔细朝前面辨认，有人影从一片小树林里走出来，接着便响起了枪声。他娘的，是土匪！我迅速跳下马，把挎着的冲锋枪摘下来端在手里。这块谷地上，没有任何东西可作掩体，形势危急呵。小黑竟知我在想什么，蓦地跪了下来，还用嘴咬住我的袖子，拖我伏倒。"

"它用自己的身体作掩体，真是又懂事又无私。"

"好在子弹带得多，我的枪不停地扫射着，直打得枪管发烫，打死了好些土匪。我发现小黑跪着的姿势，变成了卧着、趴着，它的身上几处中弹，血稠稠地往外渗。我的肩上也中了弹，痛得钻心。我怕地形图和密码本落入敌手，把它们捆在一颗手榴弹上，一拉弦，扔向远处，'轰'的一声全炸成了碎片。"

"小黑牺牲了，你也晕了过去。幸亏团部派了一个班的战士骑马沿路来接你，打跑了残匪，把你救了回去。小黑是作为烈士埋葬的，葬在当地的一座陵园里。"

"后来，我被送进了医院……后来，我伤好了，领导让我去美术学院进修……后来，我退伍到了地方的画院工作。"

"几十年来，你专心专意地画马，画的是你的战友小黑。用的是水墨，一律大写意。名章之外，只用两方闲章：'小黑''马前卒'。你的画，一是用于公益事业，二是赠给需要的人，但从不卖。"

"夫唱妻随，你是我真正的知音。"

在马千里逝世的前一日，他突然变得精气神十足，居然下了床，摇晃着一头白发，走进了画室。在一张六尺整张宣纸上，走笔狂肆，画了着军装、挎冲锋枪的他，含笑手握缰绳，走在小黑的前面；小黑目光清亮，抖鬃扬尾，显得情意绵绵。大字标题写的是"牵手归向天地间"，又以数行小字写出他对小黑的由衷赞美及战友间的心心相印。

待钤好印，马千里安详地坐于画案边的圈椅上，慢慢地合上了眼睛……

美髯公

美髯公关关恋爱了，马上要结婚了。

这消息在潭州美术学院如流感传播，快疾而力度惊人。

关关是国画系的资深教授，年届五十，教本科生，也带硕士生。只是国画系还没有招博士生的先例，否则他定是博导无疑。教学之外，他又是著名的画家，花鸟、山水、人物都画，但最为人赞誉的是大写意花鸟画，山水和人物只是偶尔为之。

关关的名字是他上大学前自己改的，出自《诗经》的"关关雎鸠，在河之洲"。因为他当时和同座的女同学正在恋爱，以"窈窕淑女，君子好逑"而自矜，遂把父亲取的"关键"改为"关关"。高考他金榜题名，进入潭州美术学院，女同学考入外省的军校，军校是不倡导谈情说爱的，于是劳燕分飞，爱情故事也就画上了句号。他在苦闷之余，开始蓄须明志，一门心思读书、画画，本科毕业再读硕士生，然后留校任教。

他和《三国演义》中的关云长一样，身材伟岸，面如重枣，下巴下飘着一把美髯，真的是很酷。不同的是关云长手中握的是青龙偃月刀，他手上握的是画笔。花鸟画走的是八大山人、吴昌硕的路子，墨下得狠，色给得足，造型奇拙，风神自见。他爱研读古典文学，也能写旧体诗词和新诗，题画的款识让人惊喜也让人沉思。他常用刘勰《文心雕龙》中这几句话自况："形在江海之上，心存魏阙之下，神思之谓也。"

国画系的不少老师，都对他敬而远之。他在课堂上的奇谈怪论，往往让别人再不好开讲了。他认为学国画根本不需要学素描，需要的是书法根底，因为素描是造型，书法才是笔墨，国画的精髓就是笔墨功夫。他还说，西方人讲"形"，中国人讲"象"，"大象无形"是把"形"提升为形而上的"象"；故吴昌硕说"苦铁画气不画形"。

在这个开放的年代，关关蓄长髯被称作美髯公也好，在学术上他独辟蹊径也罢，只要他不去干预政治，政治也就不去理会他。可是，他的怪模怪样和孤傲性情，爱情也避得远远的，三十五岁时，还是一条光棍，"关关雎鸠"的唱和久久不至。

他网上的博客里，挂着他的文章、照片和画作，许多粉丝都热捧他。一名本地的大龄未婚女医生，有一天走进了他的画室，见面第一句话就是："你的长髯美到家了，你的画怪到家了，我喜欢！"

关关丢下画笔，跑过去，捧起她的脸就吻，胡须搔得她全身直晃抖。

很快他们就结婚了，但不到半年，又客客气气分了手，矛盾的焦点是这一把长髯。

大凡医生都有洁癖。吃饭时，汤水饭屑老沾在他的胡子上。在床上缱绻时，这散乱的胡须，老在她胸脯上撩来撩去，脏。

她劝他把这把讨厌的长髯剃去。

他说："不可！关云长的老婆劝过他吗？他到死也是风流倜傥的美髯公。"

"趁着还没孩子，我们分开吧。"

"悉听尊便。"

一眨眼，过去了十五年。

美丽、娴静的研究生尹伊依，突然闯进了他尘封的心灵。

他年已半百，她芳龄才二十五岁。

硕士三年，相处日长。但关关从未动过这个心思，教她课，教她画画，为她推荐作品发表，他视她为学生，只是下一辈人。

尹伊依的毕业论文和作品，都是"优秀"。

这是个夏天的下午。

她说："我要走了……回外省的父母家去。"

"好的。祝你一路平安。"

"你不想留我在你身边？"

"我没这个能力留你在系里任教。"

"非得要任教吗？"

"还能怎么着？"

她叹了口气，说："我崇拜你，爱你，你一点都没察觉吗？"

关关哑口无言。

"你怀疑吗？我可以把这三年的日记给你看……"她突然眼睛红了，小声地啜泣起来。

"我不用看，我相信。可我老了，而你太年轻了。"

"关关，你不老，只是老在这一把长髯上。你愿意为了我不被父母指责、不为世人挑眼，剃掉它吗？"

"我……愿……意。"

"我马上陪你去理发馆好吗？"

"好的。不过，我想把剃下的长髯留存作个念想，你不会反对吧？"

"我答应。"

于是，他们一起去了校外的一家理发馆。理发师为关关剃胡须时，遵嘱把剃下的胡须放进一个小纸袋里，然后交给了关关。

黄昏时，他们在一家西餐馆共进晚餐。法国葡萄酒，法式牛排、猪排、俄式红肠、甜汤、面包，美式烤松鸡……雅间里灯光暗淡，桌上的烛台插着四支高烧的红烛。

尹伊依说："关关，你很年轻呵，和我一样年轻。"

关关说："你今晚的样子，就像杜甫诗中所描绘的：'香雾云鬟湿，清辉玉臂寒'。"

饭后，已是满城灯火。

关关说："我们去画室吧，我要为你画一张水墨肖像。"

尹伊依娇羞地问："就画像吗？"

"还可以喝咖啡。"

"……"

关紧门窗、开着空调的画室里，灯火通明。关关先煮好一壶咖啡，两人品啜后，他再挥毫为尹伊依画水墨肖像。

远处响起隆隆的雷声，接着下起了大雨，雨点打在院子里的芭蕉叶上，响得很绿很脆。

"我怎么回宿舍呀？"当肖像画好，尹伊侬悄声问关关。

关关说："就睡在这里吧，小房间里有床。"

"我累了，我想睡了。"

关关扶着娇懒无力的尹伊侬，在床上躺下。然后，自己也在她的身边和衣而睡。这场景很美，他不想也不会去破毁。

风平浪静，什么事也没有发生。

尹伊侬想：关关怎么会这样？是不是有病呵……

天稍亮，趁关关还在梦中，她起了床，留下一张纸条，蹑手蹑脚地走了。

这一走，就再也没有回来。

过了一些日子，关关拿着剃下的胡须，去了一家笔坊，让他们精心做几支大提笔，价钱多少他不管。他要用这样的笔，和其他品类的笔，去写字作画，慰藉孤寂的心灵。

他决定重新蓄须，用长长的岁月蓄起长长的须。

篝火晚会

暮色在他们的望眼欲穿中，慢慢地由淡变浓，再变成厚重的漆黑。远处起伏的云阳山，突然消失了。没有月亮，只有几粒星子缀在高天。

篝火点燃了，先是几朵火苗蹿动。然后是无数的焰舌呼呼地伸长，抛掷出一片金红色的光晕。

知青屋凸现出来了，土坪上篝火旁铺展的几张草席，坐在上面的五个人，也现出了他们的眉眼。每个人的面前，放着盛满米酒的一个大土碗，和一碟子焦黄的秋蚂蚱。

知青组组长余力，穿着一件红背心，说："我宣布，为乐卿卿送行的篝火晚会现在开始，来，先喝一大口酒！"

"喝！"

"喝！"

从1969年春上山下乡来到这里，一眨眼就过去了五年。终于，他们中的一员，也是唯一的女性乐卿卿，得到公社知青办的口头通知，她将招工回城。这使大家看到了希望，好兆头啊！

昨天余力就悄悄告诉大家：今日不出工，这里离村子远，没人知道。又自掏他好不容易积攒下来的五块钱，今早让小刘、小张去了十里外的集镇，买点肉（肉要半肥半瘦的）和几斤米酒回来。乐卿卿现在是客人了，留下来和小付洗菜、择菜，做个简单的中饭。

乐卿卿说："余力，你也留下歇口气吧。"

余力神秘地说："我要去为大家准备好吃的点心——秋蚂蚱，让你永远记得我们。"

乐卿卿眼圈红了。

近午时分，外出的都回到知青屋，人家草草地吃了中饭，就分头去干活：把肥肉分割下来，去煎油；将瘦肉切成细条，好与萝卜、芹菜、白菜帮子搭配出几个菜；把粗笨的柴块劈开，作炒菜、煮饭、烧篝火之用。

余力从一个布袋里，掏出用长柄网兜捕来的蚂蚱。一入秋，蚂蚱就肥了。蚂蚱先用开水烫一下，仔细地摘去翅膀，再放进一个大陶盆里，撒点儿盐。

乐卿卿问："这是做什么？"

"先腌制一两个小时，让盐味入肉，再用油炸一下。可惜没有茶油，只能用猪油润一下锅，猪油又不多，将就将就吧。"

有人说："乐卿卿，你平日是歌不离口的，今日怎么不唱了？"

"我真的舍不得大家，心里难过，哪里还想唱歌？这几年，因为我是女的，你们都照顾我，难活重活都让你们干了。今早余力去捕蚂蚱，都不让我去，说太阳酷辣，苞谷地里温度高，容易中暑。"

大家都不作声了。

余力说："我们好好吃个晚饭，但不喝酒。真正的送行酒，到篝火晚会上喝；下酒菜是油炸秋蚂蚱，筷子也不要，用手拈了吃。好不好？"

"好。"

"喝了酒，大家心情就快活了，到时候再让乐卿卿一亮歌喉。"

小刘忽然说："我和小张从集市回来时，半路上碰见公社知青办的干事马华，骑着一辆自行车。他拦住我们，说你们准备为乐卿卿送行？她应该高兴啊。我们敷衍了他几句，赶快走了。"

乐卿卿说："这个人，歪心思多！"

篝火越烧越旺了，火星爆裂的声音，又脆又亮。

大家碗碰碗，喝酒，吃油炸蚂蚱。米酒好下喉，但后劲大。蚂蚱好吃，香绕舌尖。

余力说："我从家里偷偷带来父亲读过的书，你们也轮着读，《唐诗三百首》和《宋词选》，大家都读熟了。我们……来玩个游戏，每人轮着说一句带'酒'字的诗，说不出来的——罚酒。我先说：'岑夫子，丹丘生，将进酒，杯莫停。'小付，你说！"

小付一拍胸脯，大声说："王维《渭城曲》：'劝君更尽一杯酒，西出阳关无故人。'小张，轮到你啦！"

"杜甫穷困可怜，我们也是。'盘飧市远无兼味，樽酒家贫只旧醅。'小刘，你快……说！"

"催什么？我肚子里有的是好句子，范仲淹《渔家傲》：'浊酒一杯家万里，燕然未勒归无计。'乐卿卿，你……说。"

乐卿卿端起碗，灌下一大口酒，说："我喜欢李清照的这几句：'三杯两盏淡酒，怎敌他晚来风急。'"

余力大喊一声："好！"

乐卿卿挣扎着站起来，说："我想……唱歌了。"

小付说："新歌，我们……不听。"

"我不但会唱老歌，还会唱……古歌《阳关三叠》，怎么样？"

"要得！"

乐卿卿理了理淡蓝色的连衣裙，双手叠合在胸前，放开嗓子唱起来："渭城朝雨浥轻尘，客舍青青柳色新。劝君更尽一杯酒，西出阳关无故人。"

《阳关三叠》，是要唱三遍的。唱到最后一遍时，小付、小张、小刘，都酣然入睡了。

余力醉眼蒙眬中，好像看见不远处的树丛后，有个人影一闪，就大喊一声："谁？"

人影立刻不见了。

乐卿卿说："余力，你看花眼了，那不是人，是鬼！"

"啊……是鬼……"余力喃喃自语，身子一歪，倒下便睡了。

乐卿卿也往草席上一倒，睡了……

好几天过去了。

乐卿卿没有接到公社知青办招工回城的正式通知。大家的心沉重起来。

余力猛地记起篝火晚会上，那个一闪而过的人影，明白了是怎么一回事，那个人给乐卿卿写过求爱信，遭到了拒绝。他觉得对不起乐卿卿，本想搞个送行会，谁知酒劲一上来，忘了那些古诗、古歌是"四旧"的东西，是不能随便诵唱的。于是，乐卿卿被那个人告了黑状，取消了她招工回城的资格。

乐卿卿好像什么事也没有发生过，心情倒是快活起来，上工去，下工回，口里轻轻地哼着歌："红岩上，红梅开，千里冰霜脚下踩……"

昨夜无故事

这是1969年盛夏一个尴尬的黄昏，而且注定也是一个尴尬的夜晚。

在偏僻的长冲知青屋，就剩下两个互不待见的人，而且是一男一女。男的叫游决明，女的叫花美霞。

知青屋也就是知青点，一共五个人，二女三男，是去年冬天下放到这里来插队落户的。下放前，他们是株洲一中高中部的同学，还是同住一条建国街的远近邻居，忽然之间成了在广阔天地磨炼铁骨红心的"插友"。这个地方属于株洲县朱亭公社旺坡大队牛背岭生产队，知青屋设在离队部五里外的长冲。知青们住的是一栋稍经修整后的破山神庙，倒塌的泥菩萨早被清理出屋，神案成了他们的饭桌。宽敞的殿堂，用厚木板隔出几间做卧室、工具室、洗澡室、厨房。他们要干的活，简单而笨重：种苞谷、红薯、蔬菜，兼带栽树护林。

午饭后，一个女插友两个男插友，因为远在株洲市的家里有急事，再说也有两个月没有休假了，他们向知青小组长花美霞请假三天。

往常休假，一般是让两个人回去，留下三个人；或者是三个人回去，留下两个同性别的人。花美霞说："这怎么行呢？"

"我们问过游决明，他说你也可以跟我们一起回城，他一个人留守知青屋，正好和山鬼林狐搭伴。"

"呸！呸！这个游郎中，狗嘴里吐不出象牙。我能走吗？知青屋真要出个事故，我的责任就大了。你看，你们要走了，他也不出来送送。"

"花组长，那我们就走了。"

"走吧，走吧。"

太阳渐渐西斜，清凉的地气升腾起来，风悠悠地吹，知青屋外满山满岭的林木，发出细细碎碎的声响。

花美霞在三个插友走后，突然觉得很孤单，这种孤单不是因为清冷、寂静，而是失去了一个受人尊重的氛围。这个游郎中一个下午就闷在自己的卧室里，不是在清点随手采摘的药草，就是在看几本医书，也不出来跟她打个照面。

在五个人中，她最有优越感：出身工人家庭，具有领导才干，在学校当过红卫兵的小头目，"复课闹革命"后因为要求进步加入了共青团，现在是知青点的"一把手"，出工、收工、开会、生活，当然还包括做思想政治工作，都由她统管。她最看不顺眼的是游决明，其父亲不过是城里一家国有中药店的坐堂医生，也就是世人所称的"郎中"。游决明自小就喜欢识别药草、背诵单方、翻看医书，下乡了更是如鱼得水，俨然走进了一个大药草园，干活不偷奸不躲懒，还兼带做实习郎中，哪里想过在农村扎根一辈子的事。她从不叫游决明的尊姓大名，不论什么场合，敞开嗓子叫"游郎中"。

游决明不但不恼怒，还满脸是笑地答应，然后说："花姑娘，什么的干活？"

花美霞气白了一张脸，恨恨地说："痞子腔！"

"你慷慨送我一个绰号，我也送你一个，这叫来而不往，非礼也。"

最后一缕夕阳，消逝了，暮色开始合拢，快八点钟了。

花美霞已经洗过澡，换上一条湖蓝色的的确良连衣裙，趿着一双软底海绵拖鞋，走到游决明卧室外。她个子高挑，眉目清秀，确实漂亮。在家她是满女，受宠得很，穿着比同龄的女孩子要时尚得多。

"喂。你不吃晚饭了？"她不敢叫"游郎中"，免得生闲气。

"喂。吃过了，吃的是午餐剩下的蒸红薯。"

"那就好。我到外面去散散步。"

"遇到了野鬼，就大声喊。"

"呸！"脚步声柔柔软软，牵向屋外。

游决明在卧室里点亮了小马灯。"楼上楼下，电灯电话"在那个年代，还是个遥远的梦。

当天色完全黑了的时候，游决明听见花美霞的脚步声由远而近，走到知青屋的大门口，上了台阶，跨过门槛，突然停住了。接着，就听见花美霞恐怖的叫声："游郎中——游决明，我踩到蛇了，快来救我！"

游决明大声回应："花姑娘——花美霞，不要动，踩紧蛇！"边说边提起小马灯，还拎了一支手电，跑到门口来。他先在地上放下小马灯，再摁亮手电筒，照到花美霞的右脚上。海绵拖鞋踩在离蛇头一寸的蛇颈上，蛇头在鞋底边扭来扭去，黑红色的蛇芯子一伸一吐。手电光从下往上移，脚跟、脚踝、小腿肚，很白净，缀着棋盘花纹的蛇身子如麻花一样，一圈一圈往上缠。

"游决明，我怕，你快想办法。"

"别动。这是条五步蛇，毒性大，咬一口，五步之内必倒地身亡。"

花美霞呜呜地哭起来。

"你常说'一不怕苦，二不怕死'，上台表态的豪情壮志哪去了？我游郎中自有办法，这条蛇不能白白遇上你！"

游决明先用两根细竹棍夹了一团破布，塞进蛇嘴，再用手撩开裙子的下摆，抓住蛇身，一圈一圈解开后，用左手抓住蛇尾，把蛇身扯直。接着，右手从口袋里掏出一把锋利的小刀，从蛇的肛门处，沿着蛇腹慢慢地朝蛇头笔直地剜过去，顺带把蛇的内脏也取出来。"好了，你可以松脚了。"游决明把刀子和蛇放到地上，说。

话声未落，花美霞身子一软，倒在游决明的怀里。游决明赶忙把她抱开去，让她坐在离死蛇几米外的地上。

"你先少安毋躁，我得去把这条蛇处理一下。这种毒蛇，县里有药材公司收购，可卖四五块钱哩，你总说伙食少油水，我卖了蛇，到集市买几斤猪肉，让大家打牙祭。"

"……你是当郎中的料。你这一刻想的是蛇。"

"你在想一男一女的夜晚，怎么说得清楚，是不是？"

花美霞一骨碌站起来，疾步进了她的卧室，没有关上门。

游决明找来两根筷子，扎成十字架，把蛇头拴在十字架上端，再翻开蛇肚皮，一点一点盘在筷子上；然后进了厨房，用微火烘焙蛇头、蛇皮。

游决明把这一切弄妥，然后洗手、冲澡，准备入房安睡。他看见花美霞的卧室门，还开着。墙上的挂钟，正好敲了十二下。他上床很快就睡着了。

睡梦中的游决明，没想到花美霞会悄悄地在他门上挂了一把锁。黎明时，他醒过来，听见花美霞悄悄开锁和取下锁的声音，便明白了此中缘由。

打着赤脚落地无声的花美霞，转身走了。

游决明没有惊动她。他只是不明白，花美霞先是敞开自己的卧室门，尔后又在他门上挂上锁，是她放任自己后的一种醒悟和自律，还是对他表示一种装模作样的警戒和掩饰？这个女子心思太深了，不能不提防。

昨夜无故事。游决明在心里说：我们永远也不会有故事了。

下　山

夜深了。淡月疏星。

1942年深春的五龙山，除留下几粒灯火之外，到处弥漫着薄薄的雾气，没有杂乱的声响。

在山寨忠义厅后端的一间素净的厢房里，桌上的煤油灯闪着暗淡的光。并排坐在床头的刘向真和王小玉，居然毫无睡意。床头边的大靠椅上放着她们脱下的国军军服和船形军帽。

"向真姐，今夜静得瘆人。"

"小玉，别怕，有我哩。通向这间厢房的路，只有一条砖砌的过道，过道的门前有盖世英寨主派的卫兵值班。"

小玉点点头。

三天前，三十二岁的刘向真和二十岁的发报员王小玉，带着发报机，各骑一匹快马，上了五龙山。

被称为匪巢的五龙山寨，在湘潭无人不知。这里啸聚着五六百人马，依仗险山恶水、雄关固隘，自成一片天地。多年来，官兵进剿，收效甚微，损兵折将，只好听之任之。他们虽被称为匪，却有自家的规矩，绑票、打劫，当然也杀人，选取的是一些为富不仁的大户豪门，决不骚扰寻常人家。原先的寨主马上雄，也就是盖世英的丈夫，遵循祖辈的遗训，为匪之外，还派遣精干的手下，隐姓埋名，在各处经商，以使山寨得到接济。可惜马上雄在六年前，因突患伤寒病谢世。按山寨遗风，十岁的马啸川当上了寨主，盖世英作为二寨主和母亲，辅佐儿子料理大小事务。

长沙第二次会战，是1942年元月开始的。在此之前，国军十八师师长江天虹率部来到湘潭，师部设在离唐兴桥不远的唐兴寺里。三十五岁的江天虹，身材高大，剑眉入鬓，英气逼人。他出身书香门第，高中毕业后没去考大学而是考入了黄埔军校，希望自己能像陆游一样"醉里挑灯看剑，梦回吹角连营"。当日寇入侵中华大地，他磨刀霍霍，为的是拼死疆场以报效国家，历经战事多矣。

江天虹来到湘潭，自然是听说了五龙山寨。部下建议捣毁匪巢，以解后顾之忧。他摇头，说："这是一帮义薄云天的好汉，应该明白国难当头的道理。最好的办法是收编他们。"先是修书少寨主马啸川和二寨主盖世英，表示来此地是为了抗战，决不会侵扰山寨，也望山寨不影响他的防务。接着，又给山寨送去枪械、子弹、粮食、布匹……最终谈到收编事项，让五龙山寨成立"湘潭抗日义勇军独立大队"。任命少寨主马啸川为大队长、盖世英为副大队长。

过了些日子，盖世英修书一封，请江天虹安排人上山，料理收编事务。

江天虹与部下商量时，力排众议，只让任电报班班长的夫人刘向真和发报员王小玉前往。

"师长，这不行，那是个虎狼窝，去两个人，还是弱女子，太危险了。最少派一个连，荷枪实弹前去！"

刘向真说："山寨真正做主的是盖世英，她也是女人，不会为难我们，这也显出我们的诚意。我去！"

远远地传来巡夜的锣声和梆声。

"江师长也舍得让你上山来。"

"这有什么舍不得的！你也有男朋友了，还愿意跟我来，真是我的好妹妹。"

"我们上山时，盖寨主问：'就你们两位？好胆量，我喜欢。不过，请你们安心等几天，待我把一些事摆平了，再率队下山。'她有什么事要摆平呢？"

"不知道。但我知道她是个有勇有谋的人，比如，明日下山，中午就安排全寨人吃'下山宴'，肉管吃，酒管喝。而晚餐是平常的饭菜，不许喝酒。盖寨主中午喝得大醉，晚上没来吃饭，听说是醉得迷迷糊糊的，起不了床。按理说，'下山宴'应是晚上呵，让大家热闹个够，可她安排大家落黑就歇息。"

"中午时，我听见那个三寨主刘黑魁，一个黑脸大汉，恶声恶气地说：'我们逍遥自在的日子到头了，穿什么鸟军装！'而盖寨主无可奈何地说：'形势逼人，人家师长夫人都来了，我能怎么办？"

"我看出来了。小玉，我们也睡吧，请去吹熄灯。"

屋子里变得墨黑墨黑的。

快三更时，刘向真听见床下的地板似乎有轻微移动的声音，但很快又没有了，她立刻惊醒过来，从枕头下摸出丈夫给她的勃朗宁手枪。

一个黑影出现在床头外侧。"向真妹子，是我——盖世英，别出声。"

"盖寨主，你怎么来了？"

"你和小玉快速穿衣下床。床底下有一条暗道直通聚义厅外我的卧室，别人不知道。刘黑魁要杀你们，我在这里等着他！"

刘向真和小玉很快进入暗道。

盖世英理好床上的被子，假装还有人在睡。然后掏出腰间的双枪，藏进床铺对面的一个双门大柜里。

厢房外过道的门口，传来两响枪声。接着，脚步声奔到厢房门外，门被一脚蹬开。一条黑影蹿到床前，向床上连发数枪。

柜门猛地打开，盖世英双枪齐发，黑影大汉惊叫一声，重重地倒下。

这时候，厢房外面响起密集的枪声，传来一片哭喊声。

第一个举着火把跑进房来的是马啸川，身后跟着十几条大汉。"妈，都解决了，你没事吧？"

盖世英大声说："弟兄们，刘黑魁想杀江夫人，我早就埋伏在这里了。快四更天了，全寨点火，让弟兄们看看刘黑魁的下场。破晓吃饭，我们下山去向江师长报到！"

马啸川说："好！传令击鼓，都到聚义厅来！"

……

从五龙山到县城有七十里远，这支队伍不急不慢地行走了三天。一路山清水秀，柳暗花明。并排执缰走在队伍最前面的，是骑白马的盖世英和骑黑马的刘向真。盖世英短发、宽脸、粗眉、亮目，身着黑土布衣褂，腰束宽布带，上插两把粗重的盒子枪。她说她暂时还穿不惯军装，也不喜欢手枪插在腰间的皮枪套里，掏枪有点慢。刘向真点头微笑说："盖寨主不管怎么装扮，都是英雄模样。"

在她们后面稍隔一段距离的，是骑着枣红马的马啸川，军装和大盖帽，让只有十六岁的他英武、潇洒。

刘向真想起那一夜的情景，想起她上山后的所见所闻，不能不佩服盖世英与马啸川的好手段，不设局除掉刘黑魁和他的一群心腹，能这么顺利地下山吗？

队伍在夕阳西下时，来到了青石铺，还有十里路，就进城了。

盖世英突然用双手按住腹部，上身弯向马头。

刘向真忙问："盖寨主，哪里不舒服？"

"肚子痛。"

马啸川催马上前，说："妈，老病又犯了？我叫医生来。"

"不必。我有止痛秘方，用四十只鸡的舌头做馅，煮一碗馄饨，一吃就好了。"盖世英边说边望了刘向真一眼。

刘向真马上叫来王小玉，说："给江师长发报，赶快做鸡舌馄饨送来！"

队伍停下来休息，路边支起简易帐篷，盖世英由儿子扶着下马，进帐篷去休息。

三个小时后，一溜几匹快马奔驰而来，雕漆提盒里端出白棉布包的密封铝制食罐，里面是热气腾腾的四十只鸡舌馄饨，还带来了军医、担架和衣被。

盖世英吃完馄饨，说肚子不痛了，笑吟吟的。

刘向真说："今夜在这里扎营吧，明早再进城。"

"不！江师长是真心待人，我心中再无疑虑了。啸川，让弟兄们立即出发，到县城再吃晚饭。"

"是！"

乐扫扫

乐扫扫的扫地声，总是在夜里十一点准时响起。

这条长长的巷子，叫当铺巷。家家户户早就闭门安歇了，巷子静如大山中的一条沟壑。大竹扫帚抚触着青石板铺砌的巷道，沙、沙、沙、沙……如细雨敲窗，如春蚕噬叶，很从容也很柔软。

扫地声从巷口响到巷尾，不多不少一个半小时。路灯下，飘着一条又瘦又薄的影子，孤零零的。扫地声从1966年的一个夏夜响起后，持续到眼下的1978年，十二年弹指一挥间。

子夜前后还没有入睡的，只有睡眠少的老辈子，或者是因职业习惯喜欢熬夜的人。比如，供职于社科院心理研究所的何究源，两鬓斑白，犹笔耕不止。只要一听见乐扫扫的扫地声，他便会搁下笔，肃穆地坐正身子，那竹扫帚仿佛在他心上扫过来扫过去，心便隐隐发痛。

乐扫扫是巷中人背后叫的绰号，他姓乐名稍稍，来自古语"有得意处，乐而稍稍，乃君子之风"。已届古稀的乐稍稍，既不是何究源的亲旧，也不是无话不谈的挚友，只是邻居而已。可不知为什么，听着这深夜的扫地声，何究源心痛之外，还有莫名的内疚。

"文化大革命"兴起时，乐稍稍正好退休。他原在一家街道小厂的医务室工作，里里外外就他一个人。他在中华人民共和国成立之前，家境富足，读过医科大学，又应征在国民党部队做过几年军医，虽没有任何血债，但人生档案上有污点留存，抹也抹不去。居民小组长马大婶，按上级的指示，横眉竖眼勒令乐稍稍每夜扫一遍巷子，要风雨无阻，要扫得干干净净。

乐稍稍素来胆小，说话都不敢高声，连连点头。

"你要好好改造思想，认真赎罪。你为敌人治病，治好了让他们继续作恶，这罪可比天大。"

乐稍稍一张脸蓦地变得惨白。

从此，他夜夜扫巷子，也就有了乐扫扫这个名号。人们都习以为常，只有何究源寝食难安。是非颠倒的十年过去了，尔后是拨乱反正，世道变得清明，乐扫扫依旧不依不饶地扫巷子。没有谁指令他，也不可能有人督查他，只可能是长期的心理压抑，让一种外力强制的行为模式，变成了自我心理的庄严确认。这是一种可怕的心理疾病，得赶快调治。

何究源曾背地里找乐扫扫的夫人和孩子，让他们进行劝说和开导，可他们说："何教授，他不听啊，反而说我们不懂世事。每天很早就嚷着吃晚饭，吃完晚饭就握着扫帚坐在客厅里，两只眼睛死盯着墙上的挂钟。十一点差五分他出门，走到巷口正好十一点，然后开始扫地。扫完地回到家里，一定要把扫帚靠在床边。您是搞心理研究的，托您为他治一治。"

怎么治？何究源犯难了，他坐在书桌前长吁短叹。

何究源的妻子是个资深的中学语文教师，当她听丈夫说起这件事时，脑袋里灵光一闪，说："老何，俗话说：'解铃还需系铃人。' "

"什么意思？"

"让现在还是居民小组长的马大婶再训他一顿，命令他不准再扫巷子了，必须老老实实待在家里。"

何究源蓦地站起来，敲敲自己的脑门子，说："你头发长，见识可不短。当年马大婶的恐吓，让乐扫扫在心理上牢牢地确认了她的权威性，谁也不可替代，真应了'唯马首是瞻'这句古话。你是让我去劝说马大婶再次登场，严令乐扫扫再不许扫地？"

"对。"

"马大婶是个没有什么文化的人，过去仗着出身好，跟着别人瞎起哄。这几年被大家责怪，头都抬不起来。她会答应吗？"

"你告诉她，她应该反思自己过去的言行，拯救乐扫扫，等于是将功补过，大家会记得她的好处。"

……

几天后的一个夜晚，马大婶领着几个居委会的年轻人，去了乐家。

乐扫扫握着竹扫把，坐在客厅里，见马大婶急火火地闯进来，慌忙站起，腰微弯，说："我在看着钟，才十点哩，我不会迟到的。"

马大婶板起一张脸，大声说："从今晚起，你可以不扫巷子了。扫了十二年，群众对你的思想改造很满意，我也很满意。以后，谁也不能再叫你乐扫扫，要叫乐先生、乐老师。

乐先生，把竹扫帚放到院子里去！"

"是。请问巷子谁来扫呢？"

"已安排环卫工人打扫。"

马大婶说完，连茶也不肯喝，领着人走了。

每夜十一点钟，再没有扫地声响起了。

有一天，乐先生的夫人在巷子里碰见何究源，着急地说："我家老乐，每夜不去扫巷子了，但到了十一点，又拿起竹扫帚扫自家的院子。"

何究源一惊，随即冷静下来，说："这是一种心理惯性，慢慢……会过去的。"

"那就好，那就好。"

何究源心想：有的人会慢慢地爬过这个坎，有的人却永远也爬不过去……

红疤手

红疤手姓戈名连营，是个卖虫的。

当铺巷住着几十户人家，干什么行当的都有，但以卖虫为生的只有红疤手。

这个绰号只是背后叫，没人敢当面唐突，谁失口叫了，他脸一板，目光里透出杀气，让人不寒而栗。老辈人常说，戈连营这个姓名总让人想起古诗词中的句子："半夜行军戈相拨"，"梦回吹角连营"。戈连营是否行伍出身，谁也弄不明白。

戈连营的模样，寒碜！身子瘦小不说，还是个驼背，左脚有些跛，右手的手背上有一块发亮的红疤，很显眼。

他年少时外出读书，一走好多年都无消息，待中华人民共和国成立后才回到祖居的当铺巷，那时候他的父母已经辞世。他也早过而立之年，孑然一身，又是个残疾人，这日子怎么过？

戈连营说："巷子后面是雨湖，我的生计就在那里，弄碗饭吃小事一桩。"

街坊邻居半信半疑。

出当铺巷的巷尾，便是雨湖。雨湖不是一个湖，是上、中、下连着的三个湖，湖边长满了密密匝匝的芦苇和各种野花、野草、野树，虫鸣、鸟叫、鱼跃，风景不经修饰，充满了野趣。

戈连营总是在天还没亮时，手持长柄网，挎着几个小口大肚的竹织圆篓子，到雨湖去捉虫捕鸟。蚂蚱、螳螂、叫哥哥（蝈蝈）、蟋蟀、蝉，都要；也捕一种在芦苇丛中搭窝的水鸟，叫翠鸶儿，成年鸟很机警，一有动静就飞了，飞不动的是幼鸟。

他为何这么早就去捉虫？因为早晨露水重，虫翅膀是湿的，飞不快，容易捉。

这些虫，或卖给大人听虫叫，或卖给孩子当"玩伴"。

有人问他为什么不捉用以斗架的蟋蟀，每只的价格就高多了。他说："让它们斗得你死我活的，缺德。"

戈连营卖虫是在中午后至黄昏这一段时间。当铺巷巷口连着平政街，他的卖虫摊子就摆在这里。不远处有一所小学叫平政小学，过往的学生很多。下班的大人经过时，也会驻足以观。戈连营坐在一个矮脚凳上，面前摆着装了各种虫子的竹篓子，罩着丝网的小竹筐里装着几只翠鸶儿幼鸟，用芦苇编织的小笼子一串串搁在脚边。每只虫也就一分钱或两分钱，幼鸟五分钱一只。

小孩子有买叫哥哥的，有买蟋蟀的，戈连营一边把他们选好的虫或鸟装入苇草笼，一边笑着回答各种问题。

"戈师傅，叫哥哥吃什么呀？"

"它最喜欢吃丝瓜花，还有嫩丝瓜藤。"

"叫哥哥有等级吗？"

"小朋友，你很肯动脑筋。以翅膀分有三等：短翅、长翅、超长翅。以声音分也有三等：脆叫、亮叫、老憨子。超长翅和老憨子，是最高等级，难得一见。"

戈连营说话的时候，有大、小苍蝇飞来飞去，他闪电般伸出有红疤的右手，把苍蝇抓住、捏死，从不落空，然后松开手掌，把死苍蝇喂给幼鸟吃。有时，他右手握一根小棍子，神速地把苍蝇击中，又狠又准。看着死苍蝇，他冷冷地说："活该！"

小孩子看得惊叫不已，大人看了便知他腕力、指力和眼力的不同一般。

天快落黑时，戈连营卖完了虫、鸟，高高兴兴回家去。若是没卖完，他要先去雨湖，把虫、鸟通通放生。人问为什么，他一笑："它们有它们的安身处。"

春、夏、秋三季，戈连营自然有生意可做。冬天呢？他也有绝活——造冬虫。"造"是湘地玩虫人的术语，就是人工繁育的意思。比如叫哥哥，属于秋虫，很难熬过冬天。但戈连营在入秋后捉来雌雄叫哥哥，放在铺了土的罐里，让它们交配，把卵产在土里边；入冬后，把土放在暖炕上（自己搭建的，窄而短，下面生一盆微火），每天洒点水，用棉被盖上，慢慢让幼虫从土里孵出来；放点菜叶，有太阳时晒一晒，过几天幼虫便开始长腿长翅膀。叫哥哥前后要蜕七次壳，七天蜕一次，蜕一次便长一次，经七七四十九天长成了模样，然后开叫。于是有喜欢玩冬虫的人，就上戈家来买。

大家说："这红疤手，怕是前世有恩于虫，虫也知道今世来报答他。"

靠着这营生，他悠然地度日，富不了，也饿不死。好心人劝他成个家，他摇头，说："这碗饭就够一个人吃，我不能苦了别人。"

日历换了一本又一本，转眼到了 1966 年初夏，戈连营已经年过半百。

这天午后，戈连营照例在巷口边摆摊子。突然一群戴着"红卫兵"红袖筒的中学生，气势汹汹围了上来。

一个长得高高大大的小伙子，逼上前，大声说："你卖虫供人玩，是腐蚀革命群众，你知罪吗？"

戈连营端坐着，说："屁话，老子就卖虫了，怎么着？"

那小伙子恼了，抬起脚来要去踩踏那些竹篓子。戈连营突然挣扎着站起来，扬起右手使劲一砍，小伙子身子一晃，倒了下去。阳光下，那个手背上的红疤，亮得扎眼。其他的红卫兵挥袖逼近，戈连营跳到摊子外边，身子一蹲，一个扫堂腿扫过去，齐刷刷倒下一圈人。他拍拍身上的灰尘，说："我红疤手是给你们留情了，不想死的，赶快滚！"

那些红卫兵"呼"的一声散开了。

戈连营虫也不卖了，收拾行头回家去。

巷里的人为他担起心来，谁敢打红卫兵啊，这祸闯大了。

果然，到黄昏时，派出所的警察、街道办事处的负责人、红卫兵组织的头头脑脑，一齐涌进了戈家小院，在口号声中，肆无忌惮地抄家。两个小时后，这群人又慌忙退了出来，静悄悄地走了。

第二天一早，戈连营照旧去捉虫捕鸟，午后照旧到巷口边去设摊。怪！

后来才断断续续知道，戈连营当年外出读书，然后去了延安，练就一身好本领，枪法好，大刀也使得精，当过侦察连连长。多次立功也多次负伤，如腰部、右脚，还有右手背上的红疤，是与敌人肉搏时留下的刀伤。当时《解放日报》曾多次报道他，称他为"孤胆英雄红疤手"。开国大典时，他上过天安门的观礼台，还留下了照片。他转业回家本可持有关部门开具的证明，由当地政府安排工作或领取伤残补助，他一样也不要，靠双手养活自己……

小巷中居然住着这样的人物，不显山不露水的，红卫兵去招惹他，那是自讨苦吃。

"戈爷，早！上雨湖去？"

"是啊，早晨露水大。"

"戈爷，出摊啦，祝生意好。"

"谢谢吉言。"

夫唱妇随

在古城湘潭的当铺巷，老辈子训导儿孙时，一开口便要说："你们看看莫家夫妇，又能干又贤惠，相濡以沫，夫唱妇随，要好好学学人家。"

儿孙们点头如鸡啄米，说："应该！应该！"

莫家住在巷子中段，门楣上挂着一块横匾。说是匾，其实就是一块抛光了不上漆的长方形木板，用毛笔写了四个粗黑的颜体字——"小匠之门"。

为什么自称"小匠之门"呢？因为户主姓莫名小匠。他是干什么的？木匠。莫小匠说名字是父亲所赐，木工行当中，大匠是鲁班，徒子徒孙不过是小匠而已。他挂这块匾，为的是雇主便于寻找。

莫小匠体型高大，脸上的络腮胡硬如钢针，说话声宏响如钟吕，还带着膛音。他的技术很全面，大木（建房子）、细木（做家具）之外，还兼做粗木（做棺材），样样拿得起放得下。但他也有规矩，除建造房子、做棺材上门之外，家具只在自家打理，客户可自行运木料来，也可由莫家配备木料。

莫家的院子不栽花种草，到处堆放着木头，用剩的边角废料、刨花、木屑，空气里永远飘袅着芬芳的木香。院子内还搭着一个很大的木棚子，里面叠放着漆色老旧的十几张四方桌、几十条长板凳，是他已故的父亲留下来的。那年月谁家有了婚丧大事，都是自办酒席，便要到这里来租赁桌凳，付一点租金。这是莫家安身立命的法则：既当木匠也搞租赁。莫小匠不到公家单位去任职，当的是自由职业者，有手艺赚钱，还有租赁的收入，他可以不让人管，江海任平生。

他的妻子叫友大秀，模样和丈夫很相配，粗腿、粗腰、粗胳膊、大脸盘、大眼、浓眉，是典型的女人男相。她有一身好力气，在公家的关圣殿码头搬运社当装卸工，扛百斤大包上船、下船，奔走如飞。

他们只有一个儿子，高中毕业后参军了，分在后勤部门，因有木匠技艺，服役期满也没让他转业。还在部队成了家，只有探亲时才回当铺巷来。

莫家两口子感情是真正的好，没见红过脸、吵过架，彼此体贴入微，相敬如宾。大秀下班回家，赶忙做饭、炒菜、洗衣服，到处是她的笑声。丈夫要把圆木头用大锯剖成木板时，锯过来锯过去必须两个人齐心合力，大秀便拉开架势打下手。

大秀说："我们像是拉琴。"

小匠一笑："这叫琴瑟和鸣。"

小匠在家做家具，累了，便散步出巷口到平政街，然后插到下河街关圣殿码头，见大秀在扛包，亮嗓高喊一声："大秀，你歇歇，我代你来扛几包，松一松筋骨！"

"好咧——"

小匠为人实在，技术又精，雇主常把活交给他，让他成为名义上的包工头。比如建造房子，他会合理安排大木匠、细木匠、泥水匠、石匠、漆匠，各司其事。有人说，你何不少请些人，这些活大家都会，可以兼着干。他脸一板，说："有饭大家吃，有钱大家赚。我爹生前就叮嘱过：'要记得给别的工友留碗饭吃。'"若是某家老人辞世，请他上门做棺材，他也要招来三四个木匠，还有闻讯而来的，他也表示欢迎。他说："亡人入土为安，这事怠慢不得，人多做事快，我不过少赚点工钱，有什么要紧？"

大秀就非常崇拜丈夫的这种做派，曾作古正经地说："你应该写申请书，加入中国共产党。"

"我单位都没有，往哪里送申请书？"

大秀哈哈大笑："我是党员，你把申请书交给我，我正好当你的直接领导。"

"你领导我，我领导斧、锯、刨、凿和那些旧的桌、凳，你威风八面哩。"

"谢谢。"

小匠在家里做各种家具，货被拉走了，剩下不少刨花和边角碎料。隔一段日子，大秀用箩筐装好，一担担挑到巷中人家去送发火柴。那时候家家烧煤，发火柴不容易买到。大秀来了，不但不收费，连茶都不肯喝一口，只说："我家老莫派我来的。莫嫌弃，将就用。"

1965 年夏，莫家夫妇都年近半百了。"文化大革命"突然来临，气氛灼热得如火山爆发。

有一天深夜，莫家传出雷鸣电闪的吵架声，两口子都是大嗓门，谁也不让谁，一声比一声高。声音破门而出，顺着巷道流淌，嗡嗡作响。

一条巷子的人，都从梦中惊醒了。莫家从来没发生过这样的事，两口子感情好得像巴酽的牛皮糖，怎么会闹矛盾？再细听，是大秀怀疑小匠在外面有相好的女人了，这个月瞒报了应该上交的钱。

"莫小匠，你说钱到哪里去了？"

"喝酒了，抽烟了！"

"屁话！酒、烟都是我买的。你怎么买起雪花膏来了？"

"给你买的！你不是总想把黑脸变白吗？"

"我从不用这种东西。你说，是给哪个女人买的？"

"你说谁就是谁，老子先揍你这蠢婆娘！"

"只怕由不得你，老娘正好跟你比比力气！"

莫小匠的声音戛然而止，接着又吼道："你只知道钱钱钱，我先不揍你，老子把这些出租的桌凳通通打烂，断了你的财路！"

果然不一会就传来斧头砍桌、凳的声音，下力又猛又狠。大秀哭了起来，听得令人心痛。

有几个老辈子，赶快来到莫家门前，急急地敲门、喊门。

没有人来开门。只有打砸桌、凳的声音不断，只有哭声不停。

半个小时过去了。门突然打开，莫小匠冲出来，向大家拱拱手，说："惊扰各位了，对不起。"然后大踏步走了。

大家赶快走进去，只见那些桌凳破裂了一地，大秀坐在地上满脸是泪。

"莫小匠,你这头蛮牛! 砸了桌凳,你要出大事了! 居委会的造反派,明日要在雨湖边的空坪上开批判走资派的大会,指定要借桌子搭台,借凳子跪人。怎么得了呵……呜呜……"

大家赶忙安慰大秀,待她止住了哭声,才离开莫家。

老辈子明白了是怎么回事,禁不住笑了:夫唱妇随,好!

漆尚净

在"彩虹油漆行"，漆尚净是个异类。

他的姓名就怪，姓漆，而且是个漆匠。干这一行的，一年四季衣服都是脏兮兮的，身上还带着一股洗都洗不去的油漆味，呛人，崇尚洁净，难！

但漆尚净上班也好，下班后也好，从头到脚总是干干净净的，让人看不出他是个干油漆活的。他人也长得帅，高挑的个子，眉目清秀，蓄着大背头。说话斯斯文文，绝没有粗鄙话，最喜欢谈今论古，一套一套的。

有人问他，中国的传统老行当，各有各的祖师爷，也就是书上所说的行业神，做木匠的尊奉鲁班，造纸的尊奉蔡伦，酿酒的尊奉杜康，唱戏的尊奉唐明皇李隆基，说相声的尊奉东方朔……油漆这一行尊奉谁？

他立刻垂手而立，腰微弯，虔诚地说："我们的祖师爷，是唐代的大画家吴道子。"

"谁说的？书上没见记载！"

"我师傅说的，他又是听他的师傅说的，代代相传，只是你不知道罢了。"

"瞎扯。"

"你只知道吴道子是画家，尤以人物画享誉久远，故有'吴带当风'之说。其实他更是画壁画的高手，当时他为长安、洛阳两地的寺观作壁画三百余间，一间即一间房子的四壁。刷墙底、作画用的涂料、颜料，须用不同的油液去调制，称他是油漆行的祖师爷，并非没有道理。"

"哦，漆师傅能自圆其说，佩服。"

漆尚净的祖父、父亲都是油漆匠，而且有自家的小作坊，业务繁忙时，也会临时雇人来干活，他们兼有小业主和工人的双重身份。漆尚净读过中学，然后遵父命继承祖业。先拜师学漆匠，师傅不是父亲，而是城中油漆行的顶尖人物，出师后再回到自家作坊。到1955年公私合营时，他已是四十多岁的人了，成了"彩虹油漆行"的纯粹油漆匠，每月有工资。因他家的门面、工具、库存并入"合营"，于是还有一个按月领取股息的"股息证"，当然数目很小。父母早过世了，妻子也因病撒手西去，又没有儿女，只有他孤零零一个人过日子。他家有一个小庭院，在离油漆行不远的曲曲巷中。上班时，和同事们说说笑笑，快活如神仙；回到家里，冷冷清清，洗澡（先热水，后冷水，再热水，三遍方毕）后，做饭，吃饭，然后到书房去看书、练字、画画。他最喜欢老子说过的一句话："夫唯不争，故天下莫能与之争。"

油漆行在市里名气很大，漆刷民居、商铺门面、家具，业务应接不暇。其中一个重要原因，是有一帮技艺精良的漆匠，而漆匠中的翘楚，又首推漆尚净，他干活时就像名角登台亮相，总有不少人观看、喝彩。

工人上班，都穿公家发放的工作服，上衣下裤和头上的帽子，一律是蓝色的。漆尚净却是自备的工作服，而且是两套：黑府绸和白府绸的衣、裤、帽。刷白底色和白油漆时，他穿黑府绸的工作服，刷黑、红、黄、蓝、绿等颜色的油漆时，他穿白府绸的工作服。无论漆刷如何横驰直走，不但又快又好，且工作服上绝不会溅上一个漆点。这手段，好生了得！他敢穿白府绸、黑府绸的工作服上班刷漆，看得出他对自己手艺的自信，他要让人明白：油漆匠身上干净，心里也干净。

这门绝活是怎么练出来的？漆尚净说："是叫师傅打出来的！当年给师傅当徒弟，到可以独立操作了，一天下来，先检查我的工作服，有一个油漆点就要在屁股上挨一棍，十个点就是十棍啊，喊爹叫娘也不饶过。要做到少挨打或不挨打，只能把本事练好。老话说'不打不成才'，是至理名言。哈哈！"

工友中技术最差的要数马五，苦出身，没读过几年书，还不想钻研技术，看周围的人事总是翻着白眼，怨声载道。他对漆尚净上班的做派嗤之以鼻，认为这是在想念旧社会剥削阶级家庭的好光景，玷污了工人阶级的好名声。

漆尚净在聊天时，很随意地说起魏晋时代"竹林七贤"之一的阮籍，遇到喜欢或尊敬的人，目光正视，谓之"青眼"；遇见讨厌或鄙俗的人，眼睛向上看，谓之"白眼"。然后说："我就是一个大俗人，所以马五兄弟看我永远是白眼！可惜，他又不是阮籍。"

大家哄堂大笑。马武一甩手，愤愤地走开了。

油漆行的经理崔范，是市轻工局派下来的，有文化不说，待人还非常谦和。他很欣赏漆尚净的为人和技艺，两人只要聚在一块，就会开怀畅谈。

有一次，漆尚净和马五出外勤，到本市城南的一家商店，油漆几个柜台和货架，也就是一天的活。崔范说要跟班劳动，也高高兴兴地跟去了。

这正是三年困难时期刚刚过去的 1963 年春。

小商店还没开张，店堂成了工场。除了他们三个人，没别的闲杂人。崔范和漆尚净，一边干活一边轻声交谈，谈已成如烟往事的"大炼钢铁""亩产万斤粮"，谈领导干部如何熟悉业务不再瞎指挥……马五低着头，竖起耳朵听，嘴角浮出一丝冷笑。

待干完所有的活，已是暮色四合。

漆尚净悄悄对崔范说："今天我们什么也没说。崔经理，是吧？"

崔范猛地回过神来，说："是呵，是呵。"

第三天，轻工局政治处忽然派人来找漆尚净谈话，原来是马五向局里写了告状信。漆尚净不慌不忙地回答问题，强调他们除了谈油漆上的事，没谈别的话题。"马五是泄私愤，因为崔经理批评过他对工作不负责，我说过他技术不过硬。马五的告状是孤证，他还能找出另一个证人吗？"

"他说没有其他证人。"

"那就是他信口雌黄，造谣生事。"

……

蔫头蔫脑过了几年的马五，突然神气起来了。"文化大革命"拉开序幕，他在油漆行贴出了第一张大字报，声讨走资本主义的当权派崔范，认阶级敌人为亲；批判死灰复燃的资本家漆尚净，因为他持有"股息证"，穿考究的衣服上班，经常借古讽今！

漆尚净很平静，他执掌过一个小作坊，有一个"股息证"，能算资本家吗？没有任何正式文件说过。但接下来的事态发展就令他猝不及防了，马五煽动街道上的造反派和学校里的红卫兵，抄了他的家，把那些书籍、字画和白、黑府绸工作服，通通烧了；隔三岔五，把他和崔范揪到批判会现场，进行批斗；还严令他上班必须穿蓝色的工作服，在穿之前，这些人还特意先用蘸了油漆的刷子在上面狂涂几下，看他还怎么"净"……

漆尚净突然觉得自己老得不行了，五十七八岁，已像一根蜡烛将要燃成灰烬。说他是资本家，不愁，终归有真相大白的一天。揪斗他，不怕，那些所谓的"罪行"，都是莫须有。烧他的书籍、字画，这是一场世纪的文化大劫，他躲不过。最让他伤心的，是不能穿自备的黑、白府绸工作服（都烧了，也不可能再去缝制了）上班，所穿的蓝色工装上还刷了油漆，"欲洁何曾洁"啊！

有一天，漆尚净没去油漆行上班，马五领着几个人窜进曲曲巷，砸开了漆家的院门，冲进厅堂里。挨墙的一把圈椅上，坐着已经死去的漆尚净，双眼微闭，面色平和，身穿脏兮兮的蓝色工作服，似乎只是在工间休息时打个盹而已。

漆尚净背后的墙上，是一幅大写意的油漆画，硕大的荷叶错错落落，绿沉沉的；盛开的、半开的、含苞的荷花亭亭玉立。题款为：任他污泥染，出水我犹净。

　　他是什么时候死的，是怎么死的？这幅画又是什么时候画的？谁也不清楚。

　　马五狠狠地说："这个人，要死了还惦记着一个'净'字，可恨！"

后　记

　　谢谢百花洲文艺出版社的青睐，将我的这本《花草之眼》列入"新笔记微型小说系列"中，与侯德云、谢志强、相裕亭三位文友凭栏聚首，乃为开心事。

　　曾任北京大学校长的著名学者蔡元培，在为《详注〈阅微草堂笔记〉》一书所作的序中，说："清代小说最流行者有三：《石头记》《聊斋志异》及《阅微草堂笔记》是也。《石头记》为全用白话之章回体……《聊斋志异》仿唐代短篇小说刻意求工……《阅微草堂笔记》则用随笔体。"（《石头记》，《红楼梦》原名之一）

　　《聊斋志异》与《阅微草堂笔记》，皆可归于笔记小说的范畴，题材皆以取"奇"为上，但在谋篇布局和叙事文体上却大相径庭。前者更注重故事的传奇性，在情节集中、起承转合上，下功夫甚多。而后者正如鲁迅在《中国小说史略》中所言："唯纪昀本长文笔，多见秘书，又襟怀夷旷，故凡测鬼神之情状，发人间之幽微；托狐鬼以抒己见者，隽思妙语，时足解颐；间杂考辨，亦有灼见。叙述复雍容淡雅，天趣盎然。"纪昀（纪晓岚）的笔记小说，除"奇"之外，还有"趣"。其一，表现在他的散文化小说的文体上，自由活泼，摇曳多姿；其二，所谓"间杂考辨"即善用"闲话"，看似无心却有意，皆与小说的题旨互为映照，见性灵、学识于其中。已故小说家汪曾祺的笔记小说，就最具这种风致，他的《鉴赏家》《陈小手》《受戒》诸篇，让人百读不厌。

在我们的日常生活中，毕竟惊世骇俗的奇人奇事鲜少。太平盛世，国泰民安，战争岁月与奇诡江湖与我们到底相距遥远，波澜不惊成了当下生活的常态。但笔记小说所含的"奇"，总是不可缺少的，"奇"是故事情节的一个重要构件。我们所接触的底层人物，所熟知的庸常生活，"奇"从何来？我年过古稀，阅人阅世亦多，便知常人亦有不遵常规的举止言谈，亦有自己的处世风格，亦有与所处生活氛围难以合拍的心理情绪，这就是"奇"，认真审视和采撷它，是可以进入小说的。

回顾几十年的小说创作，其素材基本来源于我的出生地古城湘潭和我长期工作与生活的株洲。月久年深，我与两城长街短巷、工厂车间的亲朋、故旧、工友，交往甚多。尤其是进入老境后，力衰气短，已无法进入宏大叙事的生活体察，朝夕亲见亲闻亲历的是烟火人间，是充满生气与活力的"百姓人家"和"百姓影像"，而小说的意旨却始终如一。正如一位老友所言：小说中的人物身上闪烁着传统文化的光辉，表述的是一种对于传统文化的守望与弘扬，从日常生活的最易被人疏于观照的细微处，开拓出大爱至美的温馨底色。

笔记小说的"趣"，表现在文体的意味上，正如《阅微草堂笔记》。汪曾祺也曾提出理想的短篇小说，应该具有"散文的美，散文的广度"，应该像风，像流水，"遇到什么都抚摸一下，随时会留连片刻，参差荇菜，左右缭之"，而有

"随意说话的自然"（《短篇小说的本质——在解鞋带和刷牙的时候之四》）。汪曾祺行文中的"随时会留连片刻"，也就是关于"闲话"的艺术。能在小说中把"闲话"说得妙趣横生，不是一件易事。

我在笔记小说中，一直在学着怎么说"闲话"，好在先贤有许多成功的范本和经验在，只要愿意埋头钻研，总会有所收获。

拉拉杂杂写下这些文字，权当后记吧。

聂鑫森于湖南株洲无暇居